은폐된 서술자

—소설이 영혼이 되는 소설

한강, 『작별하지 않는다』(2021),
『소년이 온다』(2014)

박경리, 『토지』(1994)

Pablo Picasso, 「guernica」, 1937, 349.3cm×776.5cm

Pablo Picasso, 「Massacre in Korea」, 1951, 110cm×210cm

Egon Schiele, 「Vier Bäume(four trees)」, 1917, 110cm×140.5cm

은폐된 서술자

소설이 영혼이 되는 소설

임우기 비평문집

노벨문학상 수상작가 한강의
『작별하지 않는다』『소년이 온다』
박경리 대하소설 『토지』에 대하여

솔

어두운 길을 밝혀주신,
安三煥 선생님, 崔元植 형님께

□ 서문

　이 땅의 성실한 작가 한강이 쓴 장편소설 『작별하지 않는다』 (2021)를 읽은 때가 2024년 1월 초순이었을 것이다. 이 작품을 다 읽고 나니 경이로운 감동, 숙연하고 해맑은 기운이 한동안 전해오던 기억이 난다. 다소 객쩍은 말이지만, 이 작품을 읽고 곧바로 주위 지인들한테 한강의 노벨문학상 수상을 예견하고 확언하였다. 그리고, 우리의 작가 한강은 마침내 노벨문학상을 수상하였다.

　『작별하지 않는다』를 졸저 『문학과 예술의 다시 개벽』(2024.5.)에서 다룬 바는 있지만, 비평문집 전체가 기왕의 『유역문예론流域文藝論』(2022)의 개요와 시론試論을 기본으로 요결要訣 형식을 취하느라 한강의 이 걸작을 본격적으로 비평하기는 지면이 적절하지 않았다. 그러던 중 마침 전라남도 장흥에서 한강의 소설 『소년이 온다』(2014)에 대해 문학강연 청탁이 왔고(2024. 11. 29. 장흥 천도교포교당), 첫 강연을 마치자 연말경 재차 『작별하지 않는다』에 대해 강연 요청이 이어졌다. 존경하는 안삼환 선생님과 벗님들께서 한강의 예의 두 장편에 대한 나의 비평을 권유하던 터라, 이 두 번째 강연문(2025. 2. 11. 장흥 청소년수련관)을 겸하여 유역문예론('다시 개벽'의 문예론)의 시각에서 작품 비평을 쓰게 되었다.

『문학과 예술의 다시 개벽』의 부제가 '진실한 문예 작품은 무엇을 말함인가'인 만큼 『작별하지 않는다』, 『소년이 온다』는 유역문예론이 중시하는 진실(誠實, 至誠, 修心正氣)의 관점에서 단연코 문학적 전범典範이라 할 수 있다. '참나[眞我] 찾기'와 더불어 고난과 고통 속에서 신음하는 민심과 '이 땅의 산 혼(生魂, 地靈)'을 지극정성(至誠)을 다하여 체득하며 자기 고유의 문기文氣 속에서 실로 탁월하게 보여준 작품들. 이 진실한 작가 혼 앞에서 어찌 숙연하고 크게 감동하지 않으랴.

한강의 노벨문학상 수상이 지닌 문학적, 문학사적 위업은 앞으로 그 진가가 조금씩 드러나리라고 본다. 그중에서도, 이 나라 문학예술계의 오랜 고질인 사대성事大性을 자성自省하고 '자기 혼', '이 땅의 혼'의 문예 창작을 찾아가는 귀한 계기가 된 점이 고맙고 높이 평가된다.

'은폐된 서술자'는 '참나'와 이 땅의 어머님들께서 올리는 치성(致誠, 至誠) 속에 비친 귀신鬼神의 존재, 그리고 수심정기修心正氣가 저 스스로 화생化生하는 존재라고 생각한다. 이 땅에서 민심과 친숙한 귀신의 존재처럼 천변만화(多)하고도 근원적(一)인 '은폐된 서술자'의 존재가 한강의 노벨문학상 수상작들을 통해 본연의 모습을 드러내게 되길 바란다.

또한, 2024년은 박경리 선생의 대하소설 『토지』(1994)가 대단원의 막을 내린 지 30주년인 해. 마침 경상남도 하동군 악양면 평사리에 있는 '박경리문학관'이 주최한 '토지 완간 30주년 기념 강연'(2024.10.12.)을 위해 쓴 강연문을 함께 싣는다.

이 책을 내기까지 전라남도 '장흥 문화공작소' 여러분, 충청북도 충주의 '正覺이 있는 글터' 여러분, 경상남도 하동 '박경리문학관' 여러분의 깊은 관심과 우의에 감사드린다.

어두운 길을 밝혀주신, 安三煥 선생님 崔元植 형님께 삼가 이 작은 책을 올립니다.

새 봄을 기다리며

저자.

차례

이 책을 읽기 전에

1. 이 책의 본문에는 붉은색 글씨 문장들이 있습니다. 이 별색 문장들은 본문 중에 나오는 주요 용어를 설명한 것입니다. 그 설명 내용은 『유역문예론』, 『문학과 예술의 다시 개벽』에서 발췌한 부분입니다.
2. 본문 중 밑줄 친 문장과 굵은 서체로 된 문구들이 있습니다. 이는 필자가 그 의미를 강조하기 위한 것입니다.
3. 『유역문예론』은 『유역』으로, 『문학과 예술의 다시 개벽』은 『개벽』으로 약칭합니다.
4. 본문 중 대하소설 『토지』의 인용문은 솔출판사판 (1994년판)에서 취한 것입니다.

1부 은폐된 서술자

소설이 영혼이 되는 소설

1
한국의 작가 한강의 노벨문학상 수상이 갖는 의미

2024년 10월 10일 저녁은 우리의 자랑스런 글지(작가의 순우리말) 한강이 이 땅의 품에 처음으로 노벨문학상을 안겨준 경이로운 시간이었습니다. 한국인들은 물론 동서를 불문하고 수많은 세계적 언론들은 한강의 노벨문학상 수상 소식에 예상 밖이라며 놀라움을 표하는 분위기였죠.[1] 자세히는 모르겠으나, 세계 언론들은 대체로 "한강 작품은 인간의 존엄성, 인권, 그리고 삶의 의미에 대한 중요한 질문을 던진다."라는 평가에 화답하는 듯합니다.

일제 식민지 상황에서 이 땅에서 소위 근대문학사가 개시된 이래로 지나온 한국현대문학의 내력을 이해하고, 오늘날 한국문학이 직면해 있는 각종 문제점을 익히 알고 고민하는 '이 땅의 문학인'에게 한강의 노벨문학상 수상은 남다른 특별한 의미를 지닌다는 생각이 듭니다.

한국의 근현대문학사를 판에 박힌 제도권 교육과정과 각종 언

- 이 글은 전라도 장흥 '한강 소설 독회'(2025.2.11.) 강연문입니다. (편집자주)
1 「한강이 이렇게 빨리 노벨문학상을 받게 될 줄은 예상 못 했어요」,『한국경제』한강 책 스웨덴 출판책임자 니나 에이뎀Nina Eidem과의 인터뷰 참고.

론 매체를 통해 배운 이 땅의 문학인들은 여전히 서구 근현대문학의 그늘 속에 있습니다.

제 생각엔, 이번 한강의 노벨문학상 수상은 서구주의에 맹목이던 이 땅의 현대문학이 서구문학과의 종속관계에서 벗어나 마침내 주체적 대등 관계로 전환될 수 있는 계기로서 한국문학사적 사건입니다. 이는 근대 이후 한국문학이 고유한 자기 원형archetype을 자각하고 이 자기 각성이 세계문학의 수준에서 인정받기에 이르렀음을 뜻합니다. 한강의 문학이 지난 몰아적이고 사대적인 근현대문학사를 반성하고 '산 혼(生魂, 또는 生靈)'의 문학을 찾기에 자기 성찰의 계기를 제공한 셈이죠.

근대 제국주의 역사 이래, 서구중심의 일체제적 세계지배가 균열과 붕괴가 가시화되고 있는 오늘날, 간악한 일제에 의해 원통한 식민지 시대를 거쳐야 했던 이 땅의 근현대문학이 서구문학의 지배에서 한 세기가 넘도록 벗어나지 못하는 것은 그 자체가 울울한 치욕입니다. 이는 간단치 않은 안팎의 요인들이 있겠으나 제국주의적 본성을 가진 서구의 강제력에 그 원인이 있기 보다 이 땅의 문인 지식인 일반이 빠져 있는 고질적인 사대의식과 식민지적 근대 문학 교육 수준을 못 벗어나는 외향적 제도권 교육에 근본 원인이 있다고 생각합니다. 서구중심주의 추세는 거의 한 세기가 지난 오늘도 지속 중입니다.

아직 한국문학은 서구 근대 이념의 도그마 속에서 벗어나지 못하는 신세에 있습니다. 자본이 조종하는 시장지상주의가 문학성을 결정하고 한국문학의 앞날을 판단합니다. 딜레탕트들과 일본풍 사소설과 유미주의 소설들이 창궐하는 이즈음 한국 문단에, 느닷없이 한강의 노벨문학상 수상이란 낭보가 날아온 것이지요. '이 땅의 혼'이 서린 한강의 문학 작품에 노벨문학상이 수여된 것입니다.

한국문학이 독자적인 문학성을 노벨문학상 심사위원회가 인정했다는 것만으로 아직 한국문학이 서구문학의 그늘에서 벗어남을 뜻하지는 않습니다. 노벨문학상 수상은 한강의 문학 작품이 안고 있는 깊은 의미를 밝히는 일이 지금 바로 한국의 문학비평이 해야 할 책무라는 것, 이 책무의 성실한 수행을 통해 한국문학의 앞길을 여는 일이 주어졌다고 생각합니다. 이는 반만년 넘게 이어온 '이 땅의 혼'이 한강의 문학 작품을 통해 세계문학과 접하고 통하는 '본질적 유래'와 그 의미를 밝히는 일입니다. 그리고 정작 우리가 망각하고 잃어버린 '이 땅의 혼'을 한국문학이 다시 찾고 깊이 자각한다는 것은 궁극적으로 한국문학의 주체성과 독자성을 확립하는 노력을 기울인다는 것입니다. 이번 우리의 작가 한강이 노벨문학상을 수상하게 된 실질적 작품은 제 비평적 관점에서 보면, 한강의 여러 작품 중에 단연 소설 『작별하지 않는다』라고 판단합니다. 이 작품을 꼼꼼히 읽고 그 문학 혼과 혼연渾然히 접하게 되면, 이 작품이 이 땅의 혼이 실로 경이로운 승화 정화되는 경지에 통해 있음을 알게 됩니다. 이는 지난 한 세기 한국문학이 빠져 있던 사대주의 의타他주의를 극복하고 이 땅의 혼을 되살리는 '다시 개벽'의 대의를 생각하게 합니다. 이 작품의 높은 성과를 통해 이 땅에서 '문학함'의 패러다임을 바꾸어나가야 한다는 생각입니다.

2
"죽은 자가 산 자를 구할 수 있는가?"라는 화두

한강은 스웨덴 스톡홀름에서 2024년 12월 7일에 열린 노벨문학상 수상 기념 강연에서 의미심장한 말을 남깁니다. 그 대목을 불러오면 다음과 같습니다.

(······) 그후 일 년 가까이 새로 쓸 소설에 대한 스케치를 하며, 1980년 5월 광주가 하나의 겹으로 들어가는 소설을 상상했다. 그러다 망월동 묘지에 찾아간 것은 같은 해 12월, 눈이 몹시 내리고 난 다음 날 오후였다. 어두워질 무렵 심장에 손을 얹고 얼어붙은 묘지를 걸어 나오면서 생각했다. 광주가 하나의 겹이 되는 소설이 아니라, 정면으로 광주를 다루는 소설을

쓰겠다고. 9백여 명의 증언을 모은 책을 구해, 약 한 달에 걸쳐 매일 아홉 시간씩 읽어 완독했다. 이후 광주뿐 아니라 국가폭력의 다른 사례들을 다룬 자료들을, 장소와 시간대를 넓혀 인간들이 전 세계에 걸쳐, 긴 역사에 걸쳐 반복해온 학살들에 대한 책들을 읽었다.

그렇게 자료 작업을 하던 시기에 내가 떠올리곤 했던 두 개의 질문이 있다. 이십 대 중반에 일기장을 바꿀 때마다 맨 앞 페이지에 적었던 문장들이다.

현재가 과거를 도울 수 있는가?

산 자가 죽은 자를 구할 수 있는가?

(……) 자료를 읽을수록 이 질문들은 불가능한 것으로 판명되는 듯했다. 인간성의 가장 어두운 부분들을 지속적으로 접하며, 오래전에 금이 갔다고 생각했던 인간성에 대한 믿음이 마저 깨어지고 부서지는 경험을 했기 때문이다. 이 소설을 쓰는 일을 더 이상 진척할 수 없겠다고 거의 체념했을 때 한 젊은 야학 교사의 일기를 읽었다. 1980년 오월 당시 광주에서 군인들이 잠시 물러간 뒤 열흘 동안 이루어졌던 시민자치의 절대

공동체에 참여했으며, 군인들이 되돌아오기로 예고된 새벽까지 도청 옆 YWCA에 남아 있다 살해되었던, 수줍은 성격의 조용한 사람이었다는 박용준은 마지막 밤에 이렇게 썼다. "하느님, 왜 저에게는 양심이 있어 이렇게 저를 찌르고 아프게 하는 것입니까? 저는 살고 싶습니다."

그 문장들을 읽은 순간, 이 소설이 어느 쪽으로 가야 하는지 벼락처럼 알게 되었다. 두 개의 질문을 이렇게 거꾸로 뒤집어야 한다는 것도 깨닫게 되었다.

과거가 현재를 도울 수 있는가?

죽은 자가 산 자를 구할 수 있는가?

이후 이 소설을 쓰는 동안, 실제로 과거가 현재를 돕고 있다고, 죽은 자들이 산 자를 구하고 있다고 느낀 순간들이 있었다. 이따금 그 묘지에 다시 찾아갔는데, 이상하게도 갈 때마다 날이 맑았다. 눈을 감으면 태양의 주황빛이 눈꺼풀 안쪽에 가득 찼다. 그것이 생명의 빛이라고 나는 느꼈다. 말할 수 없이 따스한 빛과 공기가 내 몸을 에워싸고 있다고. (……)[2]

---

2 2024년 12월 7일 오후 5시(한국시각 8일 오전 1시) 스웨덴 스톡홀름 한림원에서 열린 '노벨문학상 수상자 강연' 강연문 중.

"죽은 자가 산 자를 구할 수 있는가?"라는 반문은 이 땅에서 영예의 노벨문학상을 수상한 첫 작가인 한강이 오랜 신산고초, 절차탁마를 거치면서 마침내 터득한 깨달음이겠습니다만, 사실 긴 세월 동안 망각된 채였거나 혐오와 강압 대상이 되어 소외되어간 '이 땅의 유서 깊은 혼'을 새로이 각성하였음을 고백한 것에 지나지 않습니다. 저 수천수만 년간 중앙아시아와 만주를 거쳐서 이어져온 북방 문명(만주 및 고조선 문명)과 그 웅혼한 혼맥魂脈이 서린 '이 땅의 유서 깊은 혼', 특히 강신무降神巫의 전통과 그 파란만장한 핍박과 부활의 역사에서 보면, "죽은 자가 산 자를 구할 수 있는가?"라는 반문은 '이 땅의 혼'이 유전된 이 땅의 작가 한강에게는 반문과 동시에 답변이 이미 주어진 것이나 다름이 없습니다. 고래로 한국인의 생활 문화의 전통과 그 터전인 '이 땅의 혼'에서 "죽은 자가 산자를 구할 수 있는" 길은 단적으로 말해, '무巫'입니다.

3
소설의 '안과 밖'이 통하는 은밀한 造化의 기운

소설 『작별하지 않는다』를 읽다 보면 문장 혹은 문장부호 어느 하나라도 그냥 간과할 수 없이 작가의 섬세한 감성과 이성의 한계 너머를 고뇌하는 철저한 정신[3]을 접하고 감동하게 되며 경외감마저 듭니다. 실로 깊은 의미를 은닉한 문장 요소들은 단연 비범한 기운이 서려 있습니다. 문장과 문장 사이의 행간과 그 문장들의 여백 안팎에서 일어나는 오묘한 기운이 서려 있으니 지성의 한계를 넘어서는 느낌을 도처에서 받게 됩니다. 이성의 한계

---

3   이 강연문에서 '정신'은 마음[心] 또는 영혼과는 구별하여 사용하고자 합니다. 졸저『유역』의 기본 개념인 '귀신'은 정신의 어떤 경지에 이르러 나타나 작용하는 초월자로서 '假化'되는데, 이 귀신이란 것(鬼神者)은 수운 동학에서 한울님의 '降話之敎'에 나오는 바, '마음의 조화 작용을 주재하며, 理이며 동시에 氣'이면서 '무위이화'를 주재하는 존재입니다. 지극한 마음[修心]에서 비롯되는 조화의 주재자가 동학의 '귀신'인 것이죠. 동학의 '귀신' 관점에서 이 땅의 오랜 전통을 가진 마음[心]의 修心을 거치면 '정신(Psyche, Geist)'의 범주에 이르게 되고 이 '정신의 경지 그 여하에 따라서' 영혼과의 접합 즉 '접령(혹은 접신, 강령, 강신)'이 일어납니다. 어찌 보면 귀신과 영혼은 不二이죠. 정신이 어떤 계기를 만나 자기 안과 밖에서 接하게 되는 초월적 존재가 '영혼'이라 할 수 있으니까요.
    심리학에서 말하는 정신과 영혼의 뜻은 '유역문예론'에서 설정한 뜻과는 서로 교집합을 가지고 교환되면서도 서로 다르다고 생각됩니다. 그건 여러 이유가 있겠습니다만, 심리학이 일반인의 심리를 대상으로 한 '일반 학문'임에 비해, 유역문예론에서의 '정신'은 '작가'를 상대로 한 특수성을 가진 개념이란 점. 모름지기 '작가'라 함은 저 나름의 수심정기와 작가됨의 절차탁마를 필히 거쳐야 하므로, 작가의 정신은 '자기self, Selbst'의 내면세계의 모순성을 다스리고 통합할 수 있는 심리학적 정신Psyche 개념을 기본으로 삼되, 작가의 내면과 외면을 동시적 상호세계로 인식하고 외향적 자기 운동성을 가진 개념(Geist)을 포함합니다. 수운 동학에서 중시하는 '降靈', '接靈', '修心(守心)'의 깊은 의미를 찬찬히 살피고 이해하게 되면, '문학과 예술' 영역에서 작가의 '정신'을 이해하는 데에 도움이 될 수 있습니다.

를 넘어 신이神異라고 이를 '알 수 없음[不然]'*의 영역이 소설 작품 바탕에 깔려 있달까. 소설에는 절차탁마 속에 얻은 작가정신이 인위人爲의 벽을 넘어 남기게 되는 무위無爲의 자취들이 역력합니다. 그러한 '무위이화無爲而化'*에 따라 나타나는 신이한 초월성은 노벨문학상 수상작으로 평가할 만한 소설『작별하지 않는다』에서 두루 관찰됩니다. 이점은 그 자체로 한강의 문학정신이 오랜 세월에 걸친 세속의 고통과 시련을 나름으로 극복하고 지성至誠의 마음을 잃지 않고서[4] 독자적인 소설 창작에 최선을 다함을 의미합니다.

*

통상 독자들은 눈치채지 못하거나 대수롭잖게 여겨 주의를 기울이지 않습니다만, 세심한 독자는『작별하지 않는다』의 시작에서부터 소설의 주제나 내용과는 차원이 다른 다소 생경하고 무어라 규정할 수 없는 '조화造化의 기운'이 은미하게나마 생생함을 느끼게 됩니다. 그 조화의 기운이 은미하게 일어나는 특이한 소

---

4   졸저『유역』,『개벽』에서는 수운 동학이 중시하는 '修(守)心正氣'와 유가의 최고개념인 '至誠'은 문맥에 따라 같은 뜻 혹은 비슷한 뜻으로 함께 사용됩니다.
        참고로, 유가에서 '至誠'은 '鬼神'을 가리킵니다. (『중용』제24장 참고. 朱子는 至誠을 '귀신'으로 해석)

설적 요인은, 소설의 서두인 1부 「새」의 첫 장 「결정結晶」의 서술자narrator가 '작가 한강'인 것과 깊은 연관성이 있습니다. 엄격히 말하면, 1부 첫장에서의 '나(작가 한강)'는 실존 인물인 일반인 한강과도 서로 다른 '작품 안의 서술자인 작가 한강'이면서, 이 작품의 플롯을 이끌어가는 서술자인 작가 경하와도 다른 서술자입니다. 소설 『작별하지 않는다』의 심층에 가닿는 길은, 이 소설이 은폐하고 있는 서술자의 특이성을 이해하는 것이 선결적입니다.

소설의 1부 첫 장 「결정」의 서술자가 소설 밖에 실존하는 '작가 한강'으로 설정된 것은 『작별하지 않는다』 플롯 안에 '작가 한강'의 정신Psyche[5]이 더불어 존재하며 작용한다는 의미를 가집니다.

1부 첫 장 앞머리에서 작가 한강은 자신이 꾼 꿈을 이야기한 후, 이어서 작가 한강이 전작 『소년이 온다』를 쓰고 나서 겪은 극심한 심적 고통을 호소합니다. 그 부분을 잠깐 보죠.

그 꿈을 꾼 것은 2014년 여름, 내가 그 도시의 학살에 대한 책을 낸지 두 달 가까이 지났을 때였다. (……) 마침내 잠시 잠들 수 있을 것 같다고, 아니, 거의 잠들었다고 느꼈을 때였다. <u>감은 눈꺼풀 속으로 별안간 그 벌판이 밀려들어왔다. 수천 그루의 검은 통나무들 위로 흩어지던 눈발이, 잘린 우듬지마다</u>

5　'정신' 개념은 앞의 주 3을 참고.

• 알 수 없음[不然(不然其然)]

소설 『소년이 온다』를 읽기가 참 힘들고 괴롭습니다. 1980
년 광주민중항쟁 당시에 군인들에게 죽임을 당한 어린 소년들
의 혼이 주인공인 이 소설은 구체적인 현장성을 곳곳에 사실적
으로 그려놓은 탓에 소설 공간은 항쟁에 참여한 수많은 시민들
의 시신에서 흘러내린 핏물이 낭자하고 시신 썩는 냄새가 진동
합니다. 읽어가면서 작가가 겪었을 고통에 대해 안쓰러운 마음
이 드는 한편, 전두환과 신군부에 의해 자행된 광주시민학살
의 진상을 고발하는 투철하고 진실한 작가 정신에 깊은 경의를
표하게 되더라구요.

『소년이 온다』는 이 땅에서 살아가는 가난하고 소박한 인민
들의 시각에서, 악마적 신군부 집단이 광주민중항쟁에 참여한
양심적 시민들을 천인공노할 폭력성으로 대학살하는 현장을
적나라하게 고발합니다. 하지만 고발문학의 차원을 넘어 이 작
품은 내용과 형식 모두에 있어서 심층적 분석을 기다리고 있습
니다.

가령, 1980년 5월 민중항쟁 당시 진압군에 학살당한 중심적
주인공 중학생 소년 '너'(동호)를 서사하는 내레이터는 '너'(동
호)의 친구이면서 같이 학살당한 소년 '정대'의 혼령입니다. 우
선 일인칭 주인공 내레이터인 '나'(정대)는 죽은 소년의 혼령
입니다. 작가는, 실제로 광주민중항쟁의 자료를 하나하나 수집
하고 이를 소설로 재구성하는 과정에서 어린 중학생 소년들이
무자비하게 살해된 사실을 접하고 왜 이런 소년들마저 학살을
당해야 했는가, 하는 실로 부조리하기 짝이 없는 기막힌 현실

소금처럼 쌓여 빛나던 눈송이들이 생시처럼 생생했다.

그때 왜 몸이 떨리기 시작했는지 모른다. 마치 울음을 터뜨리는 순간과 같은 떨림이었지만, 눈물 같은 건 흐르지도, 고이지도 않았다. 그걸 공포라고 부를 수 있을까? 불안이라고, 전율이라고, 돌연한 고통이라고? 아니, 그건 이가 부딪치도록 차가운 각성 같은 거였다. 보이지 않는 거대한 칼이—사람의 힘으로 들어올릴 수도 없을 무거운 쇳날이—허공에 떠서 내 몸을 겨누고 있는 것 같았다. 나는 그걸 마주 올려다보며 누워 있는 것 같았다.

봉분 아래의 뼈들을 휩쓸어가기 위해 밀려들어오던 그 시퍼런 바다가, 학살당한 사람들과 그후의 시간에 대한 것이 아니었는지도 모른다고 그때 처음 생각했다. 다만 개인적인 예언이었는지도 모른다고. 물에 잠긴 무덤들과 침묵하는 묘비들로 이뤄진 그곳이, 앞으로 남겨질 내 삶을 당겨 말해주고 있었는지도 모른다고.

그러니까, 바로 지금을. (11~12쪽)

특히, "그때 왜 몸이 떨리기 시작했는지 모른다. 마치 울음을 터뜨리는 순간과 같은 떨림이었지만, 눈물 같은 건 흐르지도, 고이지도 않았다. 그걸 공포라고 부를 수 있을까? 불안이라고, 전율이라고, 돌연한 고통이라고? 아니, 그건 이가 부딪치도록 차가운 각

28

을 목도하며, 이 죽음의 고발을 통해 광주민중항쟁을 사실적으로 되돌아보고 이를 통해 한국사회가 안고 있는 참담한 부조리와 모순들을 객관적으로 보여줍니다. 광주민중항쟁에서 학살당한 소년들의 생전 삶과 죽은 넋의 존재를 통해 부조리와 모순으로 가득 찬 한국사회의 부패한 내부가 적나라하게 드러납니다. 즉, 광주민중항쟁을 통해 민주화운동, 노동운동, 계급 모순 또는 종교, 인간의 양심 문제 등 한국사회의 심각한 문제들을 비판적으로 성찰하는 가운데 '1980년 5월 항쟁' 당시 학살당한 시민들의 죽음의 의미를 지속적으로 밝혀내는 것에서 이 소설의 주제의식을 찾을 수도 있을 것입니다. 하지만 여기서는 이 소설이 가진 특이한 형식성에 국한하여 얘기하도록 합니다.

소년의 혼령이 주인공인 특이한 소설 형식에서 본다면, 죽은 혼령의 관점에서 도무지 알 수 없는 삶의 영역(不然)을 알아가는 과정(其然)이 이 작품의 숨은 주제라고 말할 수 있습니다. 주인공이자 내레이터인 어린 유령 '나'가 끊임없이 제기하는 의문은 '내가 왜 죽임을 당해야 했는가'이고, 소설은 이러한 알 수 없는 이유를 부조리와 모순투성이인 한국사회에서 확인해가는 이야기입니다. 그런데 흥미로운 점은 소설 형식상 볼 때, 일인칭 주인공 '나'가 중심적 화자話者이면서도, 작가는 화자인 소년의 혼령 '나'와 함께 이야기 곳곳에 자유로이 개입하고 있다는 점입니다. 앞에서 이미 충분히 얘기했듯이, 작가가 이야기꾼의 지위에서 소설 플롯 안에 은근히 개입하고 참여하는 특이한 소설 형식을 보인다는 것. 그러니까 이처럼 죽은 혼령이성 같은 거였다. 보이지 않는 거대한 칼이—사람의 힘으로 들어올릴 수 없을 무거운 쇳날이—허공에 떠서 내 몸을 겨누고 있는 것 같았다."라는 고백은 새겨둘 필요가 있습니다. '마치 울음을 터뜨리는 순간과 같은 떨림' '이가 부딪치도록 차가운 각성' '내 몸을 겨누고 있는 것 같은 보이지 않는 거대한 칼' '사람의 힘으로 들어올릴 수 없을 무거운 쇳날'… 전통 무巫의 특징들이 알레고리로서 드러나니까요. 하지만 저 정신적 특징들이 설령 염려할 만한 신경 증상이라 할지라도, 중요한 것은 작가 한강의 지심이 작용한 산물이라는 점입니다. 지극한 성심에서 귀신의 작용이 있는 법이니까, 방금 말한 전통 무의 존재가 어른대는 것이고, 바로 그러한 조화를 주재하는 귀신의 작용 탓에 "물에 잠긴 무덤들과 침묵하는 묘비들로 이뤄진 그곳이, 앞으로 남겨질 내 삶을 당겨 말해주고 있었는지도 모른다고.// 그러니까, 바로 지금을."이라는 조화의 시간, 즉 과거의 주검들이 '바로 지금'에 살아나고 "남겨질 내 삶을 당겨 말해주"는 무위이화無爲而化의 시간성을 깨치기에 이른 것입니다.

소설의 맨 앞에서 『작별하지 않는다』를 쓰는 중인 '소설 밖의 작가 한강'이 깨친 '바로 지금'이라는 조화(무위이화)의 시간이 소설 안 서사의 시간과 서로 통한다는 것을 뜻합니다. 다시 말해 소설 밖의 작가 한강이 창작의 고통을 극복하는 과정에서 '정신'이 주인공이면서, 그 혼령의 곁에 혹은 내면에 작가의 시점이 함께 있다는 것은, 전지자로서 작가가 알게 모르게 영매靈媒, 즉 무당巫堂의 시선을 내면화하고 있다고 말할 수 있습니다. 적어도 형식적으로는 그렇습니다. 억울한 죽음의 이유인 알 수 없음(不然)을 사령死靈의 존재를 통해서 알 수 있음(其然)으로 바꾸어 간다는 것은 무신론 또는 유물론에서는 상상조차 할 수 없는 것이고 이는 죽음이 물질적 현세의 끝이 아니라 현세의 정화淨化와 구원에 연결되어 있다는 작가의식의 발로라 할 수 있습니다. 유기체적 존재의 문학관에서 보면, 당연히 죽음도 삶의 상관적 상호 관계에 있으니 삶의 창조력으로 이어질 수 있으며, 샤먼은 바로 그러한 소임을 맡은 신령한 존재들을 대표합니다.

소설 형식상 주목할 대목은, 소설의 맨 뒤 에필로그「눈 덮인 램프」입니다. "그 이야기를 들었을 때 나는 열 살이었다."로 시작되는 '에필로그'에는『소년이 온다』를 쓰게 된 저간의 사정을 알리는 작가 목소리가 직접 나옵니다. 광주민중항쟁의 진상에 관한 실증 자료를 구하고 그 자료의 일부 내용과 함께, 죽은 소년의 가족들의 증언 등이 실제 그대로 나오는데, '후일담' 형식으로 "형님네 살던 집주인이 문간채를 사글셋방으로 내놨는디 주인집 아들하고 동갑 먹은 애기가 그 방에 살았다요. 중학교에서만 셋이 죽고 둘이 실종됐는디, 그 집에서만 셋이 죽고 애들 둘이……"에서 작가는『소년이 온다』의 주인공들인 두 소년이 실존 인물들임을 밝힙니다. 작가가 구한 자료들을 통해 광주민중항쟁에서 벌어진 잔인한 학살 내용은 하나하나 실증되고 작가가 광주 망월동에 묻힌 주인공인 중학생 '동호'

접한 '바로 지금'[6]이 소설 안의 현실 속으로 통하게 된 것입니다.

　그 모든 안간힘이 지나간 늦봄, 서울 근교의 이 복도식 아파
트로 세를 얻어 들어온 거였다. 더이상 돌볼 가족도, 일을 할
직장도 남아 있지 않다는 사실이 실감 나지 않았다. 오랜 시간
나는 일을 해서 생계를 꾸리는 동시에 가족을 돌봐왔다. 그 두
가지 일이 우선이었으므로 글은 잠을 줄여서 썼고, 언젠가 마
음껏 글을 쓸 시간이 주어지기를 은밀히 바라왔다. 하지만 그
런 종류의 갈망은 이제 더 남아 있지 않았다. (……)
　<u>유서는 어느 밤에 이미 써두었다.</u> 몇 가지 일을 부탁드립니
다, 라는 문장으로 시작되는 그 편지에는 어느 서랍 속 상자에
통장들과 보험증서와 전세 계약서가 있는지, 내가 남길 돈의
얼마만큼이 어디에 쓰이길 원하는지, (……)

*

　인생과 화해하지 않았지만 다시 살아야 했다.
　두 달 남짓한 은둔과 근 기아 상태로 상당량의 근육이 소실

6　후술하겠습니다만, 작가 한강이 깨친 '바로 지금'은 조화의 기운이 작
　용하는 '바로 지금'이므로, 독자가 읽고 있는 한 기운 속의 '바로 지금
　(至氣今至)'과 통하게 됩니다.

의 묘를 참배하는 것으로 소설은 끝납니다.

전통 샤먼은 죽은 혼령을 초혼하는 능력을 체득하기 위한 통과의례로서 남의 고통을 '대리 체험'하거나 심한 무병巫病을 앓던가, 극심한 고통을 체험하는 입무의식入巫儀式을 필히 거쳐야 한다잖아요. 억울한 넋을 불러 해원하는 샤먼의 능력을 얻으려면, 억울하게 죽은 타자의 고통을, 허구적이라도 상상력으로, 처절한 실제인 양, 철저히 자기화하는, 극심한 고통 과정을 의례히 통과해야 한다는 겁니다. 전통적으로 큰무당이 되기 위해서는 이 고통스런 입무의식이 꼭 필요했습니다. 『소년이 온다』에서 그토록 세세하게 묘사되고 있는 주인공 소년 동호와 정대 그리고 시민들이 당하는 잔혹한 학살 장면, 난자당한 시체에 대한 집요한 묘사 장면을 읽으면서 한강이라는 작가의식의 심연에서 큰 샤먼의 눈빛이 느껴졌다고 할까, 작가의식에서 샤먼의 존재가 느껴지는 것입니다. '소년이 온다'라는 제목도 그 의미가 다의적일 텐데, 무당이 부르는 초혼招魂의 깊은 의미가 그 안에 들어 있습니다.

이렇듯, 소설 『소년이 온다』에서 주목할 점은 작가가 플롯 안에 깊이 개입하여 영매의 역할을 충실히 수행한다는 사실입니다. 이는, 이야기 안에 직간접적으로 참여하는 '영매'로서의 작가가 은폐되어 있다는 뜻이기도 합니다. 그 작가 한강이라는 은폐된 존재는 죽은 소년의 혼을 불러들일 수 있는 초월적 능력을 지닌 존재, 억울한 넋을 대신해서 해원해주는 샤먼적 존재라고 부를 수 있습니다. 해서, 주인공 소년들이 겪은 육신과 마음의 끔찍한 고통을 작가가 자기 온몸, 즉 눈, 코, 혀, 귀, 몸의

되어 있다는 것을 나는 깨달았다. 편두통과 위경련, 카페인 함량이 높은 진통제 복용의 악순환을 끊기 위해서는 (……)

편지를 이어서 써야 한다고 그때 생각했다. 아니, 새로 써야 한다고. 유성 사인펜으로 겉봉에 유서, 라고 적어둔, 수신인을 끝내 정하지 못했던 그 글을, 처음부터 다시. 완전히 다른 방식으로. (13~16쪽)

우선, 작가 한강이 소설 『작별하지 않는다』를 집필하기까지 삶의 시련과 소설 쓰기의 고통을 고백하는 대목에서 독자들은 안쓰러움 또는 동정심을 가질 수 있습니다만, 그 안타까움 이전에 '진실한 작가 되기'의 어려움을 이해해야 합니다. 곧 '진실한 작가'로 우뚝 서기까지의 지극한 성심[至誠]과 '수심정기'[7]가 꼭 필요함을 작가 한강이 고통과 시련의 고백 속에서 읽는 것이 긴요하겠지요. 아무튼 첫 장 「결정」을 보면, 작가 한강은 『소년이 온다』를 쓰고 나서 극심한 심신의 고통과 생활의 고충을 겪으면서도 제주 4·3 학살 사건을 다룬 소설을 써야 한다는 작가적 책무에 시달린 것 같습니다. 인용문 뒤에, 시대가 작가에게 부여한 소명을 다하고자, 자진自盡할 각오로 "유서"를 써놓을 정도였으니, 작가로서 심적 고통이 이만저만이 아니었던 듯합니다. 사실 이 대

---

7   수심정기(修心正氣, 守心正氣)는 수운 동학의 주요 가르침. 『개벽』(81~86쪽) 참고.

감각으로 서사할 수 있었던 것입니다. 샤먼이 빙의하듯이 주인공 소년과 광주 시민 학살의 순간순간을 바로 '그 학살의 현장 속에서 직접적이고 동시적으로' 대리 체험하면서, 고통받는 주인공들의 혼령을 '빙의의 형식'을 빌려 자기화하는 것입니다. 바로 이것이 한강의 소설『소년이 온다』의 형식이 지닌 신령한 존재감의 경지 아닐까요? (……)

—『유역』301~305쪽

프루스트도『잃어버린 시간을 찾아서』에서 기억을 통한 시간 여행을 떠나지만, 따지고 보면 근원을 찾아가는 존재로의 지난한 순례를 통해, 알 수 없는 시간(不然)의 존재화(存在化, 즉 其然), 알 수 없는 기억(不然)의 존재화(其然), 알 수 없는 언어(不然)의 존재화(其然)를 통해, 결국 인간의 존재 속에서 일어나는, 알 수 없는 '근원'의 존재화 과정을 모든 존재에 대한 시간론적인 사유와 탁월한 문학적 감수성을 통해 표현한 것 아닐까.

우리는 창조적 유기체론을 더 깊이, 더 넓게 적용하고 해석할 수 있어야 합니다. 그럼으로써 새로운 유역의 작가들과 생산적인 대화에 나설 수가 있습니다. 세계문학사적으로 걸작인 F. 카프카의『변신』은 "어느 날 아침 그레고르 잠자가 불안한 꿈에서 깨어났을 때 그는 자신이 침대 속에 한 마리의 커다란 해충으로 변해 있는 것을 발견했다."라는 첫 문장으로 시작됩니다만, 왜 주인공이 커다란 해충으로 변했는지, 이성적으로는 도무지 알 수 없습니다. '불연'인 것이죠. 하지만『변신』을

목에 이르면 우리의 작가 한강의 도저한 문학정신을 대충이라도 어림하고 숙연해지고 또 경외심을 갖게 됩니다.

우리가 곧잘 말하곤 하는 "지극한 마음[至心]"은 무엇일까. 특히 진실한 문학을 추구하는 작가가 구해야 하는 '성심(致誠)'이란 산속에서 도를 닦는 도사심이나 무슨 종교에 귀의한 신앙심 따위와는 다릅니다. 무엇보다, 문학하는 마음은 세속의 인민들이 겪는 아수라 같은 삶과 죽음의 세상을 여의고는 허망한 사변 수준의 문학 행위에 그치고 만다는 것. 한강의 저 문장들이 품고 있는 작가정신 속엔 이 땅의 인민들이 겪은 1980년 5월 광주민주화운동 당시 신군부에 의해 자행된 잔학한 집단학살과 그 전에 일어난 1948년 제주 4·3 주민학살 사건이라는 상상조차 하기 힘든 끔찍한 역사를 외면하지 않는 정의와 정기正氣가 도사리고 있습니다.

하지만 아무리 민중을 위하고 높이는 역사의식이라도 곧바로 '진실한 문학'을 보장해주지는 않는 법이니, 소설 첫 장「결정」에서 서술자narrator가 '작가 한강'인 사실이 지닌 문학적 의미를 이해해야 합니다. 곧 서술자가 '작가 한강'인 1부 첫 장은 한강의 '작가정신'의 내력이 세속적 시련과 고통을 철저한 자기 수련을 통해 '지극한 마음(至心, 誠心)'에 이르러 '조화의 기운(至氣)'을 터득하는 과정에 있음을 알려주는 것, 그리고 이 '지극한 성심'이 불러오는 조화의 기운이 소설 밖의 '작가 한강'이 소설 안으로 들

읽어가면서 독자들은 여러모로 분석하고 풀이해가면서 이성적으로 '알 수 없는 세계'가 있음을 깨닫게 됩니다. 그 알 수 없는 세계의 존재는 문학이라는 이름의 존재를 통해 그 알 수 없음이 알 수 있음의 가능성으로 변하게 되는 것이 아닐까요? 알 수 없는 존재가 '문학적 존재화'를 거치면서 알 수 있는 존재 가능성의 지평으로 감지 또는 직관되는 것이죠. 그러니까 적어도 카프카는 알 수 없는 근원을 자기 고유의 문학적 형식으로서 표현한 것이라고도 할 수 있습니다. '기연'인 것이죠.

중요한 것은 근원에 대한 사유는 유기적이라는 것입니다. 없음은 있음에, 없음은 또 다른 없음에, 일인칭은 삼인칭에, 전지칭에 함께 연결되어 있다는 것. 그래서 아무런 논리적 매개 없이 직접 도출된 초이성적 존재는 카프카의 영감에 의해 문학적 존재로 변한 것입니다. 불연이 기연이 된 것이죠. 그래서, 독자들은 아무런 논리적 매개가 없을지라도, 『변신』에서 '그레고르 잠자'가 변해버린 커다란 해충을 가정적 존재(假有)로서 기꺼이 받아들입니다. 이 또한 문학적 아이러니인데, 물론 커다란 해충으로 변신한 주인공이 상징하는 여러 숨은 의미들이 있습니다만, 중요한 것은 작중 화자(내레이터)가 '이성적인 동시에 초월적인' 자기모순성을 가진 존재라는 점입니다. 그 또한 불연기연의 논리로 해설이 가능한데, 이 경우에 화자는 전지전능한 관찰자로서 이성의 한계를 넘어서 현실과 초현실을, 생성과 소멸을 아우르는 근원성을 지닌 존재라는 점에서 주목할 필요가 있습니다. (……)

—『유역』311~312쪽

어옴으로써 '소설 안으로' 들어왔음을 암시하고 있는 것이란 점. 바꿔 말해, 소설 밖의 '작가 한강'이 천지조화의 기운을 부르는 지성至誠[8]적 존재로서 '소설 안에 은폐된 상태'임을 미리 알리는 것이죠.

그렇듯, 세속적 삶 속에서 견디고 견디다가 절체절명의 시간에 이르러 마침내는 "유서"를 준비할 수밖에 없던 작가 한강의 지극한 마음은 조화의 근원적 기운과 하나가 됩니다. 수심정기 속에서 구한 지심에서 우러나는 정신이 드디어 조화의 기운을 접하여 걸작 『작별하지 않는다』의 집필에 이르게 된 것입니다.

유성 사인펜으로 겉봉에 유서, 라고 적어둔, 수신인을 끝내
정하지 못했던 그 글을, <u>처음부터 다시, 완전히 다른 방식으로.</u>

작가 한강이 마침내 토로하는 이 말이 지닌 의미는 실로 심대합니다. 적어도 이 말 속엔 1980년 5·18 광주민주화운동 당시 시민 학살을 다룬 전작 『소년이 온다』와도 창작 방식을 달리하겠다는 뜻이 포함되어 있을 테니까. "처음부터 다시 완전히 다른 방식으로" 쓰는 까닭은 기성의 소설 창작 방식 기존 해묵은 소설의식을 작파하고, 지극한 마음(至心, 守心)이 일으킨 조화의 기운이 한강의

---

8   앞주4 참고.

어떤 문학적 의도가 작용해서도 아니고, 작가들이 이 나라 질곡의 현대사와 모순이 가득한 험난한 세월을 지나면서 자연히 '영혼의 문제가 중요하다.'라는 생각을 가지게 된 게 아닐까요? 작가 한강의 역작 『소년이 온다』가 한국소설사에 던진 생산적인 질문 중 하나는, '혼령의 시점에서 현실 세계를 돌아보고 서사敍事한다는 의미는 무엇인가', 하는 문제입니다.

역사가 있으면 필연적으로 무수한 죽음의 시간이 있습니다. 그러니까, 모든 유역들은 저마다 고유한 역사가 있고, 그 유역의 역사에 부합하는 공통의 생활사生活史를 가지고 있습니다. 정치사政治史 중심의 역사 인식은 필경 정치적 지도指導와 지배의 크기에 따른 것이기 쉽습니다. 유역문예론적 관점은, 지배적 역사 인식에 대한 인식론적 전환을 요구하게 되는데, 지도적 인물사 중심의 역사의식을 인민들의 생활문화 중심의 역사 기술로 바꾸는 것입니다. 생활문화에는 일반적 사회관계를 포함하여 인민 개인들이 일생 동안 겪게 되는 생로병사의 문화가 담겨집니다. 이 말은 문학이 역사적으로 큰 사건, 정치사적 대사건을 소재로 삼더라도, 인민들의 생활사적 관점을 견지해야 한다는 의미입니다. 그러는 중에 자연히 죽음은 생활문화의 영역으로 들어올 수 있어야겠지요.

지배계급 또는 지배자의 역사 기술을 극복하기 위해서는 인민들의 생활사를 통해 정치사를 새로이 풀어낼(기억할) 작가적 능력과 역량을 키워야 합니다. 유역의 작가는 역사적 시공간 속에 캄캄하게 묻혀버린 인민들의 생활사적 시공간을 '창조적으로' 펼치는 가운데, 수난받는 인민들의 억울한 죽음들 창작 방식을 바꾼 것이리라 추측하게 됩니다. 이런 추측이 가능한 것은 앞서 본 바와 같이 '바로 지금'의 해석과 밀접한 연관성이 있습니다. '바로 지금'은 역사나 물리가 가리키는 시간이 아니라, 지극한 성심[至誠]이 품은 지기至氣의 시간, 조화造化의 무궁한 기운의 시간을 가리키는 것이니까요. 이렇듯이 조화의 기운과 접하고 한 몸이 됨으로써, 자연히 작가 한강은 기존의 해묵은 소설 창작 방식이나 상투적 소설 문법을 저절로 폐기하는 쪽으로 갈 수밖에 없게 됩니다. "처음부터 다시. 완전히 다른 방식으로." 지극한 마음속에 접령한 귀신[9]이 조화造化를 부린 것이라 할 수 있습니다.

바로 이 작가 한강의 지극한 성심 속에서 귀신 혹은 귀령鬼靈과의 '접령 능력'이 생김에 따라서, 소설『작별하지 않는다』는 소설 안과 밖이 조화(무위이화)의 계기를 품고서 개활성開豁性[10]의 기

---

9   『논어』,『중용』에서 공자가 설한 '귀신'의 정의는 후세에 북송의 소강절邵雍 장횡거張載 등을 거쳐 남송의 주자朱熹에 이르기까지 성리학적인 진전이 이루어집니다. 주자학적 귀신관은 이후 조선 성리학에서 그 의미가 '확충'되어 조선 후기 임성주任聖周의 기일원론 철학의 정수로서 '귀신' 개념을 낳고, 그 후 수운 최제우水雲 崔濟愚의 東學 창도에 직접적인 계기가 된 '한울님의 降話之敎'에서의 말씀 중 '귀신'의 정의에 이르러서 고유한 '이 땅의 혼'의 유래를 설명할 정신사의 내력이 세워집니다. 여기서 귀신에 대해 자세한 설명은 생략합니다. '귀신론'은『개벽』(21~27쪽, 33~53쪽),『유역』에 비교적 소상히 설명되어 있으니 참고하기 바랍니다.

10   '개활성'은 '진실한(성실한)' 문예 작품이 품고 있는 '조화의 기운'이 그 본성의 '隱微'함에도 불구하고 '근원적 생명력과 원활히 통함'을 가리키는 개념.『개벽』(74~81쪽, 194~196쪽) 참고.

을 지금-여기에로 '불러들이는' 초혼(영매)의 정신도 더불어 필요합니다. 간단히 말하면, 생활의 형식과 함께 죽음의 형식에 대한 창작 방법론상의 고뇌가 필요하다고 봅니다. (……)

—『유역』316~317쪽

- **무위이화**無爲而化
- **귀신**

인류 정신사에서 존재론의 새 지평을 연 M. 하이데거는 "예술 작품의 근원이란 [거기로부터] 그것의 본질이 비롯하는 그 유래이다."라는 '예술 작품의 존재'에 관한 명제를 제시했습니다. 앞서 수운 동학에서 '귀신'의 본질이 '유래'하는 바가 이 땅에서 반만년도 넘게 전승된 천지인 삼재를 바탕으로 삼은 '귀신'의 존재와 깊이 연관된 것이라면, 한국인에게 예술 작품의 근원은 '귀신'과 연관성이 없을 수 없습니다. 다만 잊고 있을 따름입니다.

귀신론이 안고 있는 난점은 예술 작품에서의 귀신은 접接하기 어렵고 형상形狀하기 쉽지 않다는 점입니다. 그 우선하는 이유는 귀신의 본성은 '하늘의 조화'인 지극한 기氣의 속성에서 찾아질 수 있기 때문입니다. 수운은 손수 동학 주문 21자 중 맨 앞의 '강령주문' 첫마디인 '지기금지至氣今至'에서 '기'를 다음과 같이 풀이합니다.

'氣'라는 것은 허령이 창창하여 일에 간섭하지 아니함이 없고 일에 명령하지 아니함이 없으나, 그러나 모양이운을 한껏 머금은—환상과 현실이 통하는—"완전히 다른 방식으로"소설을 쓸 수 있게 된 것이죠.

작가 한강이 서술자로서 소설 안에 등장한 사실은 그 자체로 소설의 안과 밖이 조화의 기운이 통하는 "완전히 다른 방식"의 소설 창작을 예고합니다. 특히 주목할 점은, 소설 첫머리에 '소설 밖의 작가 한강'이 꾼 꿈 이야기가 '은밀하게' 소설 안의 현실 속 '환상'으로 전이된다는 것. 소설의 형식만이 아니라 소설의 내용도 각각 '안과 밖'이 서로 신통神通하는 조화造化의 관계에 놓인 것이죠.

결국, 소설의 맨 앞에 나오는 '소설 밖의 서술자인 작가 한강'이 꾼 꿈 이야기가 '소설 안의 서술자인 작가 경하'가 서술하는 '꿈 같은 환상'에 은밀하게 통하고 작용하는 결정적 계기가 되는 것입니다. 이는 작가 한강이 고백한 대로, 『작별하지 않는다』의 집필에 임하면서 "처음부터 다시. 완전히 다른 방식으로." 창작 방식을 깨닫게 되었음을 밝힌 사실과 깊은 관련성이 있습니다.

있는 것 같으나 형상하기 어렵고 들리는 듯하나 보기는
어려우니 이것은 또한 혼원한 한 기운(是亦渾元之一氣)
이요. (「논학문」,『동경대전』)

천지간 기운의 조화를 주재하는 귀신은 '氣라는 것' 즉 '허
령이 창창하여 일에 간섭하지 아니함이 없고 명령하지 아니함
이 없으나, 모양이 있는 것 같으나 형상하기 어렵고 들리는 듯
하나 보기는 어려운' 존재와 다를 바 없습니다. 그럼에도 귀신
은 음양이기의 양능良能이고 '틈이 없는 영처(靈處, 妙處)'로서,
무위이화의 주체입니다.
　이렇듯 귀신이란 그 본성상 사람의 마음과 접하고 감각에
잡히기가 어렵다 보니, 예술 작품의 창작과 비평에서 귀신의
묘용을 논하는 일은 선입견과 편견에 따른 갖가지 오해들이 야
기될 위험을 안고 있습니다. 이렇듯 귀신론의 속사정이 녹록치
않기 때문에, 창작하는 예술가만이 아니라, 예술 작품을 감상
하고 해석하는 비평가도 예술 작품이 품고 있는 귀신을 접接하
여 그 진실성을 보는 성심의 '눈'이 중요합니다. 곧 예술가의 수
심정기(또는 성심)를 통한 지기에 이르러 '외유기화'로서 나타
난 예술 작품을 격물格物하는 비평가의 성심이 아울러 필수적
입니다. (……)

동학 주문 중에 '조화는 무위이화'라고 한 수운의 풀이, '鬼
神 誠心 造化는 한 기운[一氣]이 시키는 것'이란 해월(海月 崔時
亨)의 말씀을 함께 생각해보면, 귀신은 성심(수심정기)에서 무

4
꿈의 원형과 소설의 원형은 不二 관계

　소설『작별하지 않는다』의 첫머리에 작가 한강이 '실제로 꾼 꿈 이야기'에는 한강의 무의식이 품고 있는 원형archetype 상(像, Bild, image)[11]들이 들어 있습니다. 특히 원형 상들을 통해 한강의 무의식의 원형이 가리키는 의미만이 아니라 그 한강의 꿈속 원형상이 『작별하지 않는다』 안의 원형상으로서 전입轉入 혹은 이월되어 작용하는 광경을 살필 수 있습니다. 작가 한강이 허구 밖에서 꾼 꿈은 허구 안에서 환상과 교통하면서 한강이 꾼 꿈속의 원형들은 소설 속의 원형들과 불이不二* 관계로서 서로 소통하며 원형이 지닌 원천적 힘을 소설 안에서도 은밀하게 일으키게 하는[生起] 계기를 이루고 있는 것입니다.

11　원형(原型, archetype, Archetypus)은 칼 융C.G. Jung의 분석심리학 개념입니다. 원형에 대한 간단한 정의는 다음과 같습니다.
　"시간 공간의 차이, 인종과 문화전통의 차이와 상관없이 인간이면 누구에게나 태어날 때부터 가지고 나온 원초적이며 보편적인 인간행태의 여러 유형. 그 행태를 가능하게 하는 선험적 조건들을 말한다. 인류가 태초의 시간부터 경험한 것들의 침전물이며 대를 이어 유전된 정신으로 뇌의 구조와도 관계된다. 또한 모든 신화의 공통분모인 신화소(Mythologem, 神話素) 표현된다. 수많은 원형이 있고 이것들이 집단무의식을 구성한다."
　원형상(archetypal image, das archetypische Bild), "원형 자체는 인간 행태의 선험적 조건으로서 인식할 수 없으나 이것이 인식할 수 있는 형태로 표현된 심상(心象, Imago)을 말한다. 이를 통해 우리는 원형의 존재를 알 수 있다." (이부영,『한국의 샤머니즘과 분석심리학』, 한길사, 2012)

위이화로서 조화의 덕을 펼칩니다.

무위이화는 인공적 꾸밈과 거짓이 없는 천진난만한 조화를 가리킵니다. 조화에 관여하지 않는 바가 없는 귀신의 존재야말로 진정한 예술의 본성 중 하나인 천진난만한 '놀이' 본성을 가지고 있는지도 모릅니다. 귀신론의 관점에서 자유는 인위를 넘어선 무위이화 속에서 비로소 이해될 수 있습니다. 무위의 조화, 무위이화를 통해 얻은 자유는 서구 근대의 개인주의나 자율의지에 의존하는 '자유'와는 그 의미 차원이 다릅니다. (……)

—『개벽』 54~57쪽

• 수심정기

시천주侍天主와 조화정造化定은 수심정기를 통해 이루어짐을 동학은 가르칩니다. "仁義禮智는 先聖之所敎요, 修心正氣는 唯我之更定也"(「修德文」)라는 수운의 언명에서 보듯이, 수심정기는 이 땅의 고유한 종교 사상으로서 동학의 특성과 그 고유한 성실성(진실성)을 담은 중요한 말입니다.

'守[修]心正氣'라는 말은 마음을 닦고 기운을 바르게 갖는 것입니다. 네 글자로 된 이 간단한 말이 동학의 요체임을 수운은 강조합니다. 이 강연문 앞에서 잠시 살핀 바처럼, 수운의 '수심정기' 안에는 유불도儒佛道가 하나로 회통을 이룬 풍류도와 깊은 인연이 있습니다. 현세 속에서 천지간의 원기에 합하는 맹자의 '호기'(浩然之氣)도 포함된 유가의 수기修己, 아울러 불가의 일심一心, 선가(도가)의 양기養氣를 통해 기운을 바

이렇게 '소설 밖의 작가 한강'이 서술하는 꿈 내용과 '소설 안의 작가 경하'가 서술하는 환상 내용은 서로 '둘이면서 하나'로 통함, 곧 불이로서 소설 안팎으로 조화造化의 힘을 낳는 특이한 '방식'이 됩니다. 작가 한강의 의식과 무의식이 소설 안의 서술자인 작가 경하의 의식과 무의식과 서로 불이 관계이므로, '작가 경하'가 서술하는 아래의 문장들이 나오게 된 것이지요.

(1)

(……) 다섯 살의 내가 K시에서 첫눈을 향해 손을 내밀고 서른 살의 내가 서술의 천변을 자전거로 달리며 소낙비에 젖었을 때, (136쪽)

(2)

피에 젖은 옷과 살이 함께 썩어가는 냄새, 수십 년 동안 삭은 뼈들의 인광이 지워질 거다. 악몽들이 손가락 사이로 새어나갈 거다. 한계를 초과하는 폭력이 제거될 거다. 사 년 전 내가 썼던 책에서 누락되었던, 대로에 선 비무장 시민들에게 군인들이 쏘았던 화염방사기처럼. 수포들이 끓어오른 얼굴과 몸에 흰 페인트가 끼얹어진 채 응급실로 실려온 사람들처럼. (287쪽)

르게 하는(正氣) 등, 군자 선인 또는 진여, 인신의 경지에 드는 동방의 정통적 수련법의 개념들이 하나로 융합되어 있습니다. (······)

따라서 동학이 강조하고 중시하는 '수심정기'의 연원과 내용에는 수운이 나고 자라며 공부한 경주 용담의 '지령地靈'에 그 오묘한 연분이 없을 수 없습니다. 수운이 손수 "人傑은 地靈이라"(「용담가」, 『용담유사』) 하여 '나고 자란 땅이 지닌 영혼의 심오함'을 가사체로 썼듯이, 풍류도와 화엄의 대승불교가 누리에서 찬란히 꽃을 피우던 옛 신라의 수도 경주 땅의 지령을 받고 태어나 성장했으니, 수운의 혼과 지령과 가문의 내력이 없다 할 수 없습니다. (······)

수심정기는 유불도가 두루 원만히 회통한 정신의 결정체라 할 수 있습니다. 아울러 '守[修]心正氣'의 내면에는 고조선 이래 신도 전통이 없다 할 수 없습니다. 이 또한 '비연비불연非然非不然'이요, 화쟁회통의 정신입니다. 수운은 자신의 선조인 고운 최치원(孤雲 崔致遠, 857~?)이 '玄妙之道 包含三敎 接化群生'이라 정의한 '풍류風流'와 그 연원인 신도 전통을 접했을 것입니다. 단군조선 이래 이 땅의 혼이요 정수精髓인 '현묘지도'가 도도히 이어지는 고향 경주 용담에서, 수운은 면면한 회통의 정신 속에서 수심정기를 터득하여 하느님 귀신과 접신하고, 마침내 동학을 창도하게 된 것이라고 생각합니다. (······)

—『개벽』 81~86쪽

소설 1부 「새」의 다섯째 장 「남은 빛」에서 취한 인용 (1)과, 2부 「밤」의 여섯째 장 「바다 아래」에서 취한 인용 (2)는 둘 다 '작가 경하'가 자신의 과거를 회고하는 서술문입니다. (1)과 (2)는 모두 소설 『작별하지 않는다』에서 허구의 서술자인 '작가 경하'가 하는 말입니다만, 그 안에는 소설 밖 '작가 한강'의 실제 삶의 내용, 그리고 한강이 쓴 전작 『소년이 온다』에서 '누락된' 장면들을 회고하는 내용이 나옵니다. 부연하면, "누락되었던, 대로에 선 비무장 시민들에게 군인들이 쏘았던 화염방사기처럼. 수포들이 끓어오른 얼굴과 몸에 흰 페인트가 끼얹어진 채 응급실로 실려온 사람들처럼." 같은 대목은 계엄군들이 잔학한 학살을 고발하는 내용도 주목할 만한 것이지만, 소설 안의 서술자인 작가 경하의 존재에 소설 밖 작가 한강의 실제 삶의 내용이 포함되어 있음이 은밀하게 드러납니다.

특히 이러한 서술자 존재의 이중성 문제는 작가론으론 신이한 정신의 경지를, 소설론으론 소설 『작별하지 않는다』가 지닌 "처음부터 다시. 완전히 다른 방식"의 문학성을 이해하는 데에 중요한 단서가 되는 것이지요.

지극한 마음과 수심정기가 이룩한 작가정신이 소설 『작별하지 않는다』의 창작뿐 아니라 비평에서도 문학하는 마음의 구심점이 되고 있다는 점을 충분히 이해할 필요가 있습니다. 성심이

• 개활성開豁性

판소리의 예술 원리 중에는 '부분의 독자성'이란 말이 있습니다. '부분 창唱'이 그 자체로 완결성을 안고 있다거나 그 자체로 완창完唱 판소리와 연결된 마치 유기체와 같다는 판소리 원리도 따지고 보면, 이야기 완결성을 추구하지 않고 천지조화의 기운을 추구하는 판소리 특유의 본성과 상통하는 것입니다. 다시 말해 이 '부분의 독자성'에는 판소리의 예술성은 그 '안팎으로 두루 천지조화의 작용에 통한다'는 뜻이 있는 것이지요. 판소리에서 오랜 절차탁마 끝에 구한 신명 또는 신통의 경지가 중요시되는 까닭도 천지조화의 원리를 터득하는 일과 무관할 턱이 없습니다.

그런데 주목할 것은 뺑덕어멈은 악하고 심청이는 선하다는 등 권선징악 문제가 아니라, 숙련된 소리꾼의 판소리 연행演行 그 자체에는 권선징악을 비롯한 일체의 인위적 분별력을 초월하는, 무위의 순수한 정서와 기운이 전해옵니다. 귀신은 물론 오랫동안 갈고닦은 명창의 소리가 지닌 신명에서 나오는 것입니다만, '천진난만'이라 일컬을 만한 무위이화의 정서와 기운이 '은미하게' 생겨난다는 점입니다. 이때 조화의 기운은 일견 보기엔 명창의 판소리 연행 자체에서 나오는 것이라 하더라도, 그 예술적 근원성에서 보면, 판소리 특유의 조화의 기운은 근본적으로 판소리의 내부와 외부가 막힘 없이 통하는 '개활성開豁性'에서 나오는 점을 깊이 헤아려야 합니다. 명창의 조건인 '득음'이란 것도 달리 생각해보면 판소리의 근원적 형식인나 수심정기 없이 한강의 소설을 온전히 이해하기란 어렵습니다. 보통 독자들은 대수롭지 않게 생각하고 지나칠 터지만, 제 비평관[12]에서 보면, 과연 소설의 서두인 1부 첫 장 「결정」의 서술자로 등장하는 '작가 한강'과 이어서 등장하는 허구의 서술자인 '작가 경하'는 서로 이질적이면서도 꿈을 통해 소통이 이루어지는 특이한 관계는 지극한 성심이 도달한 문학정신에 의해 접령하는 영혼의 존재 방식을 떠올리게 하는 것이지요. 이러한 신이한 접령의 방식은, 작가 한강이 말하는 바대로, 기왕의 서구 소설론과는 거리가 먼, "처음부터 다시. 완전히 다른 방식"을 낳는 '근원적 정신'의 새로운 소설론 문제를 제기합니다.

5

'환상'은 '바로 지금' 안에서 '은폐된 서술자'의 작용

소설 『작별하지 않는다』의 도입부에 작가 한강이 꾼 수상한 꿈 이야기가 나옵니다.

성근 눈이 내리고 있었다.
내가 서 있는 벌판의 한쪽 끝은 야트막한 산으로 이어져 있

---

12   졸저 『유역』, 『개벽』을 참고.

이 '천지조화와 통하는 개활성'을 소리꾼이 자기 본래성의 '소리' 형식으로서 터득하였다는 뜻이라 할 수 있습니다. 자기 근원, 자기 연원의 소리를 얻은 소리꾼의 판소리는 그 자체의 개활성으로 인해 선악, 호오, 시비를 분별하는 이야기 속에서도 그 분별력을 초월하는 별도의 근원적 조화의 기운이 은은隱隱하게 번지는 것이죠. 은은하게 번지는 기운임에도 그 판소리의 기운은 따지고 보면, '활연豁然한 조화의 기운'과 통하는 '은미할수록 드러나는' 기운입니다. 그래서 판소리 같은 뛰어난 예술적 기운은 향수자의 마음에 오래 남는 것입니다. (……)

—『개벽』75~77쪽

• 불이不二

원효의 일심一心사상에서 나오는 화쟁회통和諍會通의 정신, 가령 "같은 것이 다른 것이고 다른 것이 같은 것이다. 같은 것 속에 다른 것이 있고 다른 것 속에 같은 것이 있다(同卽異 異卽同 同中異 異中同)"도 이어받되, 이 화쟁의 논리는 수운 동학에 이르러서, 생명계의 실질적이고도 창조적인 사상으로 고양되어 마침내 천지인이 한 조화 속에 있는 '내유신령 외유기화 일세지인 각지불이'라고 하는 '현실적이고 구체적인 생명의 원리'로서 승화됩니다. 있음과 없음, 같음과 다름이 '불이'로써 회통은 논리의 차원을 넘어, 천지 만물이 '근원적인 동시에 현실적인 존재'인 '내유신령'의 존재들이 되는 '생명의 존재 원리'로서 승화된 것입니다. (……)

—『개벽』136쪽

었는데, 등성이에서부터 이편 아래쪽까지 <u>수천 그루의 검은</u>
<u>통나무들</u>이 심겨 있었다. 여러 연령대의 사람들처럼 조금씩
다른 키에, 철길 침목 정도의 굵기를 가진 나무들이었다. 하지
만 침목처럼 곧지 않고 조금씩 기울거나 휘어 있어서, <u>마치 수</u>
<u>천 명의 남녀들과 야윈 아이들이 어깨를 웅크린 채 눈을 맞고</u>
<u>있는 것 같았다.</u>

 묘지가 여기 있었나. 나는 생각했다.

 <u>이 나무들이 다 묘비인가.</u>

 우듬지가 잘린 단면마다 소금 결정 같은 눈송이들이 내려
앉은 검은 나무들과 그 뒤로 엎드린 봉분들 사이를 나는 걸었
다. 문득 발을 멈춘 것은 어느 순간부터 운동화 아래로 자작자
작 <u>물이 밟혔기</u> 때문이었다. 이상하다, 생각하는데 어느 틈에
발등까지 물이 차올랐다. 나는 뒤를 돌아보았다. 믿을 수 없었
다. 지평선인 줄 알았던 벌판의 끝은 바다였다. 지금 밀물이 밀
려오는 거다.

 나도 모르게 소리 내어 물었다.

 왜 이런 데다 무덤을 쓴 거야.

 점점 빠르게 바다가 밀려들어오고 있었다. 날마다 이렇게
밀물이 들었다 나가고 있었던 건가? <u>아래쪽 무덤들은 봉분만</u>
<u>남고 뼈들이 쓸려가버린 것 아닌가?</u>

 (……) 이 많은 무덤들을 다 어떻게. 어쩔 줄 모르는 채 <u>검은</u>

대소 내외를 상균相均과 조화造化 속에서 바로보고 순응하는 정신이 필요합니다. 동학의 조화(無爲而化)의 덕에 그 마음을 합하는 '조화정造化定'의 정신을 터득하는 것입니다. 유무, 대소, 내외가 분리되지 않고 내통하는 조화의 상태는 불가의 불이 정신과 통합니다. 없음과 있음은 불이입니다만, 없는 있음이고 비존재의 존재 상태입니다. (……)

—『개벽』141쪽

나무들 사이를, 어느새 무릎까지 차오른 물을 가르며 달렸다.

눈을 뜨자 아직 동이 트지 않았다. 눈 내리는 벌판도, 검은 나무들도, 밀려드는 바다도 없는 어두운 방의 창문을 바라보다 눈을 감았다. 다시 그 도시에 대한 꿈이었다는 것을 깨닫고, 차가운 손바닥으로 두 눈을 덮고서 더 누워 있었다. (9~10쪽)

이 자리에서, 과도하게 저 꿈을 분석할 필요는 없습니다. 저 꿈을 분석 해석하는 작업은 뛰어난 심리학자들이 맡으면 되니까. 이 자리에선 저 꿈을 꾼 이가 허구의 서술자인 작가 경하가 아니라 작가 한강이 꾼 꿈이라는 점을 주목하고자 합니다. 바꿔 말해, 작가 한강의 무의식이 드러난 허구 밖의 꿈 이야기는 동시에 소설이라는 허구 안의 이야기로 통하게 된 점이 중요합니다. 이 말은 작가 한강의 실제 꿈 내용은 소설의 허구 속 환상의 내용과 은밀하게 결부되어 있고 상통함을 시사합니다.

소설 『작별하지 않는다』의 첫머리에 작가 한강이 꾼 꿈 이야기가 나온 깊은 뜻은, 작가 한강의 무의식과 소설의 무의식이 서로 긴밀한 교통 관계에 있음을 암시하는 점에 있습니다. 바꿔 말하면 '작가 한강의 무의식이 지닌 원형Archetypus, archetype들'이 '소설의 무의식이 지닌 원형들'과 불이不二로서 통하고 있음이 암시되고 있는 것입니다.[13] 그 원형들은 상(像, Bild, image)을 통해 드러나는데, 한강의 무의식을 반영하는 저 꿈의 원형상은 하늘에서 내리는 '흰 눈' 즉 강설降雪의 원형상, 어머니의 원형상으로서 바다와 물, 땅과 하늘 사이를 잇는 생명력으로서 나무, 바람, 새 같은 원형 상들입니다. 그리고 방금 예시한 작가 한강의 무의식 속 원형 상들은 허구 속 서술자인 '작가 경하'가 이야기하는 소설의 무의식 속 원형의 상들과 서로 밀접하게 소통하는 '특이한 소설 구성'을 안고 있는 것입니다.

　여기에는 근본적으로 작가 한강이란 지극한 마음의 존재가 '은폐된 서술자'로서 소설 안에서 암암리에 작용하는 것이 전제되어 있음을 알 수 있습니다.

13　소설 밖에 실존하는 작가 한강이 소설 안에 들어와 잠시 서술자가 되었다가 '은폐된 서술자'로 사라집니다. 하지만 은폐된 서술자는 幾微와 자취로서 자기 존재감을 은미하게 드러내는 특성을 가집니다. 작가 한강이 소설의 서두에 서술자로 등장했다가 사라지는 이 '존재의 은폐성'은, 소설 안의 서술자인 경하가 글을 쓰는 '작가'로 扮한 것과 밀접한 연관성이 있습니다. 『개벽』(184~213쪽) 참고.

6

은폐된 서술자, "감은 눈꺼풀 안쪽으로"

소설『작별하지 않는다』의 '서술자 한강'의 경우, 소설 밖의 한 강과 소설 안의 한강은 불이不二 관계에 있습니다. 이는 결국 작가 한강이 소설 안의 허구에 은폐된 존재로서 작용한다는 의미를 내 포합니다. 소설 안에서 작용하는 작가 한강은 엄격히 말해 '신이 한 작가적 존재'인 것이죠.『작별하지 않는다』는 '작가'가 자기 소 설 안의 서술자 존재로서 나오는 소설 작품 '유형'에서 '신이한 작가적 존재'의 참모습[14]*을 보여주는 셈이죠. 방금 참모습을 보 여준다는 말은 소설 안의 작가와 소설 밖의 작가가 서로 불이 관 계에 놓임으로써, 소설은 안과 밖이 통하는 조화造化의 기운을 은 밀하게 품게 된다는 점에서 그렇습니다. 물론 이와 같은 소설 유

14　결국 중요한 것은, 소설 밖의 작가가 소설 안의 작가로 등장하는 특이 한 소설 유형에서, 곧 작가가 창작하는 '소설'에서 작가 자신이 서술자 로 등장하는 소설 방식이 어떤 효과 혹은 효력을 가져오는가, 하는 것 입니다. 소설『작별하지 않는다』에서처럼 작가 한강이 잠시 서술자로 등장하거나 그와 유사한 형식을 지닌 소설의 예는 국내외 명작들에 서 사례가 많지 않을 뿐, 없지 않습니다. 당장 떠오르는 우리 근현대문 학사의 명작으로는, 벽초 홍명희의『임꺽정』, 이문구의「공산토월」이 있습니다. 또 이런 소설 유형이 변형된 해외 명작들로는 중국의 문호 루쉰魯迅의『아Q정전』이 있고, 넓게 보면 서구 근대소설novel의 효시 로 추대되는 세르반테스의『돈키호테』(1605)가 떠오릅니다. (『개벽』 184~213쪽 참고)

- '신이한 작가적 존재'의 참모습

작가 세르반테스가 자신과 자신의 분신을 소설 안에 등장시킨 것도 『돈키호테』는 작가 세르반테스가 쓰는 것이 아니라 '은폐된 서술자'가 쓰는 것이라는 의미를 포함합니다. 세르반테스라는 실존 작가가 소설 안에 등장하는 까닭에 『돈키호테』를 쓰고 있는 세르반테스는 이야기를 하는 서술자 안에 어떤 '은폐된 존재'로서 숨거나, '신이한 작가적 존재'임을 드러냅니다. 그리고 흥미로운 것은, 소설 안에 작가 세르반테스 자신을 서술하는 것은 소설의 안과 밖이 둘이면서 하나라는 의미라는 점입니다.

단순히 작가 세르반테스가 소설 안에 자기를 등장시켜서 일종의 '말놀이'를 하고 이를 통해 유머를 유발하려 한 것이라기보다, 소설 안의 현실과 소설 밖의 현실이 서로 원활히 통하게 하는 소설 정신과 깊은 연관성이 있다는 것이지요.

다시 말해 소설 『돈키호테』의 안에 소설 밖의 작가 세르반테스와 그 자신이 변이된 존재들이 등장하는 것은 소설 안과 밖 사이의 원활한 통합, 즉 소설 안팎으로 조화의 기운을 일으키는 효력·효과와 깊이 연관된 것으로 볼 수 있습니다. 소설 밖의 작가 세르반테스가 소설 안에 등장함으로써 소설 안의 허구적 내용은 독자의 마음을 움직이는 '현실적 계기'로 변화되고, 이로써 소설은 안팎으로 창조적이고 유기적 조화의 지평에 놓이는 것입니다. 이는 세르반테스, 루쉰 등 대문호의 작품들에서 어렵지 않게 볼 수 있는 형식인데, 따지고 보면 소설의 형의 참모습에 이르기 위해선, 작가가 오랜 절차탁마, 수심정기를 통해 구한 문학정신의 경지, 그 진실한 정신이 지닌 접령接靈의 경지에서나 가능한 것이라고 사료됩니다.

한강은 자기 정신Psyche조차 '알게 모르게'(인위와 무위의 사이 또는 경계에서) 소설 창작에서 접령하는 '영혼'의 존재와 작용을 깊이 헤아리고 그 영혼의 힘에 따르는 것이라 해석될 수 있습니다.

요컨대, 이러한 새로운 문학정신을 통해 소설 안과 밖으로 조화의 기운이 은밀하게 서리고 통하며 타자에게 전해지는 것입니다.

그리하여 소설『작별하지 않는다』의 서두부터 '신이한 작가' 한강의 '은폐된 서술자'*의 작용으로 말미암아 은미한 조화의 조짐이 일게 됩니다. 은미한 무위이화의 조짐. 소설의 서두 첫 장과 두 번째 장에서 서술자가 구렁이 담 넘듯이 신이한 작가 한강에서 허구의 작가 경하로 바뀐 것은 조화 곧 무위이화의 상징적 장면으로 해석될 수 있습니다. 소설 안의 작가 경하로 서술자가 바뀌었다고 해서, 첫 장에서의 서술자인 '신이한 작가 한강'이 사라진 것은 아니죠. '은폐된 서술자'의 존재로 은미하게 작용할 따름입니다.

소설의 이야기를 이끌어가는 일인칭 서술자인 '나' 즉 '경하'와는 별개로 '은폐된 서술자'의 존재, 곧 소설 안에서 은밀하게 작용하는 근원적 존재—작가의 이성이나 의식과는 다른 차원의

내외(안과 밖)가 불이일 뿐 아니라 유무 대소(즉, 은미한 부분
과 전체)가 불이不二인 경지입니다. (……)

—『개벽』186~187쪽

주인공 돈키호테의 성격이 그로테스크하거나 애매모호함
만이 아니라 당시 스페인 시대상의 기괴한 애매모호함이 서술
되는데, 중요한 것은 '서술자의 성격'에 있습니다. 서술자 또한
스스로 애매모호함의 성격을 곳곳에서 드러내기 때문에, 이는
결국 흔히 소설에서 이해되어 온 초점적(표면적) 서술자 안에
'은폐된 서술자'가 은밀하게 작용한다는 의미를 내포합니다.
특히 작가 세르반테스가 스스로 작품 안의 인물이 되어 등장하
는 몇 대목에서 이야기의 애매모호함은 천진난만한 분위기를
풍깁니다. 소설 안에 작가 세르반테스가 등장하는 것은, 작품
밖 독자들과 작품 내외에서 소통하는 일종의 '놀이'를 꾀하는
것이라 할 수 있습니다. 과연 이 천진난만한 놀이는 서사문학
에서 어떤 의미를 지니는 걸까요. 제가 보기에, 그것은 말놀이
의 순수한 형식성은 스스로 천지간의 한 기운[一氣]에 들어간
다는 의미를 가진다는 사실입니다. 다시 말해 '새로운 해석의
지평', '다시 개벽' 비평의 지평은 여기에서 찾을 수 있다고 생
각합니다.

또 하나의 중요한 점은, 이 '은폐된 서술자'인 '신이한 존재
로서의 작가 세르반테스'의 작용에 의해 소설『돈키호테』의 안
과 밖으로 조화의 기운이 활연히 통하게 되는 것은 그 자체로

'영혼'의 존재, 혹은 조화(造化, 곧 무위이화)의 계기로서의 근원적 존재[15]—가 관찰될 수 있습니다.

　이 은폐된 서술자의 존재와 작용을 작가 한강은 다음과 같이 비상한 암유를 통해 은밀하게 드러냅니다.

　　(1)
　　그 꿈을 꾼 것은 2014년 여름, 내가 그 도시의 학살에 대한 책을 낸 지 두 달 가까이 지났을 때였다. 그 후 사 년의 시간이 흐르는 동안 나는 그 꿈의 의미를 의심하지 않았다. (……)
　　스무 날 가까이 열대야가 계속되던 무렵이었다. 나는 언제나처럼 거실의 고장난 에어컨 아래 누워 잠을 청하고 있었다. 찬물 샤워를 이미 수차례 했지만, (……) 마침내 잠시 잠들 수 있을 것 같다고, 아니, 거의 잠들었다고 느꼈을 때였다. 감은 눈꺼풀 속으로 별안간 그 벌판이 밀려들어왔다. 수천 그루의 검은 통나무들 위로 흩어지던 눈발이, 잘린 우듬지마다 소금처럼 쌓여 빛나던 눈송이들이 생시처럼 생생했다.
　　그때 왜 몸이 떨리기 시작했는지 모른다. 마치 울음을 터뜨리는 순간과 같은 떨림이었지만,… (11쪽)

15　'나'의 안팎에서 조화(造化, 無爲而化)를 주재하는 修心正氣의 존재, '지극한 마음(至誠, 至心)에 따르는 鬼神'을 가리킴. (『개벽』91~100쪽 참고)

'지기금지'의 알레고리라 평할 수 있다는 것입니다. '유기체의 철학'으로 말하면, 조화의 현실적 계기 즉 조화의 '현실적 존재'로서 창작과 비평이 작품을 통해 지기의 조화 속에 드는 것입니다.

그러므로 소설『돈키호테』가 지닌 애매모호함은 작품 안의 줄거리나 주제의식에 사로잡힌 비평의식으로써 해석될 문제가 아니라, 소설 작품의 안과 밖에서 한 기운[一氣]으로 통하는 조화의 관점에서 해석할 문제라 할 수 있습니다.

주인공 '돈키호테' 성격의 애매모호성의 경우, '창조적(造化의!) 유기체'로서의 예술 작품이 보여주는 애매모호성과의 연관 속에서 이해될 수 있습니다. (······)

소설의 내용에 따르는 주제의식 등은 차치하고 루쉰의 문학을 읽는 '조화造化의 비평'에서 그 요체만을 얘기하겠습니다. 루쉰의 「아Q정전」(1921)에 관한 사례를 들어보죠. 「아Q정전」이 1921년에 잡지에 발표되자 많은 비난과 공격을 받았던가 봅니다. 이 시기는 청나라를 무너뜨리고 중화민국 수립의 계기가 된 신해혁명辛亥革命(1911)이 실패를 겪은 후에, 조선의 삼일운동(1919)과 러시아 혁명(1917)에 크게 영향받고 반제국주의 반봉건주의 학생운동으로 시작된 5·4 운동(1919)이 신민주주의 정치 운동으로 전개되던 때였습니다. 작가로서 루쉰 자신도 '중국인들의 영혼'을 묘사하려 했다고 썼듯이, 「아Q정전」에서 중국 사회에 뿌리 깊은 봉건주의의 악습과 중국인의 영혼이 앓는 고질적 병폐를 그렸습니다. 아시다시피 「아Q정전」은 중국의 전통적 문학 형식인 전傳을 루쉰의 풍자 정신 속에서

(2)

　언젠가부터 눈꺼풀 안쪽으로 눈이 내렸을 뿐이다. 흩뿌리고 쌓이고 얼어붙었을 뿐이다.

　눈꺼풀로 스며드는 회청색 빛 속에 나는 누워 있었다. (177쪽)

　인용 (1)의 서술자는 작가 한강입니다. 열대야로 잠 못 이루던 새벽녘에야 "거의 잠들었다고 느꼈을 때였다. 감은 눈꺼풀 속으로 흩어지던 눈발이, (……) 소금처럼 쌓여 빛나던 눈송이들이 생시처럼 생생했다."라는 서술에서 "감은 눈꺼풀 속으로"가 품고 있는 상징적 의미를 이해하는 것이 긴요합니다.

　(1)의 서술자가 현실과 초현실이 불이 상태인 '바로 지금'을 깨치는 중에 전통 영매(巫)의 신체에 나타나는 신이한 현상이 일어난 작가 한강이라면, (2)의 서술자는 초현실을 이야기하는 작가 경하입니다. 작가 한강이 신이한 존재 변이를 하는 중에 "감은 눈꺼풀 속으로 별안간 (……) 소금처럼 빛나던 눈송이들이 생시처럼 생생했다."고 자각하는 것은, 다름 아닌 "소금"이 상징하는 '지극한 성심(수심)'의 결정結晶인 '은폐된 서술자'의 존재를 비유하는 것이라 할 수 있습니다. 즉 은폐된 서술자는 수심정기의 결정인 것이고, "감은 눈꺼풀 속으로 별안간 (……) 생생한 흰 눈 내림" 즉 순수한 강령降靈의 영혼으로서 소설 안에, 바꿔 말해 작가 경하의 마음속에 은폐된 존재로 전이되는 것이지요.

전승됩니다만, 그 '正傳'이 지닌 풍자성이 단순히 이념적 비평의식 또는 진보적 역사의식의 비평 등으로 간단하게 넘길 성질이 아니라는 것입니다.

많은 루쉰 연구가들이 논해왔듯이, 「아Q정전」은 신해혁명 이후 중국 근대 사회가 드러내는 신구 세력들 간의 갈등과 혼란 등 온갖 모순과 병폐들과 함께 타락한 '중국인의 영혼'을 풍자하는 데 초점이 맞추어집니다만, 루쉰의 작가 정신의 연원을 중시하는 '유역문예'의 관점에서 보면 「아Q정전」이 지닌 문학정신 특성은 중국 사회의 모순을 겨냥한 풍자의식과 함께 동시적으로 '아我의 유래(연원)'를 근본적으로 반성하는 반反 풍자의 정신이 작용하는 데 있다고 봅니다. (제목 '阿Q正傳' 네 글자 안에 반봉건, 반외세, 반제국주의, '중국인의 혼'에 대한 풍자와 반풍자 정신 등이 담겨 있습니다)

가령 「아Q정전」에 등장하는 옛 성현의 말들, 공자의 『논어』에 나오는 '존경하지만 멀리한다. (敬而遠之)' 같은 말은 중국 사회 체제의 모순을 옭아매는 전근대적 사상을 풍자하기도 하지만 그 자체로 중국 정신의 연원에 대한 '근원적 반성'의 뜻을 품고 있고, 아Q가 떠들어대는 '정신의 승리'라는 말도 '말놀이' 일종으로서, 중국 정신의 낡은 전통에 빠져 헤어나지 못하는 우매한 지성에 대한 풍자와 함께 반풍자 정신이 작용한다고 할 수 있습니다.

루쉰이 사용하는 '말놀이'에서 가령, 말소리의 유사성 등에서 말의 쓰임을 따지는 것—즉 말과 말의 유사성을 통해 '소설

'언젠가부터 눈꺼풀 안쪽으로 눈이 내렸을 뿐이다.'

그렇기 때문에 소설 안의 작가 경하는 이렇게 말하는 것입니다. 작가 한강의 신이한 존재가 '은폐된 서술자'로서 서술자인 경하 내면에 은폐된 상태인 것입니다. 이와 같이 (1)에서의 작가 한강의 신이한 존재성은, (2)에서 소설의 서술자인 '작가 경하'의 존재 안팎으로 전이 혹은 변이가 은밀하게 이루어집니다. 그리고 이처럼 서술자의 존재론적 변이가 가능하도록 만드는 소설의 내적 계기는 '눈꺼풀 안쪽과 밖쪽으로 내리는 흰 눈'이라는 점에 유의해야 합니다. 왜냐하면 이 강설의 원형상은 개인적 무의식이라기보다는 집단무의식을 구성하는 강력한 원형상, 곧 '이 땅의 혼'을 구성하는 엄청난 힘을 은닉한 원형상이기 때문입니다. 강설의 무한반복성이 소설 『작별하지 않는다』 안에 접령接靈의 힘과 허구적 환상을 낳게 하는 원동력으로서,—작가의 정련精鍊된 심혼의 존재이든 작가 마음속의 접령 능력을 가진 무巫의 존재이든— '은폐된 서술자'가 지닌 영혼의 영원하고 거대한 힘인 것이죠. 조화의 근원적 힘 말입니다.

다시 말하지만, 서술자인 작가 한강이 말하는 "감은 눈꺼풀 속으로"와 허구의 서술자인 작가 경하가 말하는 "언젠가부터 눈꺼풀 안쪽으로"가 서로 동일한 의미 내용을 보이는 것은, 결국 작가 언어'의 의미는 잠시 중단되고 '논평'돼 결과적으로 「아Q정전」의 소설 형식은 안팎으로 '열린 형식'을 가짐─등 사실상 「아Q정전」은 서술자에 의해 자타를 두루 반성하는 반풍자의 형식을 가지는 것으로 봅니다. 특히 자타自他의 근원을 성찰하는 반풍자 정신은 중국인의 혼을 옭아맨 '중국 정신의 유래'인 유불도儒佛道의 풍습을 은밀하게 풍자하거나, 당시 우매에 빠진 중국 인민들의 타락상을 신랄하게 풍자하는 대목들, 곳곳에 특유의 '평설 또는 잡설'의 조각들이 감추어져 있는 등 루쉰 특유의 '잡문雜文' 성격을 지닌 '내면적 형식' 속에 은폐되어 있다고 생각합니다. (……)

─『개벽』190~194쪽

• 은폐된 서술자

문 「아Q정전」의 해석을 들으니, '은폐된 서술자'라는 독특한 개념이 떠오릅니다. 얼마 전 2017년 노벨문학상을 수상한 폴란드 작가 올가 토카르추크도 자기 작품 안에 자신도 모르고 있던 전혀 새로운 서술자의 목소리가 따로 있음을 깨닫고 작가의 무의식에 숨어 있는 또 다른 서술자를 심리학적으로 분석한 글(『다정한 서술자』, 2022)을 읽은 바 있습니다. 그렇다면 소설 작품에서 '은폐된 서술자'는 과연 어떤 존재이며 어떤 작용을 하나요.

답 판소리의 형식성(가령, 판소리에서 소리꾼의 내면 형식으로서 '그늘')에서, 또 도스토옙스키 소설의 심리묘사에서 발견 한강의 '정신'이 도달한 접령 능력이 허구의 작가 경하의 접령 능력으로 은밀하게 전이되어 교통하고 있음을 뜻합니다. 작가 한강의 '은폐된 정신(Psyche, Geist)'이 작가 경하에게 전이된 것이죠. 그렇기 때문에 눈꺼풀 안쪽의 비가시성의 영역에서 가시성 즉 환상이 일어나는 계기가 생기고, 이윽고 "언제부턴가 눈꺼풀 안쪽으로 눈이 내렸을 뿐이다."라는, 환상이 이어집니다. 결국 강설의 원형상은 소설 안에 작가 한강의 정신 곧 지심 속 접령의 혼('은폐된 서술자'의 혼)이 작용함을 드러낸 것이지요. 그 강설의 원형상은 마치 접신 혹은 접령 중인 영매가 몸을 심하게 떨 듯이, 작가 한강도 "그때 왜 몸이 떨리기 시작했는지 모른다. 마치 울음을 터뜨리는 순간과 같은 떨림"을 몸소 겪는 것으로 나타납니다. 비유하자면, '눈꺼풀 안으로 반복되는 강설降雪'은 집단무의식의 강력한 원형인 강신降神의 알레고리이므로, 작가 한강의 "눈꺼풀 안으로 눈 내림" 강신의 '떨림'이 찾아온 것이라 해석될 수 있습니다.

이 은폐된 서술자의 접령 능력이 서술자 경하의 마음 깊이에 혹은 소설 안에 여러 생생한 원형상을 불러들이는 것이죠. 이 은폐된 서술자의 정신과 한 몸을 이룬 영혼 즉 은폐된 서술자의 접령 능력이 은미하게 작용함에 따라, 소설 『작별하지 않는다』는 현실과 초현실, 삶과 죽음을 동시적으로 품은 생생한 조화의 기운을 지니게 됩니다. 작가 한강도 '알게 모르게' 자기 안에서 작용

되었는데, 처음엔 조금은 혼란스러웠습니다. 제가 아는 한, 특히 유물론자들이나 러시아 혁명기의 주요 사회주의 리얼리즘 이론가들은 도스토옙스키 소설의 서술자가 지닌 정체성을 문제 삼고 비판한 것으로 알고 있습니다. 하지만 저는 도스토옙스키의 심리묘사에서 역설적으로 '은폐된 서술자'를 떠올리게 된 것이죠. 유역문예론에서 그 '은폐된 서술자'의 존재 이유가 발견된 것입니다.

'서술자 안에 혹은 위에, 옆에' '은폐된 자기Selbst'이거나, 표면적 서술자와는 별도로 예술 작품의 안팎을 조화에 들게 하는 신적(초월적) 존재가 있을 수 있음을 깨닫게 된 것입니다. 더불어 수운 동학을 공부하다가 동학에서 말하는 '하느님 귀신'과 깊은 연관성이 있을 수 있다는 생각에 이른 것이지요.

문 한국 소설을 예로 들어보죠.

답 특히, 이 자리는 문학에서 근대성을 극복하고 '개벽 소설'의 전망을 찾는 자리이기도 하니, 문학의 '다시 개벽'을 위해서라도 벽초 홍명희의 『임꺽정』(1928년부터 십여 년간 단속적으로 연재됨)을 새로 재조명할 필요가 있습니다.

『임꺽정』에서, 근대소설novel의 합리주의적 플롯의 기율에서 벗어나 조선의 전통적 음양술수나 무속 등을 '사건' 구성 및 이야기 전개의 중요한 계기로 삼는 것은 소설에서 피할 수 없는 '현실성'의 문제와 연관해서 깊이 고찰될 필요가 있습니다. 작가 벽초가 음양술수를 당대의 정치 현실과 관련해서 깊고 넓게 하는 '은폐된 서술자'를 존중하고 따르니, 초현실과 환상이 불이 不二인 특이한 소설의 시공간이 생겨나는 것이죠. 마치 소설『작별하지 않는다』가 저 스스로 생생한 유기체적 본성을 가진 듯이 말입니다. 여기서 작가 한강의 문학적 상상력이 지닌 깊고 높고 경이로운 경지를 실감하게 됩니다. 특히, 작가 한강의 "<u>감은 눈꺼풀 속으로</u>" "<u>소금처럼 쌓여 빛나던 눈송이들이 생시처럼 생생했다.</u>", 동시에, 작가 경하가 "언젠가부터 눈꺼풀 안쪽으로 흰 눈이 내렸을 뿐이다."고 말하면서, "<u>눈꺼풀로 스며드는 회청색 빛 속에 나는 누워 있었다.</u>"라고 하여, 새로운 생명이 태어나는 시공간— 소설 안에 '새로운 소설'—을 암유하는 '박명薄明'[16]에 비유한 것도 작가 한강의 도저한 수심정기 상태를 유추할 수 있을 뿐 아니라, 한강의 정신적 존재인 '은폐된 서술자'의 존재론적 성격을 엿보게 합니다. 바로 여기서 작가 한강 자신의 지극한 마음이 다다른 수심정기의 경지가 넉넉히 증명되는 것이죠. '눈꺼풀 안쪽으로 흰 눈 내림'의 표현은 한강의 지심 속 존재—'은폐된 서술자'의 존재가 함께 있음의 표현이라 할 수 있습니다. '눈꺼풀 안쪽으로 내리는 강설'은 경하의 능력과는 관계없는, 은폐된 서술자의 강령 능력을 표현한 것인 거죠. 그렇기 때문에 소설 안에 강령의 강력한 원형상이 자리 잡게 된 것이고, 소설의 처음부터 끝까지

---

16   도가의 원조 老子에 따르면 생명의 진리(道)의 존재 상태는 '薄明'에 비유됨.

다루고 있는 대목은, 문학과 현실을 근대적 이념이나 계급의식으로 보기 전에, '조선의 혼'을 강조하고 '인민의 정서'를 중시한 자신의 문학적 지론을 고스란히 보여주는 것입니다. 그리고 이는 벽초가 이 땅의 혼과 정서가 침투된 '현실', 특히 인민들의 기층생활문화에 깊고 넓게 감추어진 '현실성', 즉 '천지조화에 상응하는 현실성'을 소중히 여기고 있음을 보여줍니다.

고로 조화造化의 관점에 『임꺽정』이 해석되고 비평되어야 할 필요성이 있습니다. 사회주의 등 이념의 도식으로 『임꺽정』을 해석하는 것은 바람을 성긴 그물로 잡으려는 격입니다.

조화의 관점에서 보면, 『임꺽정』「머리말씀」에는 기존 리얼리즘 시각이나 근대 이념의 시각 너머로 새로이 보이는 것들이 있습니다.

루쉰이 「아Q정전」의 '서序'에서 중국 문명사에서 핵심적 역사서술 형식이자 대표적 문학 형식인 '전傳'의 본성을 성찰하는 중 '귀신[鬼]'을 거론하였듯, 벽초는 『임꺽정』의 「머리말씀」에서 "뮤즈란 귀신"을 꺼냅니다.

"뮤즈란 귀신" 대목을 대수롭지 않게 여겨 간과하는 연구자와 비평가들이 적지 않습니다만, 이 귀신의 문맥과 함께 『임꺽정』을 깊이 읽으면, 곳곳 묘처에서 '이야기 귀신'의 묘용을 접하게 됩니다. '뮤즈란 귀신'이든 '이야기 귀신'이든 귀신이 슬며시 묘용하는 것을 실감하는 것입니다. 과연 근대문학 여명기의 대문호답게, 벽초는 '귀신'을 슬쩍 얘기해놓고 이내 '귀신'의 존재를 눙칩니다.

흰 눈 내림이 반복했던 것으로 해석될 수 있는 것이지요. 바로 이 무한반복성을 지닌 '강설의 원형상'의 엄청난 기운이 끊임없이 작용하게 되고, 이로써 소설 『작별하지 않는다』는 안과 밖, 없음과 있음, 환상과 현실, 저승과 이승, 죽은 자와 산 자가 동시성으로 통하는 생령체의 성격을 갖게 된 것입니다.[17]

7
근대적 역사인식을 넘어 '바로 지금'의 역사인식으로

그러므로, 1부 첫 장 「결정」에 등장하는 '작가 한강'은 소설 밖의 실존 작가 한강이 아닌 '소설의 안과 밖'이 동시에 두루 통하는 소설 창작에 은밀하게 참여하는 '신이한 존재'로서의 작가입니다.

소설 『작별하지 않는다』 서두에 나오는 '작가 한강'의 접령과 조화의 능력으로서의 존재—즉, '은폐된 서술자'의 신이한 존재—는, 소설 안에서 암암리에 꿈과 환상과 현실이 서로 비인과

---

17   이 소설이 보여주는 '창조적(造化의) 유기체적 존재' 성격에서, 소설 안과 소설 밖이 통하는 조화의 원동력은 소설 앞머리 첫 장 「결정」에 나오는 '작가 한강의 신이한 서술자' 존재에서 발원합니다. 즉 '은폐된 서술자'인 작가 한강의 마음속에서 일어나는 天地造化의 주재자인 '귀신'의 작용이 소설 『작별하지 않는다』를 조화의 기운과 통하는 '신이한 소설'을 낳게 한 것입니다.

머리말씀

자, 임꺽정이의 이야기를 붓으로 쓰기 시작하겠습니다. 쓴다 쓴다 하고 질감스럽게 쓰지 않고 끌어오던 이야기를 지금부터야 쓰기 시작합니다.

각설, 명종대황 시절에 경기도 양주 땅 백정의 아들 임꺽정이란 장사가 있어…

이야기 시초가 이렇게 멋없이 꺼내는 것은 이왕에 유명한 소설 권이나 보아두었던 보람이 아닙니다. 『수호지』지은 사람처럼 일백 단팔마왕이 묻힌 복마전伏魔殿을 어림없이 파젖히는 엄청난 재주는 없을망정 『삼국지』같이 천하대세 합구필분이요, 분구필합이라고, 별로 신통할 것 없는 말쯤이야 이야기 머리에 얹으라면 얹을 수 있겠지요.

이야기를 쓴다고 선성만 내고 끌어오는 동안에 이야기 머리에 무슨 말을 얹을까, 달리 말하면 곧 이야기 시초를 어떻게 꺼낼까 두고두고 많이 생각하였습니다. 십여 세 아잇적부터 이야기 듣기, 소설 보기를 좋아하던 것과 삼십지년 할 일이 많은 몸으로 고담古談 부스러기 가지고 소설 비슷이 써내게 되는 것을 연락을 맺어 생각하고 에라 한번 들떼놓고 인과관계를 의논하여 이야기 머리에 얹으리라 벼르다가 중간에 생각을 돌리어, 그럴 것이 없이 문학이란 것을 보는 법이 예와 이제가 다르다고 옛사람이 일신一身 정력을 들여 모아놓은 그 깨끗하고 거룩하던 상아탑이 여지없이 무너지고 그 속에 있던 뮤즈란 귀적으로 연결 짓게 만드는 소설적 상상의 구심력으로 작용합니다.
그리고 꿈과 환상과 현실 사이를 무차별적으로 서술하는 신이한
존재는 비시각적 존재와 비인과적 사건에 깊이 관계합니다. 이
때 소설 작품에서 안과 밖에 두루 통하는 조화의 기운이란 우리
가 흔히 말하는 천지조화의 기운과 다를 바 없습니다. 조화의 기
운은 그 본성이 은밀함 또는 은미함이므로 조화를 주재하는 신이
한 존재인 은폐된 서술자도 그 본성은 은미함[18]이며 창작에 임하
는 '바로 지금'이 조화가 은밀하게 일어나는 무위이화의 시간입
니다.

　작가 한강이 언급한 '바로 지금'의 뜻을 깊이 이해하기 위해서
는 수운 동학의 주문 21자 중에서 앞에 나오는 '강령주문(8글자)'
의 심오한 의미를 깨칠 필요가 있습니다. 강령주문降靈呪文 중 첫
네 글자인 '지기금지至氣今至'[19]가 '천지조화의 지극한 기[至氣]'에

18　孔子가 말씀하기를 '귀신이 천지 만물의 본체를 이루니 그 작용이 미
　　치지 아니함이 없다' 하고, '귀신의 체와 용은 은미함에서 드러난다'고
　　설합니다. 『중용』 제16장 제24장, 『유역』 참고.
19　'지기금지至氣今至', 『개벽』(92~108쪽) 참고. "至라는 것은 지극한 것이
　　요 氣라는 것은 허령이 창창하여 일에 간섭하지 아니함이 없고 일에
　　명령하지 아니함이 없으나, 그러나 모양이 있는 것 같으나 형상하기
　　어렵고 들리는 듯하나 보기는 어려우니, 이것은 또한 혼원한 한 기운
　　이요 今至라는 것은 도에 들어 처음으로 지기에 접함을 안다는 것이요
　　(……)"(『동경대전』 「논학문」)

신의 자취가 간곳없이 사라졌다는 것을 그럴싸하게 꾸
며가지고 이야기 시초로 꺼내보리라 맘을 먹었습니다.

그러나 이 생각 저 생각이 모두 신신치 아니한 까닭에
생각을 고치어 숫제 먼저 이야기가 생긴 시대를 약간 설
명하여 이것으로 이야기의 제일 첫 머리말씀을 삼으리
라 작정하였습니다.

우선 『임꺽정』의 들머리에 '이야기 조화'를 주재하는 귀신
이 슬쩍 나타났다가 다시 은폐되는 사정을 '다시 개벽'의 비평
은 해석해야 합니다. 즉 소설에서 '귀신'의 존재와 그 은폐성을
이해해야 한다는 뜻입니다. 이를 이해하기 위해서는, 우선 『임
꺽정』의 「머리말씀」에서부터 작가 벽초는 그냥 생활인 벽초가
아니라, '이야기꾼 귀신이 들린' '신이한 존재로서 작가 벽초'
라는 점이 이해되어야 합니다. 독자들은 대개 이를 오해하여
소설의 「머리말씀」을 쓰는 중인 벽초를 소설 밖의 '일반인 벽
초'로 여기거나 소설 안팎에 걸친 작가 벽초로서 생각합니다.

하지만 조화의 관점에서 보면, 소설의 「머리말씀」을 쓰고
있는 벽초는 '임꺽정 이야기'를 조화의 묘용 속에 들게 하는
'조화정'의 존재, 즉 조화의 '현실적 존재이자 현실적 계기'로
서 작가 벽초인 것이죠. 그래서 『임꺽정』을 읽는 '지금-현실의
독자'(조화의 현실적 계기에 든 현실적 존재로서의 독자)는 각
자 저마다 신이한 존재로서의 작가 벽초의 이야기 속에서 조화
의 천진난만한 기운과 통하게 됩니다. (수운의 말씀마따나 '지
기금지至氣今至'인 셈이죠)

接接함을 안다는 것'을 뜻하므로, '작가 한강'이 위에서 말한 초지
각적 현실성, 즉 물리적 인과적 시간을 초월한 조화 속의 시간이
'바로 지금'입니다. 소설론으로 보면, 신이한 성격을 지닌 1부 첫
장의 서술자인 작가 한강의 초지각적 환상의 권능—접령 능력—
속에서 생긴 '은폐된 서술자'의 비가시적 존재가 소설 쓰기에 작
용을 하는 시간이 '바로 지금'입니다.

그래서 근대소설의 근본 요소인 물리적 '시간'과 '공간' 개념
을 근원에서부터 해체시키고 변화시키는 것입니다.

당연하게도 나는 그 망자들에게, 유족들과 생존자들에게
일어난 어떤 일도 돌이킬 수 없었다. 할 수 있는 것은 내 몸의
감각과 감정과 생명을 빌려드리는 것뿐이었다. 소설의 처음
과 끝에 촛불을 밝히고 싶었기에, 당시 시신을 수습하고 장례
식을 치르는 곳이었던 상무관에서 첫 장면을 시작했다. 그곳
에서 열다섯 살의 소년 동호가 시신들 위로 흰 천을 덮고 촛불
을 밝힌다. 파르스름한 심장 같은 불꽃의 중심을 응시한다.

이 소설의 한국어 제목은 『소년이 온다』이다. '온다'는 '오
다'라는 동사의 현재형이다. 너라고, 혹은 당신이라고 2인칭
으로 불리는 순간 희끄무레한 어둠 속에서 깨어난 소년이 혼
의 걸음걸이로 현재를 향해 다가온다. 점점 더 가까이 걸어와

「머리말씀」을 쓰고 있는 벽초 홍명희는 그냥 생활인 벽초가 아니라 이미 '신이한 존재로의 변이' 중에 있는 '작가 벽초'이므로, 이 조화의 비평관에서 보면, 『임꺽정』의 이야기 들머리에서부터 '접령의 기운'이 서서히 작용하고 있음이 감지됩니다.

이 조화의 관점에서 보면, 한국 근대소설 형식이 막 태어나 조금씩 땅띔을 하던 식민지 시기에, 소설의 근대성에 비근대성 혹은 전근대성의 형식을 서로 원용하려 한 점에 있어서 단연 독보적인 걸작이 『임꺽정』입니다. 띄엄띄엄 읽은 지도 오래전인지라 당장에 예시할 대목은 달리 없습니다만, 작가 벽초 자신도 "에라 한번 들떼놓고 인과관계를 의논하여 이야기 머리에 얹으리라 벼르다가 중간에 생각을 돌리어, 그럴 것이 없이 문학이란 것을 보는 법이 예와 이제가 다르다고 옛사람이 일신一身 정력을 들여 모아놓은 그 깨끗하고 거룩하던 상아탑이 여지없이 무너지고 그 속에 있던 뮤즈란 귀신의 자취가 간 곳없이 사라졌다는 것을 그럴싸하게 꾸며가지고 이야기 시초로 꺼내보리라 맘을 먹었습니다."라고 속내를 드러내고 있으니, 여기서 '이야기의 조화'를 주재하는 '귀신'의 작용과 그 자취가 없지 않습니다. 어쨌든, 벽초는 작가로서 「머리말씀」에다 '귀신의 자취'를 거론하고 있으니까요.

물론 주의 깊은 독자들은 다음에 이어지는 문장, "그러나 이 생각 저 생각이 모두 신신치 아니한 까닭에 생각을 고치어 숫제 먼저 이야기가 생긴 시대를 약간 설명하여 이것으로 이야기의 제일 첫 머리말씀을 삼으리라 작정하였습니다."라고 이야기꾼 벽초가 앞에 내용을 부정하고 방금 '뮤즈란 귀신'에 대해 현재가 된다.

　인간의 잔혹성과 존엄함이 극한의 형태로 동시에 존재했던 시공간을 광주라고 부를 때, 광주는 더 이상 한 도시를 가리키는 고유명사가 아니라 보통명사가 된다는 것을 나는 이 책을 쓰는 동안 알게 되었다. 시간과 공간을 건너 계속해서 우리에게 되돌아오는 현재형이라는 것을. 바로 지금 이 순간에도. (……)[20]

　이 글 앞의 3장에서 소설의 첫 장 「결정」에 나오는 "바로 지금"은 충분히 설명했습니다. 그런데 이 "바로 지금"을 작가 한강은 노벨문학상 수상 기념 강연문에서 다시 꺼냅니다. 그만큼 작가 한강한테는 큰 깨침이었던 듯합니다. 인용문 맨 뒤에 이르러, "광주는 더 이상 한 도시를 가리키는 고유명사가 아니라 보통명사가 된다는 것을 나는 이 책을 쓰는 동안 알게 되었다. 시간과 공간을 건너 계속해서 우리에게 되돌아오는 현재형이라는 것을. 바로 지금 이 순간에도."라고 힘주어 말합니다. "바로 지금 이 순간에도"에서 보듯이, 또 '바로 지금'이 강조됩니다. 세속적 시간성이거나 물리적 시간성이 아니라, 작가의 수심정기가 일으키는 삶의 근원으로서 시간성. '지기금지'의 시간성은 "바로 지금 이 순간"이 무

20　2024년 12월 7일 오후 5시(한국시각 8일 오전 1시) 스웨덴 스톡홀름 한림원에서 열린 '노벨문학상 수상자 강연' 강연문 중.

한 얘기를 눙치듯이 딴청을 피우고는 있으나, 사실 바로 이 점에서 벽초의 천재성이 엿보입니다. 왜냐하면 귀신은 본성이 은폐성에 있기 때문입니다. 그러니 벽초는 자기 안의 '귀신'을 은폐해야 했던 것입니다.

"뮤즈란 귀신의 자취가 간곳없이 사라진" 얘기의 의미만을 따지면, 귀신은 부정되거나 벽초가 살던 당대에 이 땅에 '신식' 지식인들에게 주입되던 서양의 '근대소설의 미학'을 비판하는 넋두리쯤으로도 해석될 여지가 있습니다만, 중요한 것은 다음 장에서 이어지는 능수능란하고 신통하기까지 한 이야기꾼 벽초의 '임꺽정 전傳'에 은폐된 귀신의 묘용입니다. 그것은 다름 아닌 귀신의 화신으로서 '은폐된 서술자'의 묘용과 깊이 관련됩니다. (……)

—『개벽』 199~206쪽

귀신소설이란 우선 소설 안과 밖이 음양의 조화로서 통하는 소설이라 할 수 있습니다. 그리고 귀신소설은 소설의 안[內]·밖[外]의 조화 속에서, 있음[有]·없음[無](삶과 죽음), 대大·소小가 불이不二로서 통하는 소설의 내용과 형식을 품고 있습니다. 이 불이의 조화를 주재하는 근원적 존재가 귀신이며, 귀신은 대개 '은폐된 서술자'의 존재를 통해 소설 안팎으로 작용하게 됩니다. 소설의 안과 밖이 음양의 조화이듯 신통神通하는 것이죠. 앞서 말했듯이 세르반테스의 『돈키호테』, 루쉰의 「아Q정전」, 벽초의 『임꺽정』, 한강의 『작별하지 않는다』, 그리고 안삼환의 『도동 사람』(2021), 『바이마르에서 무슨 일이』(2024)에서 보이궁한 조화의 계기로서의 '바로 지금' 즉, '영원한 바로 지금 이 순간'입니다. 그리하여 소설 제목인 '소년이 온다'에서 동사 현재형 '온다'로 쓴 사유를 명시합니다. "<u>희끄무레한 어둠 속에서 깨어난 소년이 혼의 걸음걸이로 현재를 향해 다가온다. 점점 더 가까이 걸어와 현재가 된다.</u>" 무궁한 조화의 계기로서의 '바로 지금', '온다'는 것이라 해석될 수 있습니다.

이와 같이 조화 속의 시간의식이 작용한다는 것은 근대 이념이 따르는 선적인 역사의식과 마찰 충돌할 수밖에 없게 됩니다. 역사를 드러난 인과론 속에서 보는 것이 아니라 은폐된 조화의 작용 속에서 보기 때문인 것이죠. 인과적 역사의식만이 아니라, 조화 곧 무위이화無爲而化의 역사의식이랄까. 간단하게 말하면 근대 이념으로 역사를 인식하는 게 아니라, 민심이 곧 천심이라는 말처럼 민심과 민생을 기본으로 하며 하늘의 뜻을 살피는 역사의식이라 할 수 있겠죠.

인위적인 현실성 속에서도 자연성을 따르는 초현실적 시간성은 소설『작별하지 않는다』의 내용과 형식을 이루는 필수조건입니다. 소설 1부「새」, 둘째 장「실」에는 이러한 무위의 초현실적 시간성을 엿보게 하는 대목이 있습니다.

는 초이성적이고 고차원적인 '은폐된 서술자'의 관점, 즉 소설 안에서 지기의 조화를 주재하는 '귀신'의 관점으로 보면, 소설 안은 '은미한 묘용과 묘처'들이 은폐된 채 소설 안의 조화가 소설 밖의 조화로 이어지는 지기의 개활성開豁性을 낳고 있습니다.

은폐된 서술자의 신령한 성격을 통해 가령 허구와 현실, 과거(역사)와 현재, 환상과 과학이 소설 안에서 불이로서 조화의 힘을 얻고, 동시에 소설 밖에서 독자의 마음과 한 기운으로 소통하는 것입니다. 조금 전 설명한 한강의 『작별하지 않는다』는 소설 안에는 제주도 4·3 주민학살 사건의 '사실'을 다루면서도 은폐된 서술자의 작용에 의해 '사실'은 그저 사실에 머물지 않고 더 높은 차원으로 고양되고 '신령한 사실'로서 승화됩니다. 소설이 조화의 기운을 지닌 것이죠. 이는 은폐된 서술자인 무의 존재가 지닌 초이성적 성격, 즉 귀신의 본성인 '초월적인 의식'과 '무한 감각'에서 말미암습니다. 그래서 오히려 귀신의 작용으로 말미암아 소설의 '현실' 안에서 하나로 섞이기 힘든 두 요소 즉 '신령'과 '과학'이 서로 원용하기도 하는 것입니다. (……)

'내유신령 외유기화'는 조화(무위이화)의 현실적 계기인 '귀신'의 작용을 가리키므로, '진실한 문예작품'이란 작품 안[內]의 은폐된 귀신이 스스로 작용하여 밖[外]의 현실로 기화합니다. 소설 문학에서 '은폐된 서술자'는 귀신의 알레고리이므로, 조화造化의 주체인 귀신은 무엇보다 이야기의 안과 밖을 '불이'로서 신통하게 하는 묘용의 능력을 발휘합니다. (……)

—『개벽』227~229쪽

자신의 삶을 스스로 바꿔나가는 종류의 사람들이 있다. 다른 사람들은 쉽게 생각해내기 어려운 선택들을 척척 저지르고는 최선을 다해 그 결과를 책임지는 이들. 그래서 나중에는 어떤 행로를 밟아간다 해도 더이상 주변에서 놀라게 되지 않는 사람들. 대학에서 사진을 전공한 인선은 이십 대 후반부터 다큐멘터리영화에 관심을 가졌고, 생계에 도움이 되지 않는 그 일을 십 년 동안 끈기 있게 했다. 물론 벌이가 되는 촬영 일도 닥치는 대로 했지만, 수입이 생기는 대로 자신의 작업에 쏟아부어야 했기 때문에 늘 가난했다. 그녀는 조금 먹고 적게 쓰고 많이 일했다. 어디든 간소한 도시락을 준비해 다녔고, 화장은 전혀 하지 않았고, 거울을 보며 숱 가위로 직접 머리를 잘랐다. 단벌 솜 파카와 코트는 안에 카디건을 덧대 꿰매어서 따뜻하게 만들었다. 신기한 점은 그런 일들이 마치 일부러 그렇게 하는 듯 자연스럽고 멋스러워 보인다는 것이었다.

그렇게 이 년에 한 편꼴로 인선이 만들어간 단편영화들 중 처음 호평을 받은 것은, 베트남의 밀림 속 마을들을 헤매 다니며 한국군 성폭력 생존자들을 인터뷰한 기록이었다. 거의 자연이 주인공으로 느껴질 만큼 햇빛과 울창한 열대 나무들의 이미지가 압도적이었던 그 영화의 힘으로, 인선은 사립 문화재단으로부터 다음 영화 제작을 위한 지원금을 받았다. 비교적 넉넉한 예산으로 인선이 만든 후속작은 1940년대 만주에서 독립군으로 활동했던 할머니의 치매에 걸린 일상을 다룬 것이었다. 딸의 부축을 받으며 실내에서도 지팡이를 짚고 걷는 노인의 텅 빈 눈과 침묵, 만주 들판의 끝없는 겨울 숲이 고요 속에서 교차되던 그 영화를 나는 좋아했다. 그다음의 작업도 역사를 통과한 여성들의 증언이리라고 모두 예상했지만, 뜻밖에 인선은 그녀 자신을 인터뷰했다. 그림자와 무릎과 손, 그늘 속 희끄무레한 형체로만 노출된 여자가 영상 속에서 천천히 말을 이어갔는데, 그녀의 목소리를 아는 주변 사람들이 아니라면 인터뷰이가 누구인지조차 파악할 수 없었을 것이다. 1948년 제주의 흑백 영상 기록들이 잠깐씩 삽입되었을 뿐 내러티브가 끊어져 있으며 말 사이의 침묵이 긴, 그늘진 회벽과 빛의 얼룩들이 러닝타임 내내 사라졌다가 나타나기를 반복한 그 영화는, 앞의 작품들과 비슷한 정공법의 감동을 기대했던 사람들에게 당혹감과 실망을 안겨주었다. 평가와 무관하게 인선은 그 세 단편을 연결해 첫 장편영화를 만들 계획이었는데, 스스로 '삼면화'라고 불렀던 그 작업을 어째서인지 중도에 접은 뒤 국비 지원이 되는 목수학교에 지원해 합격했다. (33~34쪽)

제주도 4·3 주민학살의 희생자 유족인 인선이 다큐멘터리 영화감독 시절에 만든 작품과 그녀의 주요 캐릭터를 설명하는 대목입니다. 인선은 월남전에 파병된 한국군이 저지른 베트남 인민에 대한 만행과 학살 범죄를 다룬 다큐멘터리 영화에 이어, "1940년대 만주에서 독립군으로 활동했던 할머니의 치매에 걸린 일상을 다룬" 영화를 감독 제작합니다. 그러고는 제주 4·3 주민학살을 다룬 다큐멘터리 영화를 만들고 앞서 만든 영화 두 편과 연결하여 "첫 장편영화를 만들 계획이었는데, 스스로 '삼면화'라고 불렀던 그 작업을 어째서인지 중도에 접은 뒤 국비 지원이 되는 목수학교에 지원해 합격했다."고 합니다. 제가 보기에 인선의 캐릭터를 서술하는 작가 경하의 마음에서 보면, 이 인용문이 품은 깊은 의미는 자못 심오함을 은폐하고 있습니다. 그 심오함은 단지 다큐멘터리 영화감독 인선의 연출관이 역사 속에서조차 지워진 사건 또는 사실을 찾아 밝히려는 강렬한 역사의식을 바탕으로 "거의 자연이 주인공으로 느껴질 만큼 햇빛과 울창한 열대 나무들의 이미지가 압도적이었던 그 영화의 힘"을 보여준다거나, "1948년 제주의 흑백 영상 기록들이 잠깐씩 삽입되었을 뿐 내러티브가 끊어져 있으며 말 사이의 침묵이 긴, 그늘진 회벽과 빛의 얼룩들이 러닝타임 내내 사라졌다가 나타나기를 반복"하는 등 특별한 연출력에 있는 것이 아닙니다. 위 인용문에 은폐된 심오한 뜻은 이 장의 제목이 '실'이듯 천지조화 속에서, 곧 역사적 시공간들조차 서로 '알 수 없음[不然]'의 무궁한 연줄들의 얽힘 속에서 인간의 역사가 만들어진다는 특이한 '다큐멘터리 정신'이랄까. 자연은 우리의 '눈' 곧 시각에 보여지는 자연만이 자연이 아닌 것입니다. 시각적 자연은 인위적 자연에 그치고 무위적 자연은 인간이 초자연이라고 말하는 '알 수 없음'의 자연인 것이지요.

적어도 1960년대 한국군이 베트남 민중에게 범한 죄악을 다룬 다큐멘터리 영화와 1940년대 만주 들판에서 독립군으로 활동했던 할머니가 치매에 걸린 일상을 다룬 다큐멘터리, 그리고 "1948년 제주 흑백 영상 기록들이 잠깐씩 삽입된 미완의 다큐멘터리 영화를 연결해 첫 장편영화를 만들 계획이었"다는 서술 속엔 역사를 인과론적 논리에 따른 시간을 쫓지 않겠다는 점은 자명해집니다. 한마디로, 역사를 이념적으로 사실화史實化하거나 인위적으로 사건화하지 않겠다는 웅숭깊은 역사의식의 발로인 것이죠. 그래서 인선의 역사의식은 인과적 시간을 쫓길 그만두고 역사의 근원인 자연의 시간 혹은 마음의 시간을 찾습니다. 그러다 보니 '자연의 형상'을 찾게 되고, 원시적 자연의 상징인 '나무'를 다루는 '목수학교에 지원해 합격했'는지도 모릅니다. 요컨대, 문학과 예술의 창작자에게 역사 혹은 역사의식은 마음가짐(修心正氣)의 작용 결과라는 것입니다.

8

'작별하지 않는' '바로 지금'은
조화의 기운과 하나로 통하는 '지기금지의 지금'

참다운 역사의식이 인과적 시간을 넘어서 역사의 근원인 '자연'의 시간, 민심이 천심인 조화의 시간, 지극한 '성심'의 시간과 더불어 찾아진다는 것은 소설『작별하지 않는다』의 속 깊은 테마이기도 합니다. 소설에서 시종일관 끊이지 않고 내리는 '흰 눈'은 역사의 근원인 자연의 시간을 상징합니다. 중요한 점은 바로 이 끊임없이 '반복해서 내리는 흰 눈의 상징'이 '작가 한강의 꿈'에서 이월된 '소설 속의 원형 상'이라는 점입니다. 소설의 1부「새」에는 사실주의적 역사의식이 자연의 시간, 수심의 시간을 맞이하기 전에, 사실적 '흰 눈'이 서술되는 기억해둘 만한 대목들이 나옵니다.

(1)

<u>내가 퇴원해서 함께 제주 집으로 돌아간 밤에 엄마는 한번 더 그 눈송이 이야기를 했어.</u> 이번엔 그 꿈 이야기가 아니라, 그 꿈이 기원한 생시 이야기를. 아직 회복도 안 된 나에게 또다시 도망갈 힘이 있을 거라고 생각했는지, 밤새 곁에 누워서 내 손목을 잡고, 잠결에 놓았다가도 흠칫 놀라 다시 꽉 붙잡으면서.

<u>엄마가 어렸을 때 군경이 마을 사람들을 모두 죽였대.</u> 그때

국민학교 졸업반이던 엄마랑 열일곱 살 이모만 당숙네에 심부름을 가 있어서 그 일을 피했다고 말했어. 다음날 소식을 들은 자매 둘이 마을로 돌아와, 오후 내내 국민학교 운동장을 헤매다녔대. 아버지와 어머니, 오빠와 여덟 살 여동생 시신을 찾으려고. 여기저기 포개지고 쓰러진 사람들을 확인하는데, 간밤부터 내린 눈이 얼굴마다 얇게 덮여서 얼어 있었대. 눈 때문에 얼굴을 알아볼 수 없으니까, 이모가 차마 맨손으론 못하고 손수건으로 일일이 눈송이를 닦아내 확인을 했대. 내가 닦을 테니까 너는 잘 봐, 라고 이모가 말했다고 했어. 죽은 얼굴들을 만지는 걸 동생한테 시키지 않으려고 그랬을 텐데, 잘 보라는 그 말이 이상하게 무서워서 엄마는 이모 소맷자락을 붙잡고, 질끈 눈을 감고서 매달리다시피 걸었대. 보라고, 네가 잘 보고 얘기해주라고 이모는 말할 때마다 눈을 뜨고 억지로 봤대. 그날 똑똑히 알았다는 거야. 죽으면 사람 몸이 차가워진다는 걸. 맨뺨에 눈이 쌓이고 피 어린 살얼음이 낀다는 걸. (83~84쪽)

(2)

　발을 제외한 몸 전체를 패딩 코트 안에 밀어넣고 후드 속 깊이 머리와 뺨까지 감췄지만, 콧날 오른편과 눈꺼풀로 떨어지는 눈만은 막을 수 없다. 손을 들어 닦아내면 공처럼 말아놓은 몸이 풀릴 거라서, 무엇보다 그렇게 웅크려 만든 온기가 흩어질 거라서 눈이 쌓이는 대로 내버려둔다. 쉴새없이 부딪히는 턱이 빠질 듯 얼얼해, 눈 덮인 소매의 빳빳한 겉면을 잇새에 물고 버티다 퍼뜩 생각한다. 물은 언제까지나 사라지지 않고 순환하지 않나. 그렇다면 인선이 맞으며 자란 눈송이가 지금 내 얼굴에 떨어지는 눈송이가 아니란 법이 없다. 인선의 어머니가 보았다던 학교 운동장의 사람들이 이어 떠올라 나는 무릎을 안고 있던 팔을 푼다. 무딘 콧날과 눈꺼풀에 쌓인 눈을 닦아낸다. 그들의 얼굴에 쌓였던 눈과 지금 내 손에 묻은 눈이 같은 것이 아니란 법이 없다. (133쪽)

(1)은 인간에 대한 절망과 참담함에 휩싸이기에 읽기조차 힘듭니다. 1948년 제주 4·3 주민학살 사건 직후의 집단학살 장소 중 한 곳인 초등학교 운동장 상황이 어렴풋이나마 상상되면서, 학살자들의 반인륜적 만행이 치가 떨리고 가슴에 분노가 이는 한편으로, 학살당한 시신들 얼굴에 떨어진 흰 눈을 일일이 닦아내며 가족을 확인하는 장면에서 작가 한강의 도저한 역사의식을 이해하는 단초를 만납니다. "일일이 눈송이를 닦아내 확인을 했대. 내가 닦을 테니까 너는 잘 봐, 라고 이모가 말했다고 했어. 죽은 얼굴들을 만지는 걸 동생한테 시키지 않으려고 그랬을 텐데, 잘 보라는 그 말이 이상하게 무서워서 엄마는 이모 소맷자락을 붙잡고".

인선의 엄마인 '어린이 강정심'이 학살당한 아버지, 어머니, 오빠, 여덟 살 된 여동생의 주검을 찾는 집단학살의 현장을 몸소 겪으면서 평생 마음속에 깊은 고통의 트라우마가 생겼음을 보여주는데, 그 트라우마의 요인 중에는 '흰 눈송이'의 존재가 포함된다는 것. 이는 심리적으로 흰 눈이 인선 어머니의 개인적 마음속에 집단학살의 심각한 콤플렉스로 박혀 있는 동시에 제주섬 주민의 집단적 무의식 속 강력한 원형상의 영향에 지배받게 된 것으로 해석될 수 있습니다.

그래서 (2)에서 서술되는 '흰 눈송이'는 천지간을 순환하는 눈이면서도 무의식에 작용하는 '흰 눈'의 원형상입니다. 무량한 천지 자연 속 수증기, 구름, 비, 강물, 바다 등등으로 생성, 변화, 순환 속의 눈, 작가 경하가 자기 지성에 따라 '생각'하는 '눈'입니다. 그러니까, 인용문 (1)에서 '눈'은 아직 사실적인 '눈'입니다. (2)에서 '눈'은 '마음' 속 원형상입니다. '초월적인 눈'으로 변하기 직전의 눈이라고도 말할 수 있겠지요.

여기서도 확인되는 『작별하지 않는다』가 지닌 소설적 경이로움이 있습니다. 다름 아니라 소설 밖의 '순환하는 물'의 결정인 사실적 '흰 눈'은 소설 안의 환상을 불러오는 초월적 '흰 눈'과 아슬한 분계선을 드러내면서, '흰 눈 내림'의 상(Bild, image)은 소설의 서술자인 경하의 마음가짐 여하에 따라 소설 안과 밖을 조화(무위이화)의 기운으로 통하게 한다는 점. 이 점은 달리 말해, 작가 한강의 정신이 접령 작용을 한다는 것과 같습니다.

이 작가 한강이 지닌 지심에서 나온 '은폐된 서술자'의 접령 작용에 따라 '흰 눈'이 소설의 원형상으로 자리 잡으니 과연 '새'의 원형상이 연결됩니다. 하늘 땅을 오가는 '새'의 원형상은 당연히 하늘 땅을 잇는 '눈'의 원형상과 상호관계에 있습니다. 그리고 새의 원형상은 나무의 원형상과 상호관계에 있습니다. 서술자 경하는 인용 (2)에서 '흰 눈'을 '생각'한 뒤 곧이어 '새'를 '생각'하는 장면이 이어집니다.

> 국수 줄까, 인선이 묻자 그녀의 어깨에 앉아 있던 새가 또렷하게 대답했던 걸 기억한다.
>
> 그래.
>
> 인선은 냉장고로 걸어가 소면 봉지를 문 안쪽에서 꺼냈다. 탁자 위에 있던 아마가 푸드덕 날아와 인선의 남은 어깨에 앉았다. (134쪽)

소설 안에 무위이화의 신령한 기운이 가득한 소설 2부 「밤」으로 가는 길목인 1부 「새」의 다섯 번째 장인 「남은 빛」에서, 서술자 경하는 '흰 눈'의 원형상에는 하늘 땅을 오가는 새의 원형상이 서로 인접 관계에 있음을 깨닫습니다. 그래서 흰 눈의 원형상은 인선이 기르던 앵무새 아마의 존재, 즉 인간의 말을 따라 말하는 '새'의 원형상과 연결 순환하는 것이지요. 그리고 새의 원형상은 나무의 원형상으로, 죽은 앵무새의 상은 검은 나무의 상으로… 제주섬에 온 경하는 '흰 눈 내림' 속에서 마침내 조화造化 곧 '무위 이화'의 심원深遠한 이치를 터득합니다.

물뿐 아니라 바람과 해류도 순환하지 않나. 이 섬뿐 아니라 오래전 먼 곳에서 내렸던 눈송이들도 저 구름 속에서 다시 응결할 수 있지 않나. 다섯 살의 내가 K시에서 첫눈을 향해 손을 내밀고 서른 살의 내가 서울의 천변을 자전거로 달리며 소낙비에 젖었을 때, 칠십 년 전 이 섬의 학교 운동장에서 수백 명의 아이들과 여자들과 노인들의 얼굴이 눈에 덮여 알아볼 수 없게 되었을 때, 암탉과 병아리들이 날개를 퍼덕이는 닭장에 흙탕물이 무섭게 차오르고 반들거리는 황동 펌프에 빗줄기가 튕겨져 나왔을 때, 그 물방울들과 부스러지는 결정들과 피 어린 살얼음들이 같은 것이 아니었다는 법이, 지금 내 몸에 떨어지는 눈이 그것들이 아니란 법이 없다. (135~136쪽)

인용문에서 소설 『작별하지 않는다』가 품은 심원한 철학과 미학의 일단一端이 가만히 자기 모습을 드러냅니다. 그 철학은 소설의 제목인 '작별하지 않는다'가 품은 심원한 의미를 드러냅니다.

무궁한 순환과 조화의 시공간에 대한 철학입니다. 그리고 그 철학과 짝을 이루는 소설 미학의 요체는, 천지간에 순환하며 조화하는 기운을 품은 소설은 스스로 '나'의 시공간이 타자의 시공간과의 무수한 연줄로서―한강의 표현으로는 '실'로서―연결된 '유기체적 존재'로서의 소설 성격을 지닌다는 것입니다.

　수심정기가 낳은 무위이화(조화)의 시공간성은, "칠십 년 전 이 섬의 학교 운동장에서 수백 명의 아이들과 여자들과 노인들의 얼굴이 눈에 덮여 알아볼 수 없게 되었을 때"의 눈과 "지금 내 몸에 떨어지는 눈"은 서로 불이 관계인 것을 보여주는 것이지요. 강설이 불러오는 강령降靈의 시간 즉 '지기금지'의 시간이 작가정신 속에 펼쳐집니다. 이 '무위이화'의 "바로 지금" 속에서 초감각적이고 초속적超俗的인 환상이 열리는 것입니다. 위 인용문은 무위이화의 이치를 서술자 경하가 깨치는 장면인 것이지요.

9
'바로 지금', 죽은 자와 산 자의 불이

　제주도 4·3 학살 사건의 희생자 유족이면서 다큐멘터리 영화 감독이며 목공예가인 인선은 목공 작업을 하던 중 불의의 손가락 절단 사고를 당합니다. 작가 한강은 인선이의 오른 손가락 두 개의 첫마디들이 절단당해서 겪는 끔찍한 육체적 고통을 잔인하리만큼 집요하고 적나라하게 반복해서 서술합니다.

1948년 군경에 의한 제주도 주민학살 사건의 희생자 유족인 인선이가 손가락 절단 사고를 당해 극심한 통증을 겪으면서 잘린 손가락을 포기하지 않고 봉합 수술에 임하는 것은 "지금은 물론 손가락을 지키는 편이 통증이 더 강하지만, 손가락을 포기할 경우 통증은 손쓸 수 없이 평생 계속될 거"이기 때문에 주삿바늘로 "삼 분에 한 번씩 저 자리를 찔리"는 통증과 고통을 견뎌야 하는 것이지요. 여기서 작가 한강의 의도는 비교적 분명해집니다. 제주섬에서 학살당한 인선의 어머니 가족들이 당한 끔찍한 육체적 고통을 '생생한 통증의 감각 그대로' 소설의 현실reality 속에 재현하려는 것입니다.

하지만 학살당한 어머니 가족들의 육체적 고통을 소설의 현실로서 '재현'한다고 해서, '고통의 재현' 수준에서 그쳤다면, 흔히 볼 수 있는 집단학살의 역사를 '기억하자'라는 수준에서 벗어나질 못했을 것입니다. 소설을 통해 제주도 4·3 학살 사건을 '기억하자'는 주장은 아무리 순수한 의도에서 나온 말이라 해도 막연한 말에 지나지 않는 구호에 가깝습니다. 인간의 기억은 불완전성과 상황 변화에 따른 가변성 같은 근본적인 한계를 안고 있을 뿐만 아니라 무엇보다 학살당한 피해자 유족들 또는 후손들이 처한 실제 삶과 저마다 입장에선 '기억하자'는 것은 그 실제에 있어서 오랜 상처를 덧나게 하는 무책임한 슬로건일 수 있습니다.

학살당한 제주도 주민의 유족인 인선이 다큐멘터리 영화감독이며 목공예를 하는 작가로서 작업 중에 손가락 절단 사고를 당하여 서울로 후송되어 잘린 손가락를 봉합하기 위해선 상처 자리에 주삿바늘로 "삼 분에 한 번씩 저 자리를 찔릴" 것이라거나, 설령 극심한 통증을 피하기 위해 봉합 수술을 하지 않더라도 평생 "환지통"에 시달릴 것이라는 의사의 말은 이 소설이 서술하는 '현실'이 단순히 '재현' 수준에 머물러 있지 않음을 암시합니다.

제주도 4·3 학살 사건 유족인 인선이는 어머니의 학살당한 가족과 희생자들이 겪었을 엄청난 육체적 고통을 '바로 지금 연결하고 환지통 앓듯이 소설 자체가 공감각하는 것'입니다. 그래서 소설은 희생자 유족인 인선이 겪는 육체적 통증을 '소설의 감각'으로서 '체현'합니다. 제주도 4·3 학살 사건에서 그 본질적 유래를 찾을 수 있는 인선의 육체적 통증을 소설의 시공간에 옮겨 공유하고 내면화하기 위해 "삼 분에 한 번씩 저 자리를 찔릴 때마다"라고 하여 소설이 스스로 지속적인 통증을 느끼게 한 것입니다.

그러므로 반복되는 강설의 원형상이 불러오는 강령의 기운 속에서, 소설은 마치 유기체인 양 인선의 극심한 통증을 '소설의 통증'으로 연결하고 '바로 지금'의 조화 속에서 학살 희생자의 통증도 은밀하게 연결됩니다. 아울러 강설이 만들어낸 접령지기의 위력 속에서 독자들도 소설의 통증으로 감응하게 됩니다. 제주도에서 군경에 의해 학살당한 '죽은 자'들이 겪었을 극심한 통증이 시공을 초월하여 '바로 지금에도' '산 자'와 서로 연결됨을 보여주기 위해 인선의 잘린 손가락의 상처 자리에다 '삼 분마다 주삿바늘로 반복해서 찌르는 것'입니다. 이러한 소설 안에 내포된 극심한 통증의 반복성은 강설의 반복성 속에서 죽음과 고통이 위무되고 승화되는 계기를 이루게 됩니다.

한편, 제주 4·3 학살 사건의 희생자의 유족인 인선이 겪는 극심한 통증을 멈추게 하지 않고 소설 안에 지속시키는 것은 소설이 유기체의 통증과 통하는 생령체적 존재라는 것을 지속적으로 알리는 것입니다. 소설 안에 인선의 극심한 통증을 지속해서 유지하는 것이 소설 『작별하지 않는다』가 사람과의 교감 능력을 가진 고유한 생령체 혹은 조화의 기운에 합치하는 유기체적 존재감을 지니게 된다는 것입니다.

전기톱에 오른 손가락 마디들이 잘리는 끔찍한 부상을 입은 인선이 아래처럼 말하는 것도 잔학하게 학살당한 희생자들의 고통을 소설 자체가 체화하려는 의도가 있습니다만, 근본적으로 소설 『작별하지 않는다』의 특이한 문학성은 소설 밖에서 일어난 지독한 통증이 소설 안에서 간접화되어 사건 전개 속에서 대상화되는 것이 아니라 인선이 겪는 통증의 직접적인 연장으로서, 마치 살아 있는 유기체(생령체)같이 소설이 고스란히 고통과 통증을 떠안는 것에서 찾아진다고 볼 수 있습니다.

> 잘린 손가락에서부터 무서운 아픔이 뻗어 나오고 있었어.
> 그런 아픔을 그전까지 상상도 못했고.
> 지금 말로 할 수도 없어.
> (……)
> 까무러칠 것같이 아팠는데,
> 정말 차라리 까무러치고 싶었는데, 왜 그때 네 책 생각이 났는지 몰라.
> 거기 나오는 사람들, 아니, 그때 그곳에 실제로 있었던 사람들 말이야.
> 아니, 그곳뿐만 아니라 그 비슷한 일이 있어났던 모든 곳에 있었던 사람들 말이야.
> 총에 맞고,
> 몽둥이에 맞고,
> 칼에 베여 죽은 사람들 말이야.
> 얼마나 아팠을까?
> 손가락 두 개가 잘린 게 이만큼 아픈데.
> 그렇게 죽은 사람들 말이야, 목숨이 끊어질 정도로

몸 어딘가가 뚫리고 잘려나간 사람들 말이야. (56~57쪽)

조화의 기운에 합치하는 유기체로서의 소설 작품은 기존 소설 속 현실reality을 반성적으로 돌아보고 극복의 방식을 모색하지 않을 수 없습니다. 합리적 이성에 의존하는 물리적 시간의 리얼리티는 조화의 기운과 합치하는 '바로 지금'의 현실actuality과는 그 문학적 차원이 달라질 수밖에 없습니다.

소설 『작별하지 않는다』를 읽다 보면, 현재형과 과거형에 대한 세심한 분리와 통일이 함께 추구되는 특유의 소설 언어의식을 보게 됩니다. 소설의 허구에서 벌어지는 사건의 '현재'는 과거형 종결어미를 쓰는 한편, 과거에 일어난 역사적 사건을 '바로 지금'으로 불러오는 경우, 현재형 종결어미를 쓰고 있는 것입니다. 이는 독자들에게 소설 안에 전개되는 '현실'이 물리적 시간성의 차원과는 다른 '근원적 시간성' 차원인 '바로 지금' 속에, 즉 소설의 '현실'에 '음양의 조화造化' 기운에 합하는 '초현실적 시간성'을 불러들이는 묘력을 느끼게 합니다.

가령 서술자인 경하의 말과 행동을 서술하는 문장들이 현재(진행)형 종결어미로 쓴 경우, 이는 사건이나 사실을 지난 과거로 두질 않고, 과거를 '바로 지금'의 기운 속에서 생생하게 되살리려는 언어의식의 표현이라 할 수 있습니다.

그러니까 과거형 종결어미와 현재형 종결어미가 분리되다가 또 뒤섞이는 섬세한 문장의식은 '바로 지금'의 생생한 기운을 위한 것이라 할 수 있습니다. 특히 제주 4·3 집단학살 사건을 인선이 다큐멘터리 영화로 제작하기 위한 생존자 및 희생자 유족들과의 인터뷰에서 들려오는 생생한 제주 방언투 목소리는 그 자체로 소설의 생기와 관련됩니다. 이 또한 조화의 기운에 든 문학정신의 표현인 것이지요.

10
고통을 위무하는 '降雪의 기운'

이성적 인과적 논리를 넘어서 거침없이 서술되는 '망자의 환상'은, '은폐된 서술자'가 지닌 무巫—비록 은미한 존재감이지만, 바로 이 은미함이 진실한 영매의 본성입니다!—의 접령 능력 혹은 접신의 초능력을 떠올리게 됩니다. 서울의 봉합 수술 전문 병원에 입원해 있는 친구 인선의 부탁에 따라 인선의 제주도 고향집을 가까스로 찾아간 서술자 경하 앞에 인선이 몸이 온전한 상태로 나타나는 이적이 일어나니까 경하의 '생각'은, '망자의 환상'을 떠올리게 된 것입니다. 거듭 말하지만 소설의 서술자인 작가 경하는 이성적인 생각 속에서도 환상을 함께 겪고 있는데, 앞서 말한 바처럼, 경하의 환상은 '작가 한강의 지심 속의 존재'인 '은폐된 서술자'가 작용하는 환상입니다. 『작별하지 않는다』의 '은폐된 서술자'는 본디 비가시적 존재로서 '강령(降靈, 接靈) 능력'을 가진 '만물 중에 가장 신령한 존재(最靈者)'입니다. 그러므로, 작가 한강의 원형상이자 소설의 원형상인 강설은 강령(접령) 능력을 가진 영매의 존재가 은폐되어 있습니다. 한강은 자기(self, Selbst) 안의 원형상에 강령의 영혼을 자각합니다. 즉 은폐된 서술자의 움직임을 각성하고 있습니다. 과연, 작가 한강은 작가 경하의 문학의식과 함께 합리적 이성을 훼손하지 않기 위한 배려를 아끼지 않고 있습니다.

중요한 것은, 그 "망자의 환상"을 불러오는 '은폐된 서술자'인 무적 존재는 분명코 망자의 혼만이 아니라 만물에 깃든 신령들과의 접령 혹은 접신할 수 있는 영매(곧 만신, 제주섬에선 '심방')의 신통한 능력을 지니고 있다는 사실입니다.

온다.

떨어진다.

날린다.

흩뿌린다.

내린다.

퍼붓는다.

몰아친다.

쌓인다.

덮는다.

모두 지운다.

어떻게 악몽들이 나를 떠났는지 알 수 없었다. 그들과 싸워
이긴 건지, 그들이 나를 으깨고 지나간 건지 분명하지 않았다.
언제부턴가 눈꺼풀 안쪽으로 눈이 내렸을 뿐이다. 흩뿌리고
쌓이고 얼어붙었을 뿐이다.
눈꺼풀로 스며드는 회청색 빛 속에 나는 누워 있었다.
(176~177쪽)

위 문장들은 소설 2부의 첫 장에 나옵니다. 이 문장들을 읽어보면, 흰 눈 내림의 반복성이 입무 또는 빙의의 계기로서 작용하고 있음이 드러납니다. 인용문에서 보듯이 한강은 흰 눈 내림의 반복성을 눈 내림을 형용하는 동사들로 표현합니다. 문학적 힘과 주술적 힘이 불이 상태인 것을 별도의 서체로서 표현하고 있지요. 저는 이 대목을 읽으면서 우리 현대시사에서 빛나는 대시인 김수영이 남긴 같은 제목의 절창 「눈」 세 편 중 한 편을 떠올렸습니다.[21]

주목할 것은, '흰 눈 내림'을 형용하는 여러 동사들은 '흰 눈 내림'의 강도強度에 따라 차례로 하강하는 듯이 수직성과, 마치 주문

---

21   시인 백석, 김수영, 신동엽 시에서 보이는 '눈', '降雪'의 상징성, 초월성, 주술성에 대해서는 『개벽』(61~81쪽), 『유역』(155~180쪽) 참고.
      제가 다른 평문에서 거의 백두산이나 개마고원 금강산 정상에 비견되는 '이 땅에서 최고의 문학정신' 수준에 도달한 시인들로서, 앞서 잠깐 말한 바처럼, 백석, 김수영, 신동엽 등 이 땅의 탁월한 시인들의 시정신을 분석하고 해석해보면 이 땅의 작가 혼에는 어떤 의미심장한 공통성으로서의 '눈'의 존재성을 알게 됩니다. 역시, 한강의 독보적인 문학정신에 이르러 한민족의 집단무의식 속에 '강설'의 원형상은 경이롭게도 '나의 눈꺼풀 바깥쪽으로서 눈 내림'이 '나의 눈꺼풀 안쪽으로 눈 내림'으로 변하는 현실과 환상의 동시성 속에서 '눈'의 신령한 상징성과 심오한 미학을 드러냅니다. 백석, 김수영, 신동엽 등 위대한 시인들의 시 정신에 이어 한강의 문학정신에 이르기까지, 작가의 '눈[眼]'은 강설의 '눈[雪]'이 상징하는 (천상의 존재로서의) 이 땅의 혼을 이 땅의 시난고난한 역사적 현실 속에서 체득한 것이라 할 수 있습니다.

같은 반복성 속에 배열되어 있는 점입니다. 온다 →떨어진다 →
날린다 →흩뿌린다 →내린다 →퍼붓는다 →몰아친다 →쌓인다
→덮는다 →모두 지운다.

이 '흰 눈 내림[降雪]'의 동사들이 위에서 아래로 수직성으로
배열된 것은 강설降雪의 이미지를 나타내고, 각각 동사들이 가진
의미들은 '흰 눈 내림'의 강도 혹은 밀도를 표현합니다.

'흰 눈 내림'의 서술형 '~다'로 마치는 동사의 배열은 서술자인
작가 경하의 서술입니다. 서술자가 작가이므로 섬세한 '문학적
의식과 감각'으로서, 동의어에 가까운 동사들의 배열로서 '흰 눈
내림'을 서술하였지만, 그 이면적으로는 '흰 눈 내림'의 동사들이
반복성과 그 동사들이 지닌 의미의 강도가 점점 세짐에 따라 '문
학적 무의식과 초감각'이 활성화됩니다. 문학적 무의식의 활성화
가 점차 세게 강신의 기운을 불러일으키는 것입니다.

조금 전에 말했듯이, 분석심리학에 기대어 말하면, 집단무의
식의 원형상으로서 '강설'은 이 땅의 오래된 혼인 강신무降神巫의
원형상이기도 합니다. 그 강신무의 원형이 지닌 거대한 힘을 품
고서 그 은미한 기운이 점점 강도가 세지는 것을 보여줍니다.

그러니까 저 '흰 눈 내림'(강설)의 뜻을 품은 여러 동사들의 '수
직적' 배열은, 표면적으로는 소설 속 서술자인 '작가 경하'의 문
학적 의식과 무의식을 동시에 드러내지만, 이면적으로는 서술자

경하와는 별개로 작용하는 '은폐된 서술자'로서의 '영매' 혹은 '강신무의 초인적이고 강력한 힘'이 숨어 있는 것입니다.[22]

또한, 소설의 서술자인 작가 경하가 서술한 저 동사들의 수직적 배열 속에는 서술자로서 경하의 무의식 즉 소설의 무의식에 강신무의 원형상이 깊이 내포되어 있을 뿐만이 아니라 그 낱말들의 점증하는 강도는 강신의 강도가 점점 세지고 있음을 에둘러 보여줍니다. 이는 '은폐된 서술자'의 존재와 작용이 '바로 지금'의 시공간성 안에서 '활성화'되고 있음을 의미합니다. 환상의 원심력이 강설의 원형상에 있음을 보여주는 것입니다. 이처럼 '은폐된 서술자'의 신이한 작용에 따라 소설 『작별하지 않는다』2부 「밤」에는 인과론으로부터 자유로운 초지각적이고 초현실적인 시공간이 펼쳐집니다. 생과 사, 유와 무, 환상과 현실 사이의 구별은 사라지게 됩니다.

따라서, 소설의 서술자인 작가 경하의 영혼과 접령한 '은폐된 서술자'는, 먼 옛날까지 그 족보를 추적하면, 저 중앙아시아 및 만

---

22 동사들을 '강신의 입무의식'을 상징하는 '강설의 강도'에 따른 수직성의 형식으로서 배열하였고, 마침내 마지막 동사형 "모두 지운다"에 이르러서 초감각적 초현실적 환상 환각의 시공간으로의 전입이 이루어집니다. 일종의 입무의식이 상징처럼 어른거리는 절묘한 반복법적 서술입니다.

주의 문명 등을 이어 꽃피운 고조선 문명 이래 유서 깊은 '이 땅의 혼'인 고태적 강신무의 영혼 혹은 이를 이어받은 제주섬 심방의 영혼이 작용하는 신령한 존재 곧 '최령자最靈者'라고 해도 무방합니다.

　제가 '우리의 작가' 한강이 품은 소설 『작별하지 않는다』의 창작 의도와 소설 구상을 알 턱이 없습니다만, 설령 한강이 전통 무의 존재를 전혀 의식하지 않았다 해도, 이 '위대한 소설'을 쓰기 위해 제주도에서 수개월 동안 셋방살이를 했다고 고백하는 강연문[23]을 보니, 작가 한강은 제주도의 자연 및 주민의 삶과 고유한 전통 풍속들을 접한 것 같습니다. 분명, 제주도가 만신의 섬이며 특히 심방의 존재가 제주 주민들의 전통적 삶 속에서 깊고 넓게 뿌리내려 있음을 충분히 알게 되었을 테죠. 이런 까닭에 위 인용문을 전후한 대목들에 대한 비평적 해석을 심화하고 확장하면, 작가 한강은 제주 주민들이 겪은 가혹한 역사를 소설로 쓰는 데에 있어서, 강설과 바람과 돌이 유독 많은 자연환경을 가진 제주도 주민의 집단적 심리 속에 깊은 뿌리로 모셔진 오랜 생활 문화 전통인 '심방'의 그림자가 어른거리는 것이 감지됩니다. 따라서 소설의 내레이터인 '작가 경하'가 제주 출신의 인선네 고향 집 목공방에서 서술하는 위 인용문은, '은폐된 서술자concealed narrator'

23　앞의 노벨문학상 수상 기념 강연문 중.

인 제주의 전통 심방의 존재가 '제주섬의 지령地靈'[24]으로 은밀하게 작용하고 있다는 해석도 가능할 것입니다.

11
역사의 '造化'와 '造化'의 역사

소설『작별하지 않는다』는 제주 4·3 주민학살 사건의 진상을 가감 없이 보여줍니다. 4·3 학살 사건 관련 실록들과 생존자의 목소리를 그대로 녹취한 자료들은 국가 권력에 학살당한 희생자들의 '뼈'에 사무친 억울과 '핏물'이 배인 은폐된 역사를 추적하는 실사구시實事求是 정신의 소산이라 할 만합니다.

전쟁이 나던 달에 유복자로 태어났다는, 아직 아버지의 유해를 포기하지 않았다는 퇴직교사였어.

부고를 제때 못 들어 문상을 못했다고 그 사람은 사과했어. 유족회에서 가장 열정적인 멤버가 엄마였다고, 제주에선 아

---

24 땅의 혼. 동학을 창도한 수운 최제우의 한글가사집『용담유사』에 나오는 '地靈'은 원래 신라 말 유학자이면서 도가에 심취한 고운 최치원孤雲 崔致遠이 '(儒佛仙) 包含三敎, 接化群生'라고 설정한 '풍류' 정신의 유래를 가지고 맥맥히 이어온 신라의 수도 '경주 땅'의 영혼을 이르는 말.

무도 생각 못 했던 1960년에 이미 경산에 다녀온 사람이었다 고 말했어. 진주 이송자 명부 사본을 대구형무소에 요청하자 는 의견도 엄마가 낸 거였다고. 승합차를 대절해 다 같이 항의 방문을 하고서야 명부가 나왔다고. 회원들이 찾는 가족들의 이름을 엄마가 일일이 찾아내 유해가 묻혀 있을 장소를 추정 해줬다고 했어.시내에서 모이면 집이 멀다며 늘 엄마가 가장 먼저 일어섰다고, 그때마다 두 손으로 회원들의 손을 잡았다 고 했어.

그 사람이 엄마에 대해 마지막으로 기억한 건, 결국 유해 수 습이 중단될 거란 소식을 듣고 다 같이 갱도에 들어간 날의 일 이었어. (……)

대구형무소에 수감됐던 사람이 십오 년 형기를 마치고 돌 아왔다는 소문을 엄마는 일 년 전부터 들어 알고 있었어. 아랫 마을의 친척집에 신세 지던 아버지를 멀리서 보기도 했지만, 찾아가 만날 결심을 하기까지는 시간이 필요했어. (……)

그 여름 저녁 길목에서 기다리던 엄마가 삼춘, 하고 불렀을 때 아버지가 뒤를 돌아본 건, 그렇게 살갑게 자신을 부를 사람 은 없었다고 생각했기 때문이었어. 외삼촌의 이름을 듣고서 야 아버지 눈이 흔들렸다고 엄마는 말했어. 외가에 오곤 하던 한지내 남매들 중 하나란 걸 알아본 거야.

(······)

그날 엄마가 가장 먼저 알게 된 건 아버지가 1950년 봄에 부산으로 이감됐다는 거였어. 대구고등법원이 경상도뿐 아니라 전라도와 제주도 항소심까지 맡고 있어서, 항소심 판결을 받고 대구형무소에 수감되는 사람들이 누적되며 공간이 부족해진 거야. 그 봄에 장기 복역자들 위주로 대규모 이감이 이뤄진 건 그렇게 단순히 실무적인 이유에서였다고 아버지는 말했어. 제주 사람들 중에서 불운하게 형량이 높은 쪽이었는데, 그게 오히려 자신을 살게 했다고.

하지만 부산도 안전하지 않았다고 아버지는 말했대. 부산 보도연맹 가입자들이 7월부터 밀려들어왔다고. 형무소 안마당에 임시 건물을 올릴 때 수감자들이 동원됐다고. 휴식시간마다 아버지가 마당가 천막을 건너다봤는데, 배가 고파 늘어진 반벗은 아이들, 머리를 땋거나 쪽 찐 여자들, 삼복더위에도 갓을 벗지 않은 노인들이 틈 없이 붙어 앉아 땀을 닦고 있었다고.

9월부터 그 사람들이 트럭에 실려 나가며 사동에 흉흉한 소문이 돌았대. 재소자 중에서도 시국 사범들을 골라내 죽일 거라고. 소문대로 제주 사람 이백오십 명 중 구십여 명이 불려 나갔다고 아버지는 말했어. 남은 제주 사람들이 초조하게 다음 차례를 기다리고 있을 때 갑자기 호출이 멈췄다고. 인천에 연합군이 상륙해 전세가 역전되었다는 걸 나중에 알았다고.

(……)

몇 차례 내가 엄마에게 물었어. 아버지가 이 집에 들어와 살게 된 건 그 첫 만남 후 오 년이 흘러서인데, 그 사이의 시간을 두 사람이 어떻게 보냈는지. 얼마나 자주 만났는지. 언제 가까워졌는지. 엄마는 한 번도 정확히 대답해주지 않았어. 대신 엉뚱한 이야기만 했어. 이를테면 아버지가 엄마에게 들려줬다는, 주정공장에서 받았던 고문들에 대해서. <u>계급장 없는 군복을 입고 이북 말을 쓰던 남자가 아버지를 어떻게 다뤘는지. 옷을 벗기고 의자에 거꾸로 매달 때마다 무슨 말을 했는지.</u>

<u>씨를 말릴 빨갱이 새키들, 깨끗이 청소하갔어. 죽여서 박멸하갔어, 한 방울이라도 빨간 물 든 쥐새키들은.</u>

<u>수건이 덮인 아버지 얼굴에 그 사람이 끝없이 물을 부었다고 했어.</u> 젖은 가슴을 야전 전화선으로 묶고 전기를 흘려넣었다고 했어. 산사람과 내통한 친구들의 이름을 대라고 그 사람이 속삭일 때마다 아버지는 대답했다고 했어. 모루쿠다. 죄 어수다. 나 죄 어수다.

그 이야기가 끝날 때마다 엄마는 맥락 없이 자책했어.

(289, 293~297쪽)

학살 희생자 유족인 인선의 엄마가 겪은 학살 사건의 진상이 인선의 음성을 타고 하나둘씩 서술자인 경하에 의해 서술됩니다.

제주 4·3 사건의 진상을 서술하는 역사의식을 보면 소설 곳곳에서 실사구시적 실증정신이 빛나고 있습니다. 이는 작가 한강의 역사의식에 대한 무한한 신뢰를 보내는 데 크게 한몫을 하는 것도 사실입니다. 사실 실사구시는 다큐멘터리 형식의 기본이고 의무에 가까운 것이니까, 그 실증적 역사의식이 한강 소설의 역사의식의 본질이라 할 수는 없습니다. 인용문에서 4·3 학살 사건에서 생존한 인선의 엄마는 학살 사건 당시 구사일생으로 생존한 오빠 '강정훈'의 종적을 추적하는 과정에서 남편 즉 인선의 아버지를 만나게 된 사연이 실록으로 전해집니다. 학살 희생자들의 유족은 저마다 생활 속에서 희생자의 행적과 소재를 찾기 위해 안간힘을 쓰고 있음이 서술되는 것이죠.

한강의 역사의식이 빛나는 것은 바로 이 점입니다. 생활사, 심성사心性史 속에서 역사를 기술하는 것입니다. 기존 작가들의 역사의식이란 대체로 소설에서 이념사와 정치사가 작중 캐릭터들을 지배하여 이념과 정치의 화신으로 그리는 데 비해, 당대의 세속 인심과 구체적 생활 속에서 역사를 보고 그리는 것입니다. 심성사의 관점이라 할 수 있겠죠. 위 인용 뒤에 나오듯이, 아비규환의 생지옥인 상황에서도 인간 심리의 본성에는 성악性惡만이 아니라 선한 덕성이 숨어 있음을 결코 놓치지 않는 작가의 심성과 맞물린 역사의식은 예사롭지가 않습니다. 특히 다음 인용을 보면 한강의 역사의식과 문학의식에 대해 깊은 생각에 젖게 합니다.

　1948년 11월 중순부터 석 달 동안 중산간이 불타고 민간인 삼만 명이 살해된 과정을 그 오후에 읽었다. 무장대 백여 명의 은거지를 알아내지 못한 채 초토화작전이 일단락된 1949년 봄, 이만 명가량의 민간인들이 한라산에 가족 단위로 숨어 있었다. (……)

　열두 시간 가까이 밤배에 실려 목포항에 도착했는데, 다시 밤이 될 때까지 하선을 시키지 않았습니다. 종일 먹지도 마시지도 못해 기진한 상태로 배에서 내렸어요. 부슬비가 내려 부교가 몹시 미끄러웠던 기억이 납니다. 천 명도 넘는 사람들로 선착장이 가득 찼는데, 총을 멘 경찰 수백 명이 그 자리에서 우리를 줄 세웠습니다. 여자는 여자끼리, 남자는 남자끼리, 18세 이하는 따로 모았어요. 분류하는 데만 한참 시간이 걸렸습니다. 여름이었지만 밤비를 계속 맞으니 기침하는 사람, 휘청거리는 사람, 주저앉은 사람 들이 사방에서 나왔어요. 호송차 여러 대에 올라타기 시작하는데 줄 뒤쪽에서 젊은 여자가 아니메, 아니메, 하고 울부짖었습니다. 굶주려 그랬는지, 무슨 병을 앓았는지 배에서 숨이 끊어진 젖먹이를 젖은 부두에 놓고 가라고 경찰이 명령한 겁니다. 그렇게 못 한다고 여자가 몸부림을 치는데, 경찰 둘이 강보째 빼앗아 바닥에 내려놓고 여자를 앞으로 끌고 가 호송차에 실었어요.

　이상한 일입니다. 내가 그 말 못할 고문 당한 것보다… <u>억울한 징역 산 것보다 그 여자 목소리가 가끔 생각납니다. 그때 줄맞춰 걷던 천 명 넘는 사람들이 모두 그 강보를 돌아보던 것도.</u>

＊

　눈을 뜨고 나는 인선의 얼굴을 마주본다.

<u>내려가고 있다.</u>
<u>수면에서 굴절된 빛이 닿지 않는 곳으로.</u>
<u>중력이 물의 부력을 이기는 임계 아래로.</u> (262, 266~267쪽)

　이 인용에서 보듯이, 『작별하지 않는다』에는 '다큐멘터리 형식'을 빌려서 끔찍한 집단학살과 악마적 정치 권력의 만행이 참혹히 서술되고 있음에도, 심성사心性史 관점으로 불릴 만한 사람들의 심금과 양심을 울릴 정동affect의 장면들이 속속 나오는 점에 유의해야 합니다. 정동은 감정에 속하는 충동의 일종이지만 쉽게 변하고 사라지는 감정들과는 달리 지속적이고 강력한 힘을 지니고 있지요. 학살을 자행하는 국가 권력은 이미 반인륜적 폭력 조직에

불과합니다. 저 이야기가 진실이든 허구이든 학살 세력은 이념 문제를 떠나 반생명적 본능을 드러냅니다. '줄 맞춰 걷던 천 명 넘는 사람들'이 설령 좌익 이념에 물들었든 그렇지 않든 간에, 죽은 젖먹이의 강보를 안고서 울부짖는 젊은 엄마에게 애련哀憐의 정동을 느낍니다. 그 애련을 불러오는 마음속에서 규정할 수 없는 '영혼'의 존재가 연결되어 있으니, 영혼의 어른댐을 독자들이 못 느낄 수는 없을듯합니다. 영혼의 기원은 "그때 줄 맞춰 걷던 천 명 넘는 사람들이 모두 그 강보를 돌아보던" 마음의 본바탕에 있습니다.

방금 죽은 젖먹이의 강보와 젊은 엄마 이야기에 곧이어, "내려가고 있다./수면에서 굴절된 빛이 닿지 않는 곳으로./중력이 물의 부력을 이기는 임계 아래로."라는 비인과적 환상이 나오는 것을 따로 주목해야 합니다. 그것은 작가 한강의 꿈속 '바다'의 원형상이 변화 속에 있음을 보여주는 서술입니다. 중요한 것은, 소설의 서두에 작가 한강이 서술한 꿈 이야기에서 나타난 모성母性의 원형인 '바다'의 상像이 인선의 엄마에 관한 이야기와 함께 움직이는 점입니다. 곧 작가 한강이 소설 밖에서 꾼 꿈의 원형이 소설 안의 이야기 속에 투사되어 비인과적으로 환상처럼 문득, 인선의 엄마 곧 모성과의 관계 속에서 스스로 변화하고 있는 것입니다.

잠깐 살펴봤듯이, 한강의 역사의식은 근대 문학 이래 흔히 쓰

110

인 소위 리얼리즘 형식의 소설이 보여주는 역사의식과는 천양지차입니다. '망각하지 말자', '기억하자'는 수준의 역사의식을 가진 소설이 아니라 '그 너머'입니다. '바로 지금'의 역사의식, 즉 '바로 지금'의 생활과 심성 속에 살아 있는 '지기금지'의 역사의식은 당연히 이념적 정치사 또는 실증적 역사의식 그 너머의 소설을 가리키게 되죠. 그러므로 『소년이 온다』와 『작별하지 않는다』 속에 서술되는 역사적 사실은 지나간 과거형이 아니라, 소설 안과 밖을 두루 통하는 조화 속의 현재진행형이 됩니다. 이를 가리켜 소설의 서두 「결정」에서 '작가 한강'은 "그러니까 바로 지금"의 역사를 서술하는 것이라 설명합니다. 소설 2부 「밤」에는 제주 4·3 학살 사건을 중심으로 경산 코발트 폐광산 갱도에서 자행된 집단학살의 잔학하고 끔찍한 장면들이 리얼하게 서술됩니다. 그럼에도 한강은 곳곳에서 학살이 벌어지는 역사적 현장의 실감이 소설 안의 "바로 지금"에 연결되어 있음을 서술합니다.

잔학하고 끔찍한 학살의 역사적 현실에 대한 서술에 뒤이어서 의식적 인과적 논리가 배제된 채, 초현실적 환상에 대한 서술이 나오게 되는 근본 요인도 "바로 지금"의 시간의식, 곧 심성사적 역사의식에서 비롯된다고 볼 수 있습니다. 다시 말하지만, "바로 지금"은 역사적 시간이 '조화의 기운'에 합하는 '지금'을 가리키는 것이죠. 그렇기 때문에, '지기금지'에 든 "바로 지금"이 나타나는 여러 비논리적 비인과적 서술 방식들이 쓰이고 있는 것입니다. 그중엔 제주 방언의 화용話用, 소설의 현실reality 서사에서 주로 쓰이는 과거형 종결어미와는 구별되는 '지기금지'의 표현으로서 현재형 종결어미 혹은 현재진행형 종결어미의 서술, 그리고 수심정기 끝에 다다른 '지기금지'의 마음 상태, 곧 "바로 지금"으로 불러들인 역사적 사건의 '실감actuality'을 함께 서술하는 것 등이 있습니다.

그 '지기금지'의 시간 즉 "바로 지금"의 서술문을 보여주는 여러 예문들이 있지만, 간단한 예시와 함께, 위 인용의 뒤에 나온 예시를 보도록 하죠.

(1)
인선이 덧붙여 말한다.
물론 이 집도 그때 불탔어. 돌벽만 남은 걸 다시 올린 거야.

*

불길이 번졌던 자리에 앉아 있구나, 나는 생각한다.
들보가 무너지고 재가 솟구치던 자리에 앉아 있다.

(2)
(······)

억울한 징역 산 것보다 그 여자 목소리가 가끔 생각납니다. 그때 줄 맞춰 걷던 천 명 넘는 사람들이 모두 그 강보를 돌아보던 것도.

*

눈을 뜨고 나는 인선의 얼굴을 마주 본다.

내려가고 있다.
수면에서 굴절된 빛이 닿지 않는 곳으로.
중력이 물의 부력을 이기는 임계 아래로.

(1), (2) 모두 다 잔인한 학살의 진상을 밝히는 실증적 역사의식과 덧대어진 서술문입니다. 역사적 트라우마를 극복하는 문학의 힘이 과연 무얼까를 떠올리게 하죠. 아마도 리얼리즘 소설에 익숙한 독자들은 비인과적으로 덧대인 서술문에서 뜬금없고 생뚱맞은 느낌이 들 것입니다. 하지만 바로 이 비인과성이 "어마어마한 밀도"의 문학 언어를 대표하는 표상인 원형 상과 연결되어 있음을 이해하고 나면, 저 인용된 서술문들에서 어떤 영감 혹은 영검(靈神, 신령)이 전해 오는 걸 느끼게 됩니다. '지기금지의 바로 지금'이 역사의식 안에 영화靈化하고 독자의 마음 깊이 은미한 기

운으로 화생化生하는 것이라 할 수 있습니다.

　소설 2부 「밤」을 지배하는 '환상' 속에서 역사적 사실 또는 학살 현장을 서술하는 대목에서 현재형 종결어미로 일관하는 것도 방금 말했듯이 '지기금지' 즉 "바로 지금"이 품고 있는 조화의 기운을 소설의 시공간 속에 표현하려는 작가 의도로 해석될 수 있습니다. 이러한 지기금지에서 우러나는 서술 방식들을 통해 비로소 소설 『작별하지 않는다』는 자기 안에 신령한 기운을 일으키며 스스로 조화의 계기로서 작용하는 '자기 영혼'을 은폐하게 됩니다.[25]

25　한강의 역사의식이 품고 있는 중요한 전언은, '이념 중심의 정치사에서 실사구시의 심성사로'라는 말로 요약될 수 있습니다. 제가 보기에, 『작별하지 않는다』의 노벨문학상 수상이 지닌 시대적 의의는 근대적 정치이념을 따르는 '역사의식'과 그와 짝을 이루는 근대적 문학 이념을 초극해야 하는 시대적 난제를 풀 뜻깊은 실마리를 주었다는 점입니다. 문학적 과제를 풀 결정적인 단서는 다름 아니라, '지극한 마음[至心]'에 있었던 것입니다. 지성至誠의 마음으로 돌아가라, 곧 '원시반본原始返本'인 것이죠. 조선 말기 나라가 망할 무렵에 이 땅의 민중들 속에서 요원의 불길같이 일어나 번져간 '다시 개벽(後天開闢)' 사상에서 원시반본이란, '지극한 마음'을 꾸준히 닦음으로서 천지 만물 간의 조화를 조화 속에서 이뤄가는 중화기中和氣적 존재로서―'만물 중에 가장 신령한 존재(最靈者)'로 돌아가라는 뜻입니다. 이 지심이 역사의식과 문학의식의 진실성을 결정한다는 점을 탁월한 소설 창작으로서 보여준 작품이 바로 『작별하지 않는다』라고 평가할 수 있습니다. 서구 근대성에서 갈려 나온 근대적 문학형들은 물론 소위 포스트모던의 이념을 따르는 문학형들과는 차원이 다른, 원시반본의 새로운 문학형型을 한강의 소설 『작별하지 않는다』에서 떠올리게 되는 이유인 것이지요.

114

12
영혼의 존재 증명

이쯤에서 의문이 생깁니다. 바깥의 보이지도 않고 비감각적인 영혼과의 접령을 위해서 영혼의 존재를 과연 작가는 어떻게 증명하고 있는가. 생각해보면, 이 극히 예민한, 깊은 마음(至心)과 높은 정신(Psyche, Geist)이 접할 수 있는 영혼Seele의 존재 문제는 '문학'의 본령을 이루는 근본적 문제의식이기도 합니다.

> 새 그림자가 흰 벽 위로 소리 없이 날고 있었다. 예닐곱 살 아이의 몸피만큼 커진 그림자였다. 꿈틀거리는 날개 근육과 반투명한 깃털들의 세부가 확대경을 통과한 것처럼 선명했다.
> 이 집에 존재하는 광원은 내 앞의 촛불뿐이었다. 저 그림자가 생기려면 촛불과 벽 사이로 새가 날고 있어야 한다.
> 괜찮아.
> 인선의 또렷한 목소리를 향해 나는 고개를 돌렸다.
> 아미가 온 거야.
> 싱크대에 허리를 기대고 선 그녀의 자세가 갑자기 무너질 듯 피로해 보였다.
> 늘 오진 않는데 오늘 왔네. (203쪽)

인용문에서 '아미'는 죽은 앵무새 이름입니다. 죽은 앵무새가 갑자기 날아온 것입니다. 새의 영혼인 것이지요. 즉 서술자인 작가 경하는 죽은 새의 영혼과 접령 상태입니다. 서울의 병원에서 손가락 봉합 수술을 받고 있는 중인 인선이 제주 고향 집에 나타난 것도 마찬가지입니다. 인선의 영혼이 서술자인 경하의 '(작가)정신'과 접령한 상태에 있는 것이죠. 2부 「밤」에서 경하가 영혼에는 '신체가 없음'을 인지하게 되는 과정이 서술되기도 합니다.[26] 그렇다면 과연 이성과 인위가 영혼과 무위를 설명할 수 있는가. 다시 말해, 이성이 영혼의 존재를 증명할 수 있는가. 소설 속의 작가 경하는 합리적이고 리얼한 서술자인 고로, 독립적으로 영혼과 접령할 권능은 없습니다. 오직 작가 한강의 '정신' 속 비가시적 존재와 그 작용하는 힘이 필요합니다. 그리고 서술자인 작가 경하도 알 듯 말 듯(알게 모르게) 알 수 있는 은폐된 서술자의 작용력을 아래 서술문에서 보듯이 감지합니다.

정말 누가 여기 함께 있나, 나는 생각했다. 동시에 두 곳에 존재하는, 관측하려는 찰나 한곳에 고정되는 빛처럼.
그게 너일까, 다음 순간 생각했다. 네가 지금 진동하는 실 끝에 이어져 있나. 어두운 어항 속을 들여다보듯, 되살아나려 하는 너의 병상에서. (322~323쪽)

---

26 가령, 『작별하지 않는다』 198~199쪽.

인용문에서 확인한 바같이, 소설 안 '작가 경하'는 합리적 이성을 가진 서술자입니다. 친구 인선의 부탁에 따라 제주섬에 있는 인선네 고향 집을 찾은 서술자 경하는 인선이 '바로 지금' 고향 집에 들어와 자신과 대화하는 현장이 꿈인지 생시인지 알 수 없게 됩니다. 경하는 서울의 봉합 전문 병원에 입원해 있는 인선의 병상을 상상하며, '동시성의 원리'를 떠올립니다. 논리적, 인과적 설명이 안 되는 허구가 현실과 하나 됩니다. 양자역학Quantum mechanics의 보이지 않는 극미한 존재 증명을 떠올리듯, "동시에 두 곳에 존재하는, 관측하려는 찰나 한곳에 고정되는 빛처럼."(322쪽) 두 공간이 동시성 속에 하나로 통할 수 있음을 이해합니다.

물론 이러한 경하의 지적 수준은, 학살을 다루는 소설을 쓰기 위해 자발적으로 겪는 고통과 수심정기를 거치지 않으면 구할 수 없는 '지극한 마음'에서 가능합니다. 그러나 경하는 자신의 '합리적 이성 혹은 과학적 이성'을 견지하면서도 초이성적 초지각적 영혼의 존재와의 '접령' 상태는 의심을 떨치지 못하면서도 그대로 인정합니다. 그렇다면, 이 서술자 경하의 부조리하고 모순된 정신 상황은 어떻게 이해될 수 있을까.

의식과 무의식 또는 이성과 영혼 간의 논리적 모순과 부조리를 느낀다면, 그것은 소설 안의 작가와 소설 밖의 작가 한강 사이 부조리와 모순이며, 이성과 영혼 간의 부조리와 모순이 아무렇지도 않게 '자연'대로 느껴지는 까닭은 서술자 경하의 '생각'에 의한 것이 아니라, '은폐된 서술자'인 작가 한강의 '정신'에 의한 것이라는 사실. 그러므로 작가 한강의 '정신Psyche'의 존재와 작용에 대한 이해가 긴요합니다. 칼 융의 아래 말을 새겨둘 만합니다.

> 정신Psyche이란 시간 속에서 움직이는 입체가 아니고 공간을 차지하지 않는 강도Intensität라고 이해될 수도 있을 듯합니다. 우리는 정신이 가장 작은 공간성에서 끝없는 강도로 차츰 상승하고 그 강도가 빛의 속도를 넘어서면 신체를 실감하지 못한다고 가정할 수도 있을 것입니다. 이것이 초감각적 지각에서의 공간의 '탄력성'을 설명해줄 것입니다. 공간 속에 움직이는 입체 없이 어떤 시간도 없을 것이며 이것으로 시간의 '탄력성'이 설명될 것입니다.[27]

밀도(p, 密度, density)는 체적(V)과는 반비례하고, 에너지(E)는 질량(m)을 이루는 고도의 밀도와 빛의 속도를 넘어서면 '신체(체적, 입체)를 실감하지 못한다'는 가정이 가능합니다. 체적이 없으면 어마어마한 밀도의 힘을 가진 '비존재의 존재'를 상정할 수도 있습니다. 한강의 문학 언어도 이 물리학적 에너지의 원리가 다

---

27 C. G. Jung, *Brief 2* (1972); 이부영, 『한국의 샤머니즘과 분석심리학』(416쪽)에서 재인용.

름아닌 정신의 원리 곧 지극한 마음[至心]에서 나오는 어마어마한 조화의 기운 즉 밖으로 향하는 기화氣化의 원리임을 터득한 것입니다. 이 지심에서 우러나는 신령한 영혼의 기화가 바로 '문학'이라는 것. 한강의 정신Psyche 곧 지극한 마음[至心]이 필히 갖는 무궁무진한 시간성, 즉 "그러니까 바로 지금"이라는 고밀도(强度)와 그러한 '마음의 초시간성'에 상응하는 어마어마한 에너지(E)가 응축된 문학을 꿈꾸고 지향하는 것입니다. 이러한 초월적 문학이란 따지고 보면 '조화의 기운(至氣)'과 통한 것입니다.

이러한 까닭으로 하여, '새'의 "신체를 실감하지 못하는" 새의 영혼을 접하는 환상이 현실로서 합리화될 수 있게 됩니다. 작가의 관점에서 보면, 체적이 사라진 상태에서 '정신의 비현실적 강도强度'가 나타날 수 있는 것입니다. 그 '작가정신'은 영혼이 '신체(부피) 없는, 즉 비시각적 입체성'을 가지고 나타날 수도 있음을 깨닫는 것입니다. 이 도저한 작가정신의 작용 속에 나타나는 '신체 없는' 영혼의 시공간을 서술자 경하는 목격하게 됩니다.

13

'어마어마한 밀도'의 언어

소설가가 작품을 창작하기 위해 삶의 진실을 찾으려 노력하고 수련하기 여하는 일차적으로 그 소설이 쓰이는 '언어의 밀도' 속에서 드러납니다. 한강의 소설이 지닌 독보적인 특이성과 독자성은 근본적으로 자기 고유의 문학 언어가 지닌 "어마어마한 밀도"에서 나온다 해도 과언이 아닙니다. 한강의 소설 『희랍어 시간』에는 아래와 같은 서술이 나옵니다.

> (고대 희랍어에서) 우리가 중간태라고 부르는 이 태는, 주어에 재귀적으로 영향을 미치는 행위를 표현합니다. (……) 예를 들어 '사다'라는 의미를 가진 동사에 중간태를 쓰면, 무엇을 사서 결국 내가 가졌다는 것을 의미합니다. <u>'사랑하다'라는 동사에 중간태를 쓰면, 무엇인가를 사랑해서 그것이 나에게 영향을 미쳤다는 뜻이 됩니다.</u> 팔 년 전에 그녀가 낳은, 이제 더이상 키울 수 없게 된 아이가 처음 말을 배울 무렵, 그녀는 인간의 모든 언어가 압축된 하나의 단어를 꿈꾼 적이 있었다. 등이 흠뻑 젖을 만큼 생생한 악몽이었다. <u>어마어마한 밀도와 중력으로 단단히 뭉쳐진 단 한 단어. 누군가 입을 열어 그것을 발음하는 순간, 태초의 물질처럼 폭발하며 팽창할 언어. 잠투정</u>

이 심한 아이를 재우다 설핏 잠들 때마다, 어마어마하게 무거
운 그 언어의 결정結晶이 그녀의 더운 심장에, 꿈틀거리는 심
실들 가운데 차디찬 폭약처럼 장전되는 꿈을 꾸었다. (『희랍
어 시간』, 문학동네, 2011, 18~20쪽)

"어마어마한 밀도와 중력으로 단단히 뭉쳐진 단 한 단어"에 비
유된 소설 언어는 부피가 극히 줄어든 상태의 '고밀도와 고강도의
문학 언어'입니다. 마치 폭발 직전 초신성이나 무의식의 어둠 속에
서 감춰진 원형들의 은밀한 빛처럼 부피가 사라진 은미한 언어임
에도 조화의 어마어마한 힘을 감춘 언어. 뒤에 얘기할, '성냥개비'
원형상이 지닌 은미함에도 조화의 기운을 은닉한 '고밀도와 초강
도의 언어'와 같이. 지기至氣의 언어라고 할 수 있지요. 이러한 영혼
의 언어는 본질적으로 초감각성 또는 초현실성을 지니는 까닭에
공식적 언어로서 활성화하기 어렵습니다. 다만 은밀하면서도 위
력적인 정동을 일으키는 묘력을 가지고 독자와 통교합니다.

그러므로 "어마어마한 밀도와 중력으로 단단히 뭉쳐진 단 한
단어"를 추구하는 소설은 그 자체가 조화의 기운에 충실한 언어
로서 해석될 수 있습니다. 그 조화의 기운을 가진 소설 언어는 고
대 희랍어의 중간태 문장처럼 소설 언어를 "누군가 입을 열어 발
음하는 순간, 태초의 물질처럼 폭발하며 팽창할 언어"가 됩니다.

여기에는 '창조적 유기체'로서의 소설 작품'[28]이라는 개념이 은 폐되어 있다고 말할 수 있습니다. '독자'에게 영향을 미치며 독자 '누군가 입을 열어 소설 언어를 발음하는 순간, 태초의 물질처럼 폭발하며 팽창하고 누군가에게 영향을 미칩니다.' 이 "어마어마 한 밀도와 중력으로 단단히 뭉쳐진 단 한 단어"는 한강의 언어관 을 상징하는 말로 해석될 수 있는데, 한강의 소설 속에 감춰진 '결 정', '소금', '흰 눈의 결정'이 상징하는 바처럼 세속에서 시련과 고통을 이겨내고 절차탁마하는 가운데 구한 작가 혼의 상징으로 서의 문학 언어와 서로 내밀한 연관성을 가집니다.

『작별하지 않는다』가 품고 있는 원형상들인 바다, 새, 나무 바 람, 촛불, 성냥불 같은 원형상들은 다름 아닌 이 "어마어마한 밀 도"를 가진 원형상들로서 자연히 초시간성과 조화(무위이화)의 기운을 담은 문학 언어의 표본상들인 것이죠.

이 한강의 원형상들이 "어마어마한 밀도로 단단히 뭉쳐진" 문 학 언어로 표현되고 있는 사실이 매우 중요합니다. 왜냐하면 이 로부터 근본적으로 새로운 '문학 언어' 혹은 새로운 '문학함'이 열릴 틈새가 보이니까요. 제가 지난번 한강 소설 독회에서 말씀 드린 한강의 소설은 새로운 '민담형 소설 양식'의 가능성을 연 것

---

28 '창조적 유기체로서의 예술 작품' 개념에 대해서는 『유역』 및 『개벽』 참고. 여기서 '창조적'이라 함은 '造化의', '조화 생성의'의 뜻.

이라 평론한 까닭이 여기에 있습니다. 시간성을 초극하고 "어마어마한 밀도(p)"를 가진 존재이니까 결국 부피(V)는 없는 지경이나, '어마어마한 에너지(E)'를 가진, 곧 '엄청난 기운을 가진 비존재의 존재'란 문학에서 원형상 만한 것은 없습니다. 상징조차 작가정신으로 정련된 원형상의 위력에는 조족지혈이죠. 바로 이점, 한강 소설 『작별하지 않는다』가 안고 있는 원형상들은 '의식의 조작이 거의 없는 무위이화'의 거대한 잠재력[29]—즉 수심정기 끝에 '알게 모르게' 무위이화로서 '어마어마한 기운'을 함축한 조화의 능력을 표상하는 것이라 할 수 있습니다.

14
오염된 원형상의 '淨化[씻김] 儀式'

그러므로, 우리는 소설 『작별하지 않는다』에서 '어마어마한 밀도로 단단히 뭉쳐진 문학 언어의 힘'과 함께 초시간적 환상의

29　"융의 분석심리학적 연구의 기본전제는 '밖에서 일어나는 모든 것은 마음 안에서도 일어난다'는 사실이다. 의도된 의식적 조작이 적으면 적을수록 인간의 무의식은 그 내용을 밖으로 드러낸다. 민담Märchen이 집단적 무의식의 구성요소인 원형상들을 순수한 형태로 나타내는 까닭이 여기에 있다."(이부영, 앞의 책 참고)

힘[30]을 품고 있는 원형상들에 집중할 필요가 있습니다.

소설의 첫머리에 나오는 작가 한강이 꾼 꿈 이야기에는 "성근 눈이 내리는" 중에 "수천 그루의 검은 통나무들"이 "여러 연령대의 사람들처럼" "마치 수천 명의 남녀들과 야윈 아이들이 어깨를 웅크린 채 눈을 맞고 있는 것 같았다."라는 서술이 나옵니다. 그리고 "이 나무들이 다 묘비인가." 불안한 궁금증과 함께 "지평선인 줄 알았던 벌판의 끝은 바다였다. 지금 밀물이 밀려오는 거다."라는 공포감이 내비치는 서술이 나옵니다. 바다의 밀물에 뭍의 무덤들이 쓸려갈 것이 걱정이고 두려운 것이죠. 작가의 꿈속 이야기가 그렇다는 말입니다.

하지만 심리학적으로 무의식의 원형상으로서 저 꿈속의 검은 나무와 밀물, 바다는 순수한 에너지를 갖고 있질 못합니다. 한강이 꿈 이야기 바로 뒤에 이어서 "다시 그 도시에 대한 꿈이었다는 것을 깨닫고"라고 쓰고 있으니, '그 도시의 학살'의 트라우마가 말끔히 씻기지 않은 채 여전히 악몽에 가까운 꿈을 꾼 것입니다.

작가 한강이 꾼 꿈 이야기가 함축하는 의미들 중 중요한 하나는, 작가 한강의 무의식을 구성하는 원형들이 집단학살의 잔학한 폭력과 극악한 살인자들로 인해 심히 훼손되고 오염된 상태이며 소설 자체가 오염된 원형의 씻김 또는 자정自淨 능력을 가지고 있

---

30 造化의 기운, 무위이화의 근원적 힘.

다는 것입니다. 영혼의 씻김, 정화의식이 소설 스스로 유기체적 혹은 조화의 힘을 지닌 가운데 작용하는 것이지요. 작가 한강의 고결한 문학정신 즉 '은폐된 서술자'의 작용에서 소설 속 원형상 들이 스스로 정화의식을 떠맡는 것입니다. 여기엔 근대소설의 규 범 규율을 극복하는 실로 중요한 미학적 문제가 포함되어 있습니 다.[31]

　　한 예를 들어보죠. 바다의 원형상은 그 자체로 작가 한강이 꾼 꿈속의 원형이 소설『작별하지 않는다』의 허구 안에서 생생한 원 형으로 이월되어 살아남을 보여줍니다. 작가 한강의 무의식 속에 서 '바다' 또는 '물'로 상징되는 원형이 소설 속의 서술자인 '작가 경하'가 이야기하는 허구에서의 '모성의 원형'으로서 변화하는 겁니다. 그런데 작가 한강인지 작가 경하인지 구분이 안 된 상태 에서, '바다' 원형상은 은밀한 변화 혹은 은미한 자기 운동이 일 어남을 보여준다는 사실. '바다'의 원형상은 소설 속 플롯의 진행 에 따라, 마치 뉴런의 존재와도 같이 예민하게 반응하는 것이고

31　앞서 잠깐 논한 바와 같이 정치 사회 경제 중심의 역사관을 따르는 사 실주의적 소설 유형 또는 소위 '리얼리즘 소설론'이 곧잘 내세우는 '문 제적 개인Das problematische Mensch'의 형상화에 매달리는 소설 유형, 아니면 시장지상주의를 감춘 흥미로운 사건과 인물 중심의 타락한 역 사소설 유형 등등… 근본적으로 서구 근대가 만든 물질문명과 한통속 인 물질주의적 감각주의 유미주의 혹 이념을 따르는 사실주의 테두리 를 벗어나질 못함은 자명합니다.

작가 한강은 바다의 원형이 변화하는 내용을 비인과적으로 서술하고 있는 것이지요. 여기서 중요한 것은 이러한 '바다 원형'의 서술 자체에는 원형이 지닌 자정 능력과 자기 복원 능력을 은밀함 속에서 드러내는 한편으로, 이 바다 원형의 거대한 에너지가 바로 소설 『작별하지 않는다』를 '산 혼[生魂]'[32]의 기운을 지닌 '창조적 유기체로서의 소설 작품'이도록 만드는 중요한 동인 중 하나란 점입니다. 그래서 학살당한 희생자의 유족이면서도 희생자들의 신원伸冤과 위령을 위해 평생을 헌신한 인선의 엄마 이야기 곳곳에는 신산고초를 이겨낸 모성의 원형인 '바다'가 스스로 살아 생생한 원형상임을 보여줍니다. 간격을 두고 바다의 원형상은 스스로 변화 운동하는 모습을 나타냅니다. 이 또한 조화의 기운이 작용하는 것입니다.

---

32 여기서 '산 혼'은 '이 땅의 혼'을 중시한 한국 근대문학의 명실상부한 거장이요 걸출한 소설가인 벽초 홍명희의 아래 글에서 취한 것입니다. "나는 형식으로서 사건을 중심으로 한 역사소설들을 보나 그것은 사건 흥미에 맞추려는 데 불과하고 독특한 魂에서 흘러나오는 독특한 내용과 형식이 있어야겠다고 생각합니다. 일시 관심되던 프로문학도 이러한 '산 혼'에서 우러나오는 문학이 아니면 문학적으로 실패할 것은 정한 일입니다. 우리는 외부의 사상적 척도 그것보다 먼저 순진하게 참되고 죽지 않는 정열로 번민하고 생산하는 문학에서 다시 출발하는 데 이 앞에 올 조선 문학의 산 길이 있다고 생각합니다." (벽초 홍명희, 『문학청년들이 갈 길』, 1937)

(1)

(……) 호송차 여러 대에 올라타기 시작하는데 줄 뒤쪽에서 젊은 여자가 아니메, 아니메, 하고 울부짖었습니다. 굶주려 그랬는지, 무슨 병을 앓았는지 배에서 숨이 끊어진 젖먹이를 젖은 부두에 놓고 가라고 경찰이 명령한 겁니다. 그렇게 못한다고 여자가 몸부림을 치는데, 경찰 둘이 강보째 빼앗아 바닥에 내려놓고 여자를 앞으로 끌고 가 호송차에 실었어요.

이상한 일입니다. 내가 그 말 못 할 고문 당한 것보다… <u>억울한 징역 산 것보다 그 여자 목소리가 가끔 생각납니다. 그때 줄맞춰 걷던 천 명 넘는 사람들이 모두 그 강보를 돌아보던 것도.</u>

*

눈을 뜨고 나는 인선의 얼굴을 마주 본다.

<u>내려가고 있다.</u>
<u>수면에서 굴절된 빛이 닿지 않는 곳으로.</u>
<u>중력이 물의 부력을 이기는 임계 아래로.</u> (267쪽)

(2)

외증조할머니가 돌아가신 건 1960년 2월이었어, 인선이 말한다.

그때 엄마는 스물다섯 살이었어. 당시로선 한참 혼기를 넘겨서 모두 걱정했지만 엄마는 결혼을 원하지 않았어. 시집갈 때까지 염려 말고 지내도 좋다고 외가에서 말했지만 그동안 모아둔 돈으로 이 집을 샀고, 계속 혼자 농사를 지었어. 그러다 여름부터 유해를 찾기 시작한 거야.

잠시 인선이 말을 끊는다.

이 기사를 읽을 때까지 약 일 년 동안.

*

정적 속에서 우리는 서로를 마주본다.

더 내려가고 있다.
굉음 같은 수압이 짓누르는 구간, 어떤 생명체도 발광하지 않는 어둠을 통과하고 있다.

그후 엄마가 모은 자료가 없어, 삼십사 년 동안.

인선의 말을 나는 입속으로 되풀이한다. 삼십사 년.

…군부가 물러나고 민간인이 대통령이 될 때까지. (281쪽)

(3)

결국 엄마는 실패했어.

먼 곳에서 들리는 듯 인선의 목소리가 낮아진다.

뼈를 찾지 못했어, 단 한 조각도.

얼마나 더 깊이 내려가는 걸까, 나는 생각한다. 이 정적이
내 꿈의 바다 아랜가.

무릎까지 차올랐던 그 바다 아래.
쓸려간 벌판의 무덤들 아래. (286쪽)

　　인용된 (1)~(3)의 순서대로 뒤에 표나게 강조된 문장들을 소
설의 원문 그대로인 문장들로서, 밑줄 친 문장들은 서술자 경하
의 서술인지, 은폐된 서술자의 서술인지 모호합니다. 비인과적
서술문이니까, 결국 소설 속 바다의 원형이 스스로 말하고 스스
로의 운동성을 드러내는 문장인 것이죠.

15
민담은 민중적 무의식의 원형의 寶庫

이 바다 또는 물의 원형상이 모성 또는 여성성의 힘, 더 나아가 陰陰 기운이 품은 시대성을 은닉함을 상징적으로 보여준다는 것. 이 점은 집단무의식의 원형archetype이 민담Märchen의 형성과 밀접한 연관성을 가지는 사실과 깊이 결부되어 있다고 봐야 하겠죠.

『작별하지 않는다』에서 흥미로운 대목은 바로 민담의 본성을 은닉하고 있는 점입니다. 서술자인 작가 경하가 스무 살 동갑내기로 처음 만났을 때 이태 먼저 사회생활을 시작한 인선과 잡지사 동료로 만나 "명산과 그 아랫마을을 취재하던 꼭지를 위해 세 번째로 찾은 월출산"을 등산하며 알게 된 여자 바위 전설에 관한 대화를 나누는 내용입니다. 민담이 소설 안에 들어온 것입니다.

경하 씨라면 어떻게 하겠어요?
김밥을 다 먹고 일어서기 전에 인선이 물었을 때 나는 얼른 질문의 뜻을 이해하지 못했다.
경하 씨가 그 여자라면요.
공교롭게도 지금까지 함께 다닌 세 개의 산에 모두 전설의 바위가 있다는 이야기를 나누던 끝이었다. 이야기의 패턴은 거의 같다. 큰 산 아랫마을의 모든 대문을 두드려 끼니를 청했으나 거절당한 늙은 걸인이 오직 한 여자에게서 밥 한 그릇을 얻는다. 고마움의 표시로 그가 말한다. 내일 동트기 전에 누구에게도 말하지 말고 산을 오르라고. 산을 넘어갈 때까지 뒤돌아봐서는 안 된다고. 노인의 말대로 여자가 산 중턱에 다다랐을 때 해일이나 폭우가 마을을 삼킨다. 예외 없이 그녀는 뒤돌아본다. 그곳에서 돌이 된다.

부쩍 해가 길어진 5월 하순이었다. 아사면 셔츠 소매를 팔꿈치까지 걷어 올린 인선은 널찍한 돌에 걸터앉아, 담배를 이 사이에 물고 씹다가 불을 붙이는 대신 담뱃갑에 다시 넣는 동작을 반복하고 있었다.

(……)

그때 돌아보지만 않으면 자유인데… 그대로 산을 넘어가면.

장난스레 투덜거리는 인선의 목소리를 들으며 나는 첫 달과 그 다음 달 출장에서도 보았던 바위들을 떠올리고 있었다. 의붓딸이거나 며느리이거나 노비이거나, 산 아래에서 가장 수난받던 여자들이 뒤돌아보아 변했다는 호리호리한 석상 같은 바위들이었다.

언제 돌이 됐을까요?

대답 대신 나는 물었다.

뒤돌아보자마자 그렇게 됐을까? 아니면 시간이 좀 걸렸을까요?

그쯤에서 멈췄던 대화를, 저물기 전에 산에서 내려와 삼층 숙소의 창문을 열고 바깥공기를 들이다 나는 다시 떠올렸다. 석양을 등지고 산 중턱에 선 바위 여자의 검은 윤곽이 창 너머로 보였기 때문이다. (……)

무거운 두 다리를 끌며 여자가 더 비탈을 오른다. 고개를 넘어가면 살아남을 수 있다, 거기서 돌아보지만 않으면. 하지만 기어이 얼굴을 돌린다. 무릎 위까지 돌이 되자 더는 방법이 없다. 모든 집과 나무들 위로 차오른 물이 빠질 때까지 거기 서 있다. 골반과 심장과 어깨가 돌이 될 때까지. 벌어진 눈도 바위의 일부가 되어 더이상 핏발이 서지 않을 때까지. 날과 달이 수천 번, 수만 번 지나가는 동안 눈비를 맞고 있다. 무엇을 보았기에? 무엇이 거기 있기에 계속 돌아보았나.

돌이 됐다고 했지, 죽었다는 건 아니잖아요?

(……)

그때 안 죽었는지도 모르잖아요. 저건 그러니까… 돌로 된 허물 같은 거죠.

그녀의 눈에서 장난기가 반짝였다.

아, 말하고 보니까 정말 그런 것 같은데.

농담이 아니라는 듯 짐짓 진지한 표정을 지어 보이던 인선이 갑자기 말을 놓았다.

허물을 벗어놓고, 여자는 간 거야!

아이처럼 만세 부르듯 두 손을 치켜든 인선을 향해 나도 웃으며 말을 놓았다.

어디로?

그건 뭐 그 사람 맘이지. 산을 넘어가서 새 삶을 살았거나, 거꾸로 물속으로 뛰어들었거나…

그 순간 이후 우리는 다시 서로에게 경어를 쓰지 않았다.

물속으로?

응, 잠수하는 거지.

왜?

건지고 싶은 사람이 있었을 거 아니야. 그래서 돌아본 거 아니야?

그 저녁부터 인선과 친구가 되었다. 그녀가 섬으로 돌아가기 전까지 인생의 모든 기점들을 함께했다. 잡지사를 그만둔 지 얼마 되지 않아 부모님을 여의고 내가 텅 빈 아파트에 틀어박혀 있던 시기에 그녀는 불쑥 문자를 남긴 뒤 찾아오곤 했다. 너는 한 가지 일만 하면 돼. 문을 열어줘. 그녀의 말대로 현관문을 열면, 찬바람과 담배 냄새가 훅 끼쳐오는 팔이 내 어깨를 안았다.

*

눈을 뜨자 여전히 정적과 어둠이 기다리고 있다.

보이지 않는 눈송이들이 우리 사이에 떠 있는 것 같다. 결
속한 가지들 사이로 우리가 삼킨 말들이 밀봉되고 있는 것 같
다. (239~243쪽)

아마도 위 인용문은 제주도 4·3 학살 사건을 극복해야 하는 역
사적 책무의식을 가진 '이 땅의 혼'의 화신들 특히 '여성'에게 주
는 메시지는 실로 심오합니다. 특히 제주도가 역사적으로나 전통
적으로 여성성이 유달리 강한 섬인 데다 소설에는 제주섬의 전설
혹은 민담 속에 들어 있는 제주 주민들의 집단무의식을 구성하는
원형상들이 암암리에 어른대기 때문에 위에 인용한 여성 바위 민
담을 그냥 지나칠 수는 없는 노릇입니다. 더구나 제 비평적 관심
사입니다만, 민담의 본성을 잘 살려서 소설 및 시 창작에 창조적
으로 결합시키는 노력이 작금의 한국문학이 자신을 성찰하고 스
스로 환골탈태하는 데에 톡톡히 도움을 줄 것이라고 생각합니다.
겉보기엔 단순한 '여자 바위 전설'이라는 민담이 별 의미 맥락
없이 삽입된 것으로 보이지만, 소설 구성plot상 이 '여성성의 민
담'은 소설 속에 천진난만한 조화의 기운을 일으키는 '여성성의
원형상'이라는 점이 깊이 해석되어야 합니다. 민담은 본성상 인
민 대중의 마음속 원형을 고스란히 반영합니다. 인민들의 무의식

이 품고 있는 거대한 에너지원인 것입니다. 그러니까, 저 '여자 바위' 전설-민담은 민중들의 집단무의식의 원형상이면서 바로 소설 『작별하지 않는다』의 심연에서 거대한 에너지를 온축한 원형상들이 살아 있음을 암시한 것으로도 해석될 수 있습니다. 『작별하지 않는다』가 품고 있는 여러 원형상들의 의미심장함과 그 원형상들이 은폐하고 있는 조화의 기운을 저 삽입된 민담이 상징적으로 보여주는 것이라 할 수 있죠.

여자 바위의 민담이 지닌 원형의 힘은 "돌로 된 허물"을 벗어던지고 고통받는 사람들을 '구원'하는 뜻을 지니고 있습니다만, 그 구원의 '여자 바위' 상이 스스로 "돌(바위)로 된 허물"을 벗어던지니 '바다'의 원형상이 나타난다는 사실을 이해해야 합니다. 다시 말해 제주섬을 에워싼 '바다'는 그 스스로가 구원의 모성 이미지입니다만, 여성 자신을 속박해온 전래의 관습 규율 혹은 이념이라는 "돌로 된 허물"을 벗어던져야만 바다의 원형이 지닌 조화의 기운에 합일하게 된다는 것입니다. [33]

33 '여자 바위 민담'을 통해 이 땅의 혼으로서 여성적 영혼이 누릴 '새 자유' 문제를 포함하여 '구원의 모성 상'으로서 이 땅의(혹은 제주섬의) 여성적 원형상을 추상할 수 있습니다. 달리 말해, '여자 바위 민담'이 주는 메시지는, 음개벽陰開闢의 상징성으로 해석될 수 있습니다. 여자 바위 민담은 긴 세월 동안 여성을 억압해온 가부장적 전통 이념과 근대 자본의 이념같이 "돌로 된 허물"을 벗어던지고, 새로운 음이 양을 주도하는 '다시 개벽'의 시간을 은유하는 것으로도 이해될 수 있습니다.

그렇기 때문에 무슨 이념이나 규율에서 벗어나 오로지 생명계가 지닌 순리를 따르는 제주도의 촌부로서 4·3 학살 사건의 진상 밝히기에 헌신적이고 희생자들을 위령하며 희생자의 넋을 구원하기에 일생을 다한 '인선의 엄마 강정심'의 모성을 '제주 바다'의 이미지로서 표상하는 것이고 '여성 바위의 전설'이 삽입된 민담인 것도 모성의 원형상이 지닌 심원한 조화의 기운을 불어넣으려는 작가정신의 일환으로서 해석될 수 있겠지요.

여자 바위의 전설-민담이 삽입 이야기로 들어오면서 소설에는 문득 스스로 개활開豁하는 기운이 일어나고, 서술자 경하와 인선이 두 여성도 음양의 조화가 지닌 천진난만한 기운에 맞장구치

기존의 남성주의적 규율과 규범은 물론 자본주의 물질문명이 생태계를 마구 착취, 파괴해온 남성주의적 근대성에 반대하고 극복하는 여성성의 시대적 의미를 함축하고 있는 민담인 것이죠. "돌로 된 허물"을 깨는 음개벽의 의미를 담은 민담형 소설이랄까.
여자 바위 민담은 기존의 가부장적 여성관 혹은 낡은 여성의식에서 다시 개벽의 상징을 담고 있으니, 『작별하지 않는다』가 잔학한 남성중심주의적 역사를 극복하는 고난과 고통을 헤쳐나가는 여성들이 주인공들인 것은 시사하는 바가 크다 할 수 있습니다. 새날의 여성은 캄캄한 바위 속에 갇힌 존재가 아니라 "돌의 허물을 벗어놓고, 여자는 고개 넘어가는 것"으로 비유됩니다. '이 땅의 혼'을 '여자 바위' 전설 속에서 유추하고 있는 작가 한강의 정신이 지닌 심층의식은 문명론이나 문화론의 시각에서 이해되어야 합니다. 이런 민담적 본성과 함께 의미심장한 시대적 의미를 가지고 있는 점에서도, 『작별하지 않는다』의 감춰진 희귀한 문학성은 주목받아 마땅합니다.

듯이, "그 저녁부터 인선과 친구가 되었다."라는 문장이 이어지는 것이라 해석될 수도 있습니다. 이 경하와 인선 사이에서 일어나는 소소한 기운의 변화는 그냥 지나치기 십상이지만, '소설 안에 작용하는 조화造化의 관점'에서 보면, 천진난만한 기운이 깃들고 감도는 은미隱微한 조화의 계기occasion라는 점에서 오히려 소설 전개의 중요한 요소로서 부각됩니다. 은미한 조화의 기운이 서려 있음에서, 이 대목에서 거듭 작가 한강의 오랜 수심정기를 미루어 짐작할 수 있고 그 진실한 마음이 갖게 되는 조화 능력을 통해 천진한 기운이 항상적으로 작용됨을 알 수 있는 것이죠.

은미 속에 또는 은미할수록 천지조화 기운을 주재하는 귀신이 작용한다는 귀신론의 명제[34]는 이 작품에서 충분히 적용됩니다.

인선의 시선이 향한 곳을 나는 건너다보았다. 먹의 바다 같은 어둠뿐이었다. 어디까지 건천인가, 맞은편 기슭이 어디서 시작되는지 구별할 수 없었다.

폭풍이 지나간 다음날 처음 와봤어, 엄마가 물 구경을 가자고 해서. 아마 열 살이었을 거야. 아버지 돌아가시고 얼마 안 됐을 때.

인선의 얼굴이 나를 향했다. 어깨 아래까지 쌓인 눈이 반사 은판처럼 촛불 빛을 되비춰, 창백한 그녀의 뺨 안쪽에서부터

---

34   앞의 주 9, 15 참고.

빛이 새어 나오는 것처럼 보였다.

　나무 한 그루가 뽑혀서 어마어마한 뿌리가 드러나 있던 게 기억나. 나무 자체는 그리 크지 않았는데, 뿌리가 우듬지의 세 배는 되어 보였어. 넋을 잃고 그걸 보느라 내가 멈춰 선 줄 모르고 엄마는 계속 앞으로 갔어. 날이 개긴 했지만 아직 바람이 센 날이었어. 젖은 흙에서 올라오는 냄새, 가지째 떨어진 꽃 냄새, 밤새 물살이 넘쳐 한 방향으로 누운 풀 냄새가 뒤섞여서 코가 얼얼했어. 빗물이 고인 웅덩이들이 햇빛을 되쏘아서 눈이 아렸어. 커다란 광목천 가운데를 가윗날로 가르는 것처럼 엄마는 몸으로 바람을 가르면서 나아가고 있었어. 블라우스랑 헐렁한 바지가 부풀 대로 부풀어서, 그때 내 눈엔 엄마 몸이 거인처럼 커다랗게 보였어. (……)

　여기쯤 멈춰 서서 엄마는 저 건너를 봤어. 기슭 바로 아래까지 차오른 물이 폭포 같은 소리를 내면서 흘러갔어. 저렇게 가만히 있는 게 물 구경인가. 생각하며 엄마를 따라잡았던 기억이 나. 엄마가 쪼그려 앉길래 나도 옆에 따라 앉았어. 내 기척에 엄마가 돌아보고는 가만히 웃으며 내 뺨을 손바닥으로 쓸었어. 뒷머리도, 어깨도, 등도 이어서 쓰다듬었어. 뻐근한 사랑이 살갗을 타고 스며들었던 걸 기억해. 골수에 사무치고 심장이 오그라드는… 그때 알았어. 사랑이 얼마나 무서운 고통인지. (310~311쪽)

경하가 환상 속에서 만나는 인선의 영혼은 어둠 속 바다와 거센 바람이 어우러진 '밤'의 제주섬을 얘기합니다. 인선의 엄마는 제주섬의 영혼, 지령의 화신, 심방의 알레고리인 것이죠. "커다란 광목천 가운데를 가윗날로 가르는 것처럼 엄마는 몸으로 바람을 가르면서 나아가고 있었어." 제주 혼의 화신인 심방이 학살당한 사령들이 오갈 넋길을 내는 씻김굿의 상징적 행위가 저 비유 속에 드러납니다.

죽은 자의 해원과 위령을 통해 산 자의 고통을 치유하는 본디 만신의 심리와 만신의 윤리가 얼비침이 느껴집니다. 제주섬 뭍에서 끌려와 바닷물 속으로 학살당한 주민들의 해원과 위령은 개인적이고 소박하기가 그지없죠. 관이나 단체가 행하는 공식적인 위령식이란 진실이 아니라는 듯이. 그렇죠, 해원과 위령을 통해 죽임을 당한 영혼들의 억울과 고통을 치유하려 하면 응당 접령接靈이 가능하도록 개인들 저마다 지성至誠의 마음을 통해야 하니. 작가 한강은 접령을 위한 지심이 거쳐야 하는 극심한 고통을 잘 알고 있을 테니.

"저렇게 가만히 있는 게 물 구경인가. 생각하며 엄마를 따라잡았던 기억이 나. 엄마가 쪼그려 앉길래 나도 옆에 따라 앉았어. 내 기척에 엄마가 돌아보고는 가만히 웃으며 내 뺨을 손바닥으로 쓸었어. 뒷머리도, 어깨도, 등도 이어서 쓰다듬었어. 뻐근한 사랑이 살갗을 타고 스며들었던 걸 기억해. 골수에 사무치고 심장이 오그라드는… 그때 알았어. 사랑이 얼마나 무서운 고통인지.” 마치 제주 심방이 입무의식入巫儀式을 치루듯이 인선의 엄마는 극심한 고통을 딛고 원혼冤魂을 위무하는 것이죠.

원래 자아ego 안에 형성된 그림자는 투사할 대상을 찾게 됩니다. 서술자인 작가 경하 안에 은밀하게 작용하는 ‘은폐된 서술자’가 오랜 시련과 고통을 이겨낸 작가 한강의 정신적 존재로서 ‘영매’라고 한다면, 제주 만신의 성격을 지닌 인선 엄마의 성격은 ‘은폐된 서술자’로서 지성(至誠, 곧 접신을 통한 귀신)의 존재가 투사된 존재일 공산이 큽니다.

소설 3부 「불꽃」의 심연에는 제주섬을 에워싼 바다와 바닷물과 연관된 할망의 신화, 민담 그리고 제주도 전통 만신(심방)의 혼이 함께 어우러져 있습니다. 인용된 서술문은 제주 4·3 학살의 역사의식만이 아니라 제주의 오래 신화, 가령 자청비 신화나 구전, 민담 같은 제주 주민들의 집단무의식을 구성하는 ‘여성’, ‘바람’의 원형을 함께 깊이 아우릅니다. 전통 심방의 그림자도 생생합니다.
고통과 시련을 인내하며 학살당한 희생자들을 위령하고 산 자들의 병든 마음을 치유하는 심방 의식儀式은 작가 한강의 ‘문학정신’ 안에 이미 깃들어 있는 영매의 능력이라 해도 좋습니다. 작가

한강의 정신에 내재하는 '바람'[35]의 원형인 무 또는 심방의 존재
는 인선의 엄마에게는 물론 서술자 경하와 딸인 인선에게도 전해
집니다. 그래서 "사랑이 얼마나 무서운 고통인지."라는 깨달음이
야말로 '작별하지 않는다'는 소설의 주제를 설명하는 말이라 할
수 있습니다.

16
'은폐된 서술자'가 '至人(최령자)의 원형상'으로 투사됨

사실 이 소설에서 겉보기엔 실질적인 주인공이 누군지를 가리
기가 쉽지 않습니다. 인선의 엄마인 "姜正心"은, 제주 4·3 주민학
살 당시의 생존자로서 작고하기 전에 외동딸인 인선이 제작하던
'4·3 사건 다큐멘터리'에서 타이틀 롤을 맡은 셈입니다. 또 이 소
설의 역사의식 차원에서 보면, 역사적 실존인 제주 4·3 학살에서
살아남은 피학살자의 유족인 "강정심"이 소설의 '주인공'인 듯합
니다. 하지만 이 소설의 알 듯 말 듯한 문학의식이나 주제의식 차
원을 찾아보게 되면 주인공 찾기가 그리 쉬운 일이 아닙니다.

이런 경우, 일인칭 서술자인 '나'(경하)의 관점이나 역사의식
이나 알쏭달쏭한 문학적 주제의식 차원에서 소설의 주인공이 누

---

35 '바람'은 샤먼 혹은 巫, 영매의 상징입니다.

군지를 밝히기보다는, 예의 '은폐된 서술자concealed narrator' 관점에서 제주 4·3 주민학살 사건의 어린 생존자이며 희생자의 유족인 인선 엄마의 캐릭터를 이해하면, 주인공 문제는 자연스럽게 풀릴 듯합니다. 더욱이 이 소설의 '은폐된 서술자'와 함께 '특이한 영혼의 주인공'이란 점이 밝혀짐으로써, 소설 『작별하지 않는다』를 낳은 작가 한강의 웅숭깊은 문학정신이 오롯이 드러나게 됩니다.

소설의 서술자인 '작가 경하' 안팎에서 작용하는 '은폐된 서술자'—즉, '작가 한강'의 영혼—가 투사projection된 역사적 캐릭터가 바로 인선의 엄마 '강정심'이라는 해석을 뒷받침할 만한 시 한 편과 잠시 비교해보는 것도 유효할 것 같습니다. 시인 백석[36]의 시 「팔원八院」입니다.

---

36 백석은 1912년 평북 정주에서 태어나 고향이 같은 시인 김소월 (1902~1934)의 오산고보 후배입니다. 본명은 백기행白夔行. 1934년 5월 16일 『조선일보』에 산문 「이설耳說 귀고리」 발표를 시작으로 작가, 번역가로 활동하며 1936년 시집 『사슴』을 자비로 출간했습니다. 그 뒤 함흥 영생고보 영어교사를 했고, 통영·창원·고성 등지를 여행하며 「남행시초」를 썼고, 1939년 돌연 서울을 떠나 北方行 북관을 떠돌며 1939년 11월 「서행시초」 연작을 발표한 후, 만주 신경에서 이 년 정도 지냅니다. 백석은 이 시기 전후에 한국 근대시에서 깊은 의미를 품은 명시 「북방에서」, 「남신의주유동방시봉방」 등을 남깁니다. 「팔원—서행시초3」는 「서행시초」 연작 중 한 편으로서 「북방에서」가 품고 있는 '이 땅의 혼'의 근원으로서 '북방' 인식과 함께 백석의 시혼을 엿볼 수 있는 명편이라 할 수 있습니다. 백석 시 「북방에서」, 「남신의주유동방시봉방」에 대한 비평적 해석은 『유역』(33~38쪽), 『개벽』(61~64쪽) 참고.

차디찬 아침인데

妙香山행 乘合自動車는 텅하니 비어서

나이 어린 계집아이 하나가 오른다

옛말속 가치 진진초록 새 저고리를 입고

손잔등이 밧고랑처럼 몹시도 터젓다

계집아이는 慈城으로 간다고 하는데

慈城은 예서 三百五十里 妙香山 百五十里

妙香山 어디메서 삼촌이 산다고 한다

새하야케 얼은 自動車 유리창박게

內地人 駐在所長가튼 어른과 어린아이들이 내임을 낸다

계집아이는 운다 느끼며 운다

텅 비인 車 안 한구석에서 어느 한 사람도 눈을 씻는다

계집아이는 멧해고 內地人 駐在所長집에서

밥을 짓고 걸레를 치고 아이보개를 하면서

이러케 추운 아침에도 손이 꽁꽁 얼어서

찬물에 걸레를 첫슬 것이다 (「팔원八院─서행시초西行詩抄 3」,

『조선일보』, 1939.11.10.)

4연 16행으로 구성된 시는 저명한 국문학자와 비평가들이 분석하고 해석해놓았으니, 굳이 여기서 비슷한 비평 내용들을 반복할 필요는 없겠고, 다만 한강의 소설 『작별하지 않는다』에서 '은폐된 서술자'가 투사된 '특정한 존재'를 이해하는 한에서 이 시를 '달리' 해석해보려 합니다. 이 시에서 시의 화자persona는 한반도의 '북방' 평안도 '팔원'이라는 고장에서 추운 아침 멀리 가는 북방행 승합자동차 안에서 우연히 조우한 조선 계집아이의 애처로운 행색을 보고서 그 계집아이의 신산스런 삶을 추측하고 상상하는 내용이 주입니다. 얼핏 보면 특별한 얘깃거리가 없어 보입니다만, 백석의 명편들이 다 그렇듯이 평범한 시어와 줄거리 속에 심오한 시혼의 존재가 희미한 그림자처럼 어른거림을 포착해야 합니다.

이 시 「八院─西行詩抄 3」에 대한 자세한 비평은 뒤로 미루고, 오늘 이 자리의 주제인 한강의 소설 『작별하지 않는다』를 이해하기에 도움이 되는 한에서, 비평적 해석의 요점만 설명하도록 하겠습니다. 이 시에서 시적 서술자가 생각하기에, 어린 계집아이는 일본인 주재소장집에서 식모살이를 하다가 어딘가로 팔려 가는 것이 분명한데, 그 어딘가는 평안도 영변군 팔원에서 백오십 리(60km) 거리에 "삼촌이 산다는" 묘향산을 지나쳐 삼백오십 리(140km)나 더 멀리 북방 압록강 인근의 '자성'입니다. 조선 계집아이의 신세가 참 애처롭게 느껴집니다. 시의 겉만 본다면, 일제

144

식민지 시절에 조선 북방에 위치한 팔원에서 어느 추운 아침에 페르소나가 접한 조선인 계집아이의 애처로운 신세와 행색과 더불어 애닲은 정서를 담담하게 그린 서정시라고 할 수 있습니다.

그러나 이 시에서 페르소나의 성격을 깊이 분석할 필요가 있습니다. 특히 4연을 보면, 화자가 '어린 조선인 계집아이'의 신산스런 삶을 '추측' '상상'한 내용들, 곧 "몃해고 內地人 駐在所長집에서 / 밥을 짓고 걸레를 치고 아이보개를 하면서 (……) 추운 아침에도 손이 꽁꽁 얼어서/ 찬물에 걸레를 첫슬 것이다."로서 '어린 조선아이의 고난을 구체적으로 상상 추측'하고 있다는 점입니다. 페르소나 즉 시의 서술자는 마치 타자의 삶을 훤히 알고 있다는 듯이 타자의 고통을 '구체적으로 상상 추측'하는 것은 서술자의 심성과 지적 능력에서 시적이기 전에 특이하다는 인상을 줍니다. 어린 조선인 계집아이가 일본인 주재소장 집에서 식모살이를 하다가 이젠 삼촌 집보다 멀리 떨어진 북방의 자성에 가야만 하는 어린아이의 운명을 구체적으로 추측하는 마음은 우선 페르소나의 애련哀憐이 작용한 탓일 텐데, 이러한 시적 정서는 식민지 시대 민족이 처한 고통스런 상황을 이념에 따라 고발하거나 감정에 호소하는 보통의 시적 상상력과는 다릅니다.

백석 시를 깊이 이해하는 중요한 계기가 되는 것은 시의 제목을 간과하지 않는 것입니다. 명시「남신의주유동박시봉방」의 경우와 같이, 시 제목은 시 본문이 지닌 의미 내용에서 독립된 '은폐된 의미'를 가지고 있습니다. 시 제목이 독립적 의미를 지닌 채로, 시 본문 내용과 은밀한 연관성을 가지고서 시의 의미 내용을 안팎으로 확충하는 것입니다. 백석 시 「八院—西行詩抄 3」도 마찬가지로 제목 '팔원'이라는 지명은 겉보기에 시 본문 내용과는 직접적인 연관성이 없이 독립적인 제목인 듯하지만, 조선 민족의 혼이 담긴 '북방'의 지명을 시 제목으로 삼은 자체가 깊은 의미를 품고 있습니다. 즉 일제 식민지 시대 당시에 조선 민족의 구체적 삶과 '북방의 혼'과의 불가결 연관성을 믿는 시심 또는 시혼의 발로로 해석될 수 있습니다. 서구 근대 문명적 시각으로 보면 다분히 신비주의적 관념 정도로 여기겠지만, '이 땅의 혼[地靈]'이 겨레의 영혼과 불가불리 관계라는 믿음은 유구하고 유서 깊은 겨레의 정신일 뿐 아니라 일제 강도들한테 겨레의 삶의 터전인 영토를 몽땅 빼앗긴 식민지 시대에 이 땅의 혼을 지키는 일은 당대 시인의 본분에 속합니다.

시의 서술자가 우연히 만난 조선 계집아이의 신산스런 삶을 '구체적으로 상상 추측'하는 것에서도, 시인 백석의 예사롭지 않은 '시혼' 또는 '지극한 마음[至心]'을 감지하게 됩니다. 지심至心으로 지기至氣를 낳는 시인의 영혼이 은폐된 시이죠.

계집아이는 운다 느끼며 운다

텅 비인 車 안 한구석에서 어느 한 사람도 눈을 썻는다

　이렇게 보면, 시 3연에서 이러한 시구들을 새로이 해석할 수 있는 길이 열리게 됩니다. 슬피 '느끼며 우는 계집아이'와 더불어 눈물을 흘리며 '눈을 썻는 어느 한 사람'은 누구입니까. '어느 한 사람'은 승합차 승객에 지나지 않는가? 이 시 「八院─西行詩抄 3」에 대한 기존의 해석을 넘어 또는 의미의 확충을 위해서 '느끼며 우는 계집아이'와 더불어 울고 있는 '어느 한 사람'의 존재를 새로 해석해야 합니다. 그래야 엄혹하고 가난한 일제 식민지 치하에서 조선반도에서 '북방'의 은폐된 의미, 북방의 영혼을 비로소 이해할 수 있습니다. 땅의 혼은 주민의 혼과 뗄 수 없듯이, 북방의 고유 지명인 '팔원'에 은폐된 북방의 영혼은 조선 계집아이의 신산스런 삶을 상상 추측하고서 '텅 비인 차 안 한구석에서', 즉 오로지 계집아이와 단둘이서[37] '더불어 울고 있는' '어느 한 사람'의 존재'를 이해해야 합니다.

37　이 시에 대한 비평 중엔 페르소나가 차 안에 타고 있으므로 승객이 모두 세 명이라고 해석하는데, 이는 단견에 불과합니다. 페르소나가 꼭 차 안에 있는 것으로 추정하는 것은, 시인 백석이 "텅하니 비어서", "텅 비인"이라 반복하여 승합자동차 안이 '텅 빈' 상태임을 강조한 것과도 맞지 않을뿐더러, 이 시가 품은 의미의 확충을 제한하는 결과를 낳습니다.

널리 알려진 대로 한국인의 정신 근원을 이루는 '북방 혼'의 정수는 한국인의 집단무의식의 중심인 북방 무巫이므로, 어린 조선인 계집아이의 고난과 고통을 함께 나누고 계집아이의 삶을 구체적으로 추측하고 상상하는 시의 서술자는 자기 심연에 북방 무의 성격을 은닉하고 있습니다. 그렇다면, 시 3연에서 타자의 고통과 고난을 함께 슬퍼하고 눈가를 씻는 '어느 한사람'은 누구입니까.

「북방에서」,「남신의주유동박시봉방」에서 유추할 수 있듯이, 이 땅의 위대한 시인 백석의 지극한 마음이 북방 무巫의 존재가 깃든 시적 화자를 낳았으므로, 백석 시의 존재론을 함께 고려하면 "운다 느끼며 운다"는 조선인 계집아이와 더불어 '울고 있는'[38] '어느 한 사람'은 고통받는 타자의 영혼에 빙의하여 그의 고통을 '구체적으로' '풀이'하고 함께 울음을 우는 북방 무의 존재가 아닌가.

중요한 점은 "눈가를 씻는(울고 있는) 어느 한 사람"은 백석 시인의 영혼이 투사된 존재이고 바꿔 말하면, 백석의 은폐된 서술자인 북방 무의 혼이 투사된 존재라는 사실입니다.

하지만 '백석의 은폐된 서술자인 북방 무의 혼이 투사된 존재'

---

38 북방 샤머니즘에서, 來談者—타자와 더불어 울음과 통곡은 내담자—타자가 호소하는 극심한 고통과 恨을 풀기 위한 북방계 무당의 '풀이'에서 매우 중요한 형식과 내용을 이룹니다.

라는 말은 좀 더 자세한 살핌이 필요합니다. 그것은 과연 보통 사람들의 무의식에서 투사projection가 흔히 일어나는 점을 고려하면, 이 시에서 '어느 한 사람'을 백석 시인의 무의식이 투사된 존재라고 말하기를 피하고, 시인 백석의 지성至誠이 낳은 정신적 존재인 '은폐된 서술자'의 투사라고 말해야 합니다.

다시 말해, 시인 백석의 지극한 마음[至誠]이 낳은 시 정신에 은폐된 접령의 존재(은폐된 서술자)가 시 속의 '울고 있는 조선 계집아이와 더불어 울고 있는 어느 한 사람'에 투사된 것입니다. '어느 한 사람'은 백석이 시적 정신의 수련 끝에 시 창작에서 '알게 모르게' 작용하는 '은폐된 서술자'(은폐된 영혼)의 무巫의 혼이 투사된 존재입니다. 동시에 심리학적으로는 백석의 무의식을 구성하는 강력한 자기 원형이 투사된 존재라 할 수 있겠지요. 그러므로, 시 「팔원」에 나오는 '어느 한 사람'은 '은폐된 서술자' 시각에서 보면, 시 안에서 "텅빈 妙香山행 乘合自動車" 안팎으로 벌어지는 무대 상황의 '주인공'은 실은 '어느 한 사람'이라 할 수 있는 것입니다.

이러한 은폐된 서술자의 관점에서 해석하는 비평 시각에서 보면, 한강의 소설 『작별하지 않는다』에서 주인공은 일인칭 서술자 '나'인 경하나 인선이 아니라 인선의 엄마를 주목하게 됩니다. 백석 시 「팔원」 속에 은폐된 '눈을 씻는(울고 있는) 어느 한 사람'의 영혼과 타자의 고통과 죽음을 마음 깊이 내면화한 엄마의 영혼과 상통하는 바가 큰 것이죠. 인선의 엄마는 작가 한강의 영혼인 은폐된 서술자가 투사된 '주인공 캐릭터'인 것입니다.

특히, 인선의 엄마가 타자의 고통과 죽음을 지극한 마음으로 '해원풀이'—씻김굿의 알레고리로서—하는 다음 서술문은 시 「팔원」에서 백석의 영혼(은폐된 서술자)인 '북방 무' 존재가 투사된 '어느 한 사람'의 영혼과 겹쳐집니다. 예를 들어보죠.

넋을 잃고 그걸 보느라 내가 멈춰 선 줄 모르고 엄마는 계속 앞으로 갔어. 날이 개긴 했지만 아직 <u>바람이 센 날이었어.</u> 젖은 흙에서 올라오는 냄새, 가지째 떨어진 꽃 냄새, 밤새 물살이 넘쳐 한 방향으로 누운 풀 냄새가 뒤섞여서 코가 얼얼했어. 빗물이 고인 웅덩이들이 햇빛을 되쏘아서 눈이 아렸어. <u>커다란 광목천 가운데를 가윗날로 가르는 것처럼 엄마는 몸으로 바람을 가르면서 나아가고 있었어.</u> 블라우스랑 헐렁한 바지가 부풀 대로 부풀어서, 그때 내 눈엔 엄마 몸이 거인처럼 커다랗게 보였어. (310~311쪽)

이때 인선의 엄마 모습은 작가 한강의 정신이 빚은 접령하는 영매의 혼, 곧 은폐된 서술자인 무의 혼이 투사되어 있는 것입니다.

• 창조적 유기체

'지기금지'는 지금의 현실적 존재로서 강령을 통한 '시천주의 몸'—'각지불이各知不移'의 주체—으로 하여금, 각자에 내재된 신령이 천지간 생성 변화의 운동 과정에서 실현되는 유기체 철학의 이치와 통합니다. '창조적 유기체'란 모든 개별적 존재들(多者)은 각자 주체성을 보지하면서 각 주체의 안팎에서 일어나는 '조화'의 현실적 계기인 동시에 현실적 존재로서, 천지 조화의 본체인 한울님(一者)에 동귀일체하는 유기체적 세계관 개념입니다. 하느님이 수운에게 준 "내 마음이 곧 네 마음이니라"라는 강령의 가르침도 이러한 유기체적 세계관 속에서 재해석될 수 있습니다. 창조적 유기체로서의 예술 작품에서 취하는 '창조성' 개념도 같은 맥락에서 해석될 수 있습니다.

수운 동학은 전지전능한 유일신적 하느님(一)의 절대적 권세를 강조하는 것이 아니라, 만물이 저마다 '사람 마음을 닮은 신'을 모신 '신령한 주체'들로서 제각각 주체의 지향과 생성 변화의 의지를 원천적으로 지닌 존재라는 것, 즉 저마다 귀신의 묘용과 묘력을 품은 현실적 존재임을 강조하였던 것입니다(多卽一). 이러한 '현실적 존재'로서 각각이 '창조적 주체-되기'는 동학의 강령주 문자 '지기금지 원위대강至氣今至 願爲大降' 안에 내포되어 있는 뜻깊은 내용으로서 해석될 수 있습니다.

앞서 해월의 말씀에서도 보았듯이 만물의 시천주는 모든 개별성의 주체됨의 가능성을 포함하며, '여역무공余亦無功', '노이무공勞而無功'의 하느님(신) 마음이 수운의 마음의 하나됨

17

치유와 위령의 힘을 지닌 '성냥불'

작가 한강의 무의식에서 빛을 내기 시작한 자기 원형은 은폐된 서술자의 작용과 함께, 소설 속의 원형으로 어둠과 맞서는 힘의 원천을 이룹니다. 3부의 제목인 '불빛'의 자기 원천인 것이지요. 은폐된 서술자의 정신에 따라 정련되는『작별하지 않는다』의 자기 원형은 어둠을 거둬내고 학살의 상처를 극복하는 치유와 위령의 강력한 기운을 품고 있습니다. 은폐된 서술자의 정신력이 함께하는 소설의 원형상들은 자기 변화의 운동성을 자각하게 됩니다. '바로 지금', 소설이 고유한 유기체로서 근원적 생명력을 가지고 있게 된 것입니다. 생명계의 조화 생성에 깊이 관여하는 창조적 유기체˙로서, 기운을 가진 생령체로서의 소설 작품Werk인 것입니다. 소설이 영혼이 되는 소설이라 할까. 소설『작별하지 않는다』 안에 가득한 공포와 폭력과 죽임의 어둠 속에서도 알알이 자기 원형들이 빛나는 성좌를 이루고 있는 셈입니다. 어둠을 밀어내는 성좌에는 '소년별'의 원형이 있습니다. '성냥불' 원형상. 이 성냥불의 원형상은 우리의 마음 깊이 감춰진 '학살당한 소년의 영혼(鬼)'의 원형상이라 해도 좋습니다.

하지만 조금 전 말했듯이, 소설론 관점에서 성찰해야 할 것은 속에서, 즉 각자의 수심정기 속에서 모든 개별적 주체들은 천부적인 창조성을 가지고 신과 통하는 조화의 계기에 참여할 수 있게 된 것입니다. 여기에서 수운 동학은 천지조화의 '하느님 귀신'과 통하는 존재론적 또는 유기체론적 신관이라는 해석 지평이 열리게 됩니다. (……)

—『개벽』108~110쪽

강운구 사진에서 조화의 기운이 서린 귀신의 묘용 묘처妙用妙處는 저 엉뚱한 곳을 향하는 한 마리 개의 존재에 있으며, 마티스가 그린 시골집의 실내와 실외가 서로 통하는 저 풍경화 안에서 조화의 기운은 바로 '열린 문'의 존재에 있습니다. 마티스의 수많은 그림 속에 나오는 '열린 창open window'은 천지자연 속 만물에 내재하는 지기의 조화와 통하는 주원呪願의 표상이자 영혼의 형식이었던 것입니다. 마티스에게 '열린 창'의 존재는 천지조화의 근원적 기운[元氣]을 그림 안에 불러들여(접령, 접신) 그림의 안과 밖을 하나로 통하게 하는(巫) 주술성의 표상으로, 그 조화의 기운은 은미한 존재이면서도 아이러니하게도 활연한 개활성을 지닌 천지간의 기운이라는 사실을 이해하는 것이 중요합니다. 바로 저 두 작품에 은폐된 개활성 즉 '지기의 무위이화'에서 은은하게 감응되는 기운을 가리켜 '천진난만'이라 이름하는 것입니다.

이 두 작품에서 보듯, 자기 안팎으로 개활된 조화의 기운을 품은 예술 작품을 가리켜 '창조적 유기체로서의 예술 작품' 또는 '진실한 예술 작품'이라 부릅니다. (……)

—『개벽』248~249쪽

한강의 소설 안에서 찾아지는 원형상들이 단지 무의식의 활성화인 꿈의 반영이나 심리학의 개념에 의존하는 수준에 머물지 않는다는 점입니다. 이 점을 이해하는 일이 중요합니다. 왜냐하면 꿈이나 심리학은 수심정기를 통해 지심 차원에 이른 작가에게 공통 부분이 있음에도 서로 다른 차원에 있기 때문입니다. 문학 작품에서 원형상은 고정된 실체가 아니라 얼마든지 소설 속에서 무궁한 변화 가능성으로 열릴 수 있어야 합니다. 조화의 기운 속에서 말입니다. 『작별하지 않는다』의 원형상들은 서로 긴밀한 연관성속에서 무궁한 연결과 변화의 힘을 품고 있습니다. 나무의 원형상도 당연히 모두 동일성 속에서 맥없이 무력한 존재로 있지 않습니다. '검은 나무'처럼 어떤 변화의 조짐을 품고서 새의 원형상과 서로 연결됩니다. 나무의 가지와 우듬지가 새가 잠시 머물거나 거기서 둥지를 틀 듯이, 나무와 새는 서로 연결됩니다. 새는 새떼를 이루어 바다 위를 날기도 합니다. 성냥불은 촛불과 연결되어 심오하고 아름다운 변화 가능성을 품기도 합니다. '모든 원형상 간의 연결 가능성'을 열어놓은 점이 소설 『작별하지 않는다』가 지닌 탁월한 문학성 중 하나라고 생각합니다. 이렇듯이 역동적인 원형상들의 배열과 구성은 과문한 탓인지 모르겠으나 한국소설사에서 아직 그 유례를 보지 못했습니다.

독립된 원형상으로는 소설이 조화의 기운을 내기가 여의치 않음도 소설론적으로 깊이 생각해볼 문제입니다. 그리고 민담의 원빈센트 반 고흐(Vincent van Gogh, 1853~1890)의「감자 먹는 사람들」에서 가난한 농부들의 어두운 집 안 분위기도 강렬한 생명력이 함께합니다. 소외된 사람들 노동자들을 그린 고흐의 그림에서도 예외 없이 음울하면서도 생명의 천진한 기운이 감돌고, 밤하늘의 별과 달 바람과 구름을 소용돌이 기운으로 형상화한 그림「별이 빛나는 밤」에서 마주치는 천지조화의 지극한 기운을 그려내는 도저한 솜씨, 또 고흐의 초상화에서 초상의 얼굴에 드리운 우수憂愁를 심리적 묘사만이 아니라 그 심리가 밖으로 기화하는 생명의 조화로서 그려지는 것에서 고흐의 지극한 마음과 그로부터 솟아나는 무위이화無爲而化의 경지를 감지하게 되는데, 이는 궁극적으로 고흐의 수심정기가 낳은 예술혼의 표현이라 할 수 있습니다. 고흐의 그림에서 인물의 우수와 불안이 감상자에게 전해지며 지기의 조화에서 말미암은 '천진난만한 기운'이 전해지는 것도 그의 그림이 창작과 감상[비평] 양쪽에서 조화[무위이화]의 '과정'에 속하는 현실적 계기이자 현실적 존재가 되어 있기 때문입니다. 그림을 창작하는 고흐만이 아니라 감상자[비평가]의 마음도 '지기금지'('지금 道[즉 至氣]에 듦')의 조화에 강렬하게 접하게 되고 그 덕에 합해지니(造化定), 고흐의 그림도 '창조적 유기체로서의 예술작품'의 전형이라 할 수 있지요. (……)

—『개벽』266~268쪽

형상이 소설 안으로 들어올 경우, 그 원형상이 현실적 삶의 조건에 맞게 변화하는 조화의 생명력을 보여줄 필요가 다분합니다. 한강은 예의 '여자 바위 민담'의 원형상이 시대의 요청에 따라 바뀔 수 있음을 통해 그 흥미로운 답안을 슬며시 보여주기도 합니다. 그러한 한강이 도달한 놀라운 통찰력의 예를 촛불의 원형상과 성냥불의 원형상의 상호관계를 통해 살펴보는 것이 비평적으로 의미가 있다고 생각합니다.

소설 『작별하지 않는다』 1부 첫 장에서 '작가 한강'이 꾼 악몽 이야기 안에는 '갸날픈 성냥개비'의 상像이 학살당한 소년의 영혼과 연관되어 있는 강박신경증 일종의 콤플렉스로서 작가의 무의식에 웅어리져 있음을 보여주는 대목이 나옵니다.

얼굴을 기억할 수 없는 일행들과 버려진 도로를 걷고 있었다. 갓길에 주차한 검은 승용차가 보였을 때 누군가 말했다. 저 안에 타고 있어. 이름을 말하지 않았지만 모두 그 말을 정확히 이해했다. 그해 봄에 학살을 명령한 자가 거기 있다는 것을. 우리가 멈춰 서서 바라보는 사이 승용차가 출발해 인근의 커다란 석조건물로 들어갔다. 우리 중 누군가가 말했다. 가자, 우리도. 그쪽으로 우리는 걸어갔다. 분명히 여럿이 출발했는데, 텅 빈 건물 안으로 들어섰을 때 남은 사람은 나를 포함해 둘뿐이었다. 얼굴을 기억할 수 없는 누군가 조용히 내 곁에 있었다. 성별이 남자라는 걸, 어쩌지 못하고 나를 따라오고 있다는 걸 느낄 수 있었다. 둘뿐인데 우리가 뭘 할 수 있나. 어둑한 홀 끝의 방에서 불빛이 새어나왔다. 우리가 그곳으로 들어가자 살인자가 벽을 등지고 서 있었다. 불붙은 성냥개비 하나를 쥐고. 나와 일행의 손에도 성냥개비가 들려 있다는 걸 갑자기 깨달았다. 이 성냥개비가 다 탈 때까지만 말할 수 있는 거다. 아무도 이야기해주지 않았는데, 그게 규칙이라는 걸 우리는 알았다. 살인자의 성냥개비는 이미 거의 다 타서 엄지손가락에 막 불꽃이 닿으려 했다. 나와 일행의 성냥개비는 아직 남았지만 빠르게 타들어가고 있었다. 살인자, 라고 말해야 한다고 나는 생각했다. 입을 열어 나는 말했다.

살인자.

목소리가 새어 나오지 않았다.

살인자.

더, 더 크게 말해야 한다.

…어떻게 할 거야, 네가 죽인 사람들을?

온 힘을 다해 말을 잇다 퍼뜩 생각했다. 지금 그를 죽여야 하는 건가. 이게 모두에게 마지막 기회인가. 하지만 어떻게? 그걸 우리가 어떻게. 옆을 돌아보자, 얼굴도 숨소리도 희미한 일행의 갸날픈 성냥개비가 오렌지색 불꽃을 뿜으며 사그라들고 있었다. 그 불빛 속에서 생생히 느꼈다. 그 성냥개비의 주인이 얼마나 어린지. 키만 웃자란 소년이라는 걸. (21~22쪽)

하지만 『작별하지 않는다』 2부 「밤」에 오면, '어린 소년의 영혼'을 상징하는 성냥개비 또는 성냥불의 원형상像은 스스로 변화 생성하는 운동성 속에, 곧 조화造化의 생기 속에 있음을 보여줍니다.

언제 이렇게 눈이 내렸지?
내가 아니라 자신에게 묻는 것 같은 목소리였다… 꿈인가.
점점 무거워지는 흰 새들처럼 낙하하는 눈송이들을 내다보며 그녀는 꼼짝 않고 서 있었다. 마침내 눈길을 돌려 나를 마주보는 그녀의 얼굴이 미묘하게 달라져 있는 것을 나는 알아차렸다.
(……)
춥지 않아?
낯익은 눈웃음이 어린 그녀의 눈가에 자잘한 주름이 패었다.
불 피울까?
화목 난로 아래쪽의 조그만 문을 열고 작은 나무토막들을 넣는 인선의 모습을 나는 묵묵히 지켜보았다. 그녀는 작업복으로 입는 낡은 청바지에 작업화를 신었고, 목까지 올라오는 회색 스웨터 위로 빳빳한 감색 앞치마를 둘렀다. 낯익은 검정

색 솜 파카를 그 위로 걸치고 단추를 잠그지 않았는데, 소매가 작업에 거추장스러웠는지 두 단을 접어올려 깡마른 손목이 드러났다. 잘리지도, 꿰매어지지도, 피 흘리지도 않은 오른손으로 인선은 양동이에서 톱밥 두 줌을 덜어 나무토막들 위로 뿌렸다. 넓적한 팔각기둥 모양의 성냥 상자 옆면에 성냥 머리를 부딪치며 말했다.

서울에선 이제 이런 성냥 찾으려고 해도 없는데.

톱밥의 불이 나무토막에 옮겨붙길 기다리는 인선이 옆얼굴이 침착하고 쓸쓸했다. (188~189쪽)

빛을 받으려고 인선이 내 쪽으로 돌아섰다. 어디선가 사은품으로 받은 듯한 조그만 성냥갑에서 성냥개비를 꺼냈다. 마찰음과 함께 불꽃이 일었다. 새 양초 심지로 불꽃을 옮긴 인선이 성냥개비를 흔들어 껐다.

들어와.

작업화를 벗고 마루로 올라서며 그녀가 속삭여 말했다.

현관문을 닫고 그녀를 따라 마루 위로 올라섰다. 빛이 아니지만 아직 완전한 어둠이라고도 부를 수 없는 그늘이 유리창으로 스며 들어오고 있었다. 수천의 눈송이들이 그 그늘을 머금은 채 떨어져 내렸다. (200~201쪽)

성냥불의 원형상이 불러일으키는 환상에는 여지없이 '흰 눈 내림'의 원형상이 따라붙습니다. 이 강령의 원형상인 '흰 눈 내림[降雪]'은 무의식의 여러 원형들을 스스로 변화의 계기로서 움직이도록 작용합니다. 반복되는 강설의 원형상은 무한한 조화의 힘을 감추고 있습니다. 작가의 무의식에서 발원한 삶의 근원적 힘으로서 강설의 원형상은 소설 속 조화의 근원적 힘이 된 것이죠.

강설의 원형상이 만드는 조화의 기운 속에서 경하와 인선은 어린 소년의 영혼의 화신인 '성냥개비'의 원형상이 어둠을 물리칠 촛불의 원형상을 살려낼 힘이라는 걸 서서히 깨닫습니다. 이 성냥불의 원형상이야말로 조화造化의 은미한 기운을 표상한다는 점에서 천지조화의 주재자인 '귀신'의 묘력을 상징합니다. '이 땅의 혼'을 대표하는 '은미한 불꽃'의 원형상입니다. 또한 은미한 원형상임에도 근원적이고 거대한 조화의 힘에 미칩니다. 그 원형의 힘이 소설의 내적인 생명력으로 작용합니다. 아마도 우리의 위대한 작가 한강도 이 점을 깊이 알고 있는 것 같습니다. 소설의 마지막 3부 「불꽃」을 보면요.

> 인선이 나에게 손을 내밀었다. 초를 건네주라는 것이다.
> 초를 들고 앞장서서 미닫이문을 여는 인선의 머리 위 천정으로 그림자가 날개처럼 퍼덕였다. 나도 바닥을 짚고 일어섰다. 열려 있는 안방을 지나며 희미하게 빛나는 수은 같은 게 옷

장 앞에 고여 있는 걸 보았고, 먹에 잠긴 듯 캄캄한 무엇인가
가 그 위에 우크리고 있는 것 같아 멈춰 섰다. 그러나 불빛 없
이는 아무것도 알아볼 수 없었다.

발뒤꿈치를 들고 마루를 가로지르다 말고 인선은 나를 돌
아보았다.

보여줄게.

집게손가락을 입술에 얹은 채 그녀가 속삭였다.

뭘?

우리 나무들을 심은 땅.

마치 나 대신 동의하는 듯 그녀가 고개를 끄덕였다.

여기서 멀지 않아.

지금?

금방 다녀올 수 있어.

너무 어두운데, 나는 말했다.

초가 얼마 안 남았을 텐데.

아직 괜찮아, 인선이가 말했다.

다 타기 전에 돌아오면 되지.

대답을 망설이며 나는 서 있었다. 그곳으로 가고 싶지 않았
다. 하지만 이 정적 속에서 더 머물고 싶지도 않았다.

수틀에 당겨 끼운 천처럼 팽팽한 침묵을 느끼며, 그걸 바늘
처럼 뚫는 내 숨소리를 들으며 나는 인선에게 다가갔다. 그녀

가 나에게 초를 넘겨주었다. 초를 받아 든 내가 빛을 비추는 동안 그녀는 쪼그려앉아 작업화를 신었다. 일어선 그녀에게 나는 초를 넘겨주었다. 손발이 맞는 자매처럼, 내가 운동화를 신는 동안 그녀는 불빛을 비춰주며 서 있었다.

*

　현관을 나서기 직전 나는 신발장 선반을 더듬어 성냥갑을 집었다. 흔들어보자 서너 개의 성냥개비가 부딪히는 소리가 났다. 코트 주머니에 그걸 넣고 마당으로 나섰다. 어둠 속에서 보이는 건 인선이 들고 있는 촛불의 반경뿐이었다. 떨어지는 눈송이들도 빛의 동그라미를 통과하는 동안에만 반짝이다 사라졌다.

　경하야.

　인선이가 나를 불렀다.

　내가 디딘 데만 딛고 와.

　어둠 속 촛불이 조금 가까워졌다. 인선이 내 쪽으로 팔을 뻗은 것이다.

　발자국 보여?

　보여, 대답하며 나는 인선이 만들어놓은 오목한 눈구멍으로 발을 밀어넣었다. (302~304쪽)

소설의 3부 「불꽃」에서 비교적 길게 인용한 이유가 있습니다.

위 인용문의 전후가 모두 심오하고 감동적입니다. 그 감동의 원천은 '살인자의 성냥개비'가 인선과 경하의 촛불을 밝히는 성냥개비로 변화한 속내에 있습니다. 성냥개비 혹은 성냥불의 원형상이 자기 기운과 운동성으로 은밀한 변화를 보이는 것입니다. 근본적으로 원형archetype은 바깥에 존재하는 상像을 통해 사람들의 무의식에 잠재한 원형을 자극하고 영향력을 안깁니다. 성냥불의 원형상은 소설 『작별하지 않는다』에서 서술자 경하와 인선의 심층심리에 은폐된 원형상이면서 소설 자체의 의미심장한 원형상으로서 원형의 엄청난 힘을 숨기고 있습니다.

주목할 것은, 소설의 1부 첫 장에 나오는 성냥불의 원형상은 공포의 기억을 자극하는 신경증적 콤플렉스에 가깝습니다만, 2부에 나오는 성냥불의 원형상은 은미한 사랑의 원형으로 새로이 나고 있는 점을 이해해야 할 듯합니다. 이 성냥불 원형상은, 소설 『소년이 온다』에서 '촛불' 원형상과 함께 사랑의 깊은 뜻을 품은 '은밀한 원형상'인 '칠판지우개' 상과 상통하는 원형상이라고도 해석될 수 있습니다. 칠판지우개 이미지도 사랑의 엄청난 힘을 불러일으키는 '은밀한 영매'의 원형상이라는 점에서 성냥불의 원형상에 빗댈 수 있으니까요.

소설의 3부 「불꽃」에서 인용한 이 대목은 드높은 작가정신의 분신인 경하의 영혼이 인선의 영혼과 접합을 통해서, 즉 이른바 접령지기接靈之氣를 통해서, 마침내 지성至誠으로 지내는 위령제慰靈祭의 알레고리입니다. 경하의 지극한 마음은 마침내 접령의 힘을 통해 초혼의식招魂儀式을 거쳐서 마침내 영혼의 힘으로 '마음에 낀 칠흑 같은 어둠'을 정성 들여 밝히려 애쓰는 것입니다.

오랜 고행길을 지나온 듯이, 수심정기가 이룬 문학정신은 조화의 기운 속에서 뭇 영혼들과의 접령이 가능함을 소설 『작별하지 않는다』는 증명합니다. 인선의 영혼과 학살당한 원혼冤魂들과 잔학한 폭력과 살생을 저지른 악귀들이 떠도는 '어둠'이 수심정기와 그로 인한 접령지기를 통해 영혼의 힘은 어둠을 밝히는 '촛불'로서 상징됩니다.

『소년이 온다』에도 촛불의 원형이 소박하나 따스한 영혼의 빛으로 주위의 어둠을 물리쳤듯이, 『작별하지 않는다』에도 촛불의 원형은 어김없이 등장합니다. 원형은 그 자체가 거대한 에너지를 품고 있어서 소설 안에 은미한 조화의 기운을 일으킵니다. 독자의 무의식에 은닉된 원형을 건드리면 소설 안에 은닉된 원형은 엄청난 힘을 발휘하게 되는 것입니다.

주위의 어둠을 물리치는 '촛불'은 무의식의 기본 구성요소(complex, archetype)로서 이미 일반화된 원형상에 가깝지만, 소설 『작별하지 않는다』에서 촛불 원형상은 수기修己의 과정을 거친 사랑의 산물이란 점에서 진실하고 건강한 원형상이라 할 수 있습니다. 그 초에 불을 켜려면 가날픈 성냥개비를 찾듯이, 촛불의 원형상은 가녀린 성냥불의 원형상이 필요합니다. 위 인용문에서 보듯이, 어둠을 밝히는 촛불은 '성냥개비의 은미한 존재'가 매개하지 않는 한, 초의 불빛이 밝혀질 수는 없습니다. 미약한 성냥개비가 온누리를 밝히는 어마어마한 빛에너지에 불을 당길 수 있습니다. '성냥불 원형상'은 천지조화의 기운과 연결된 가녀린 영매靈媒의 상징인 것이죠.

이 미약한 듯이 보이는 '은미한 성냥불'에는 '지기금지'—'바로 지금'이 품은 우주적 기운의 운행運行이 은폐되어 있습니다.

꺼져가는 생명을 살리는 문학정신, 고통스런 역사의 어둠을 걷어내고 인민들의 심연에 잠든 '혼'을 살리는 문학정신은 은밀하게 '가녀린 성냥불'에 깃듭니다.

종이컵을 눈앞에 쥐고 인선이 있는 쪽을 향해 모로 누웠다. 심지에서 쉼없이 솟는 불꽃의 빛이 스며, 떨어지는 눈송이들의 중심마다 불씨가 맺힌 것처럼 보였다. 불꽃의 가장자리를 건드린 눈송이가 감전된 듯 떨며 녹아 사라졌다. 이어서 떨어져내린 커다란 눈송이가 촛불의 파르스름한 심부에 닿는 순간 불꽃이 사그라들었다. 촛농에 잠겨 있던 심지가 연기를 뿜었다. 깜박이던 불티가 꺼졌다.

　괜찮아. 나한테 불이 있어.

　인선이 있는 쪽의 어둠을 향해 나는 말했다. 상체를 일으켜 주머니 속 성냥갑을 꺼냈다. 거칠거칠한 마찰 면을 손끝으로 더듬었다. 거기 성냥개비를 부딪치자 불티와 함께 불꽃이 일었다. 황 타는 냄새가 번져왔다. 촛농에 잠긴 심지를 꺼내 불꽃을 옮겼지만 곧 꺼졌다. 엄지손톱까지 타들어온 성냥개비를 흔들어 끄자 다시 어둠이 모든 걸 지웠다. 인선의 숨소리가 들리지 않았다. 눈더미 너머에서 어떤 기척도 느껴지지 않았다.

　아직 사라지지 마.

　불이 당겨지면 네 손을 잡겠다고 나는 생각했다. 눈을 허물고 기어가 네 얼굴에 쌓인 눈을 닦을 거다. 내 손가락을 이로 갈라 피를 주겠다.

　하지만 네 손이 잡히지 않는다면, 넌 지금 너의 병상에서 눈을 뜬 거야.

　다시 환부에 바늘이 꽂히는 곳에서. 피와 전류가 흐르는 곳에서. (324~325쪽)

　저 '1980년 5월 광주의 소년들'과 '1948년 제주 주민학살 사건의 희생자들과 그 유족인 인선의 엄마 강정심' 그리고 죽임과 폭력이 얼룩진 칠흑 같은 역사와 맞서고 극복하는 힘은, 경하가 인선한테 보내는 지성至誠의 사랑에서 나온다는 것. "아직 사라지지 마. //불이 당겨지면 네 손을 잡겠다고 나는 생각했다. 눈을 허물고 기어가 네 얼굴에 쌓인 눈을 닦을 거다. 내 손가락을 이로 갈라 피를 주겠다."라고 하는 이 경하의 마음은, 학살당한 희생자의 신원과 위령에 헌신한 '인선의 엄마'의 마음이기도 합니다.

그리고 "동시에 두 곳에 존재하는, 관측하려던 찰나 한곳에 고정되는 빛처럼. (……) 네가 지금 진동하는 실 끝에 이어져 있는 어두운 어항 속을 들여다보듯, 되살아나려 하는 너의 병상에서"(322쪽) "아니, 그 반대인지도 모른다. 죽었거나 죽어가는 내가 끈질기게 이곳을 들여다보고 있는지도 모른다. (……) 하지만 죽음이 이렇게 생생할 수 있나."(323쪽) 같은 언설로 미루어보아, 경하는 은폐된 서술자의 접령지기의 운화運化 속에서, 삶 속에 죽음이, '바로 지금' 속에 모든 시간들이, 이곳 속에 저곳이 서로 '실'로 동시에 이어짐을 각성한 상태라 할 수 있지요. "죽음이 이렇게 생생할 수 있나." 하는 보이지 않는 생명계의 역설이 "하지만 네 손이 잡히지 않는다면, 넌 지금 너의 병상에서 눈을 뜬 거야."라는 영혼의 서술을 낳는 것입니다. 이 순간 경하는 극한적 고통에서 죽음과 싸우고 있던 인선이 다시 살아난 것을 느낍니다.

그리고 여기 제주에 와서 눈더미와 바람 속에서 죽음의 일보 전에 강정심 여사와 인선의 위령 작업의 위대성을 깨닫고, 자기 자신도 죽음에서 삶으로 깨어나는, 즉 사랑의 주체로서 살아남을 느낍니다. "심장처럼, 고동처럼 솟구치는 꽃봉오리처럼, 세상에서 가장 작은 새가 날개를 퍼덕인 것처럼", '바로 지금' 상이한 시공간에서 죽음의 고통에서 시달리던 두 영혼이 서로 접령하여, 심장이 되고 꽃봉오리가 되고 날개를 퍼득이는 '작은 새'가 됩니다. '성냥불 원형상'의 조화造化이기도 합니다. 고통스러운 죽음이 생생한 삶이 되는 이 영혼의 역설 속에서, '소년이 온다', '작별하지 않는다'라는 말은 접령의 힘을 지니게 됩니다.

경하는 죽음이 생생하게 살아나는 '가녀린 성냥불'을 켭니다. 성냥은 접령의 매질媒質인 것이죠.

> 숨을 들이마시고 나는 성냥을 그었다. 불붙지 않았다. 한번 더 내리치자 성냥개비가 꺾였다. 부러진 데를 더듬어 쥐고 다시 긋자 불꽃이 솟았다. 심장처럼. 고동치는 꽃봉오리처럼. 세상에서 가장 작은 새가 날개를 퍼덕인 것처럼. (325쪽)

위 인용문이 이 경이로운 소설의 맨 끝 서술문입니다. 작가 한강은 초와 성냥개비, 촛불과 성냥불, 새, 나무 간의 유기적 관계까지를 소설의 원형상들의 배열을 위해 작가 자신도 '알게 모르게' 깊이 고심한 것입니다. 작가 한강의 정신 안에 깃든 문학혼 곧 은폐된 서술자[39]가 어둠 속에서 희미한 빛을 냅니다. 은폐된 서술자의 접령의 기화, 즉 운화運化는 결국 작가인 경하의 문학정신의 영화靈化입니다.

소설『작별하지 않는다』는 은미한 존재가 지닌 거대한 조화의 힘을 보여줍니다. 그리고『작별하지 않는다』를 통해서 작가 한강의 '은폐된 서술자'가 꿈꾼 궁극의 이상理想인 원통한 영혼의 구원과 폭력적 역사의 정화淨化가 역력히 구현됩니다. 여기에서 온전한 생명을 위한 새 시대를 여는 우리의 작가 한강의 문학적 위대성과 만납니다.

---

39 특히, 이때 '은폐된 서술자'를 가리켜 '至氣'의 존재라고 말할 수 있겠지요. 천지조화의 기운을 은폐한.

2부

소설이 영혼이 되는 소설

어떻게, 死地에서 소설이 숨을 쉬는가?

1
한강의 소설 『소년이 온다』를 해석·비평하기 전에

오늘 이 미욱한 평론가를 이 땅의 유서 깊은 지령을 모신 전라도 장흥에 귀한 모임 자리에 불러주셔서 영광이고 감사합니다.

저는 사실 초행길인 장흥의 지리와 인심 물산에는 어둡지만, 1894년 동학농민혁명기에 반제반봉건 전쟁의 최대 격전지 중 한 곳이고, 혁명전쟁의 패배와 함께 이천여 농민군들이 간악한 일본 제국주의 정규군과 조선 관군 등에 의해 패해 피비린내 나는 잔학한 대학살을 당한 뼈아픈 역사를 안고 사는 고장임을 알고 있습니다. 동학군의 패퇴 이후에도 장흥은 일제 강압기에는 물론 해방 이후에도 수많은 의병 독립투사와 의사들을 배출하고 이 나라의 반외세 자주독립 국가 건설을 위해 헌신한 수많은 지사와 지도자를 낳은 순결한 지령의 고장임을 알고 있습니다. 지령이 오래고 맑고 굳세니 주민들의 줏대가 유다른 장흥 땅에서 오래 활동해오신 여러분과 함께 문학 이야기를 나누는 제 마음도 여간 조심스러운 게 아닙니다.

- 이 글은 전라도 장흥 '한강 소설 독회'(2024.11.29.) 강연문입니다. (편집자주)

오늘 모임에 주최 측이 제시한 주제는 올해 '2024년 노벨문학상 수상자'인 우리의 자랑스런 글지 한강의 소설 『소년이 온다』에 대해 '깊은 대화'를 나누는 것입니다.

한강 글지는 소설 『채식주의자』(2007)로 이미 세계적으로 유명한 맨부커상을 수상하여 일약 세계문학계의 주목을 받게 되었는데, 소설 제목대로 실제 그녀는 채식주의자로 알려져 있습니다. 이 소설의 주제의식엔 인간 사회가 세워놓은 온갖 근대적 혹은 전통적 규율들 또는 가부장적 규칙들이 지배하는 근대 이후의 물질문명이 직간접으로 삶에 미치는 폭력성에 맞서고 서구적 이성을 맹종하는 인간중심주의 현대문명에 항거抗拒하는 문학정신이 오롯합니다.

이 소설을 읽으면서 드는 생각은, 온갖 규율과 제도에 얽매여 사는 인간 삶의 근원根源에 대해 끊임없이 질문을 갖게 되는 점입니다. 그 끊임없는 근원적 질문 속에서 인류 역사는 잔학한 학살의 연속이며 이러한 잔인한 악마성의 근본 원인은 인간 심리의 근원에는 먹이사슬의 불가피성과 짝을 이룬 살해본능이 도사리고 있음을 깨닫게 되고, 이 생명계의 끊임없이 이어지는 살생 고리에서 벗어나기 위해서는 폭력성의 뿌리인 살생의 고리에 들러붙은 (특히, 가부장제적) 욕망과 규율을 반성하는 것입니다. 이 '근원적 반성'의 상징어가 '채식주의자'인 듯합니다.

서구적 정신 전통에서 보면 그리스신화의 오이디푸스적 살부

殺父 본능으로 해석될 수 있고 화엄불교의 세계관으로 해석될 수도 있습니다만, 한강의 '채식주의'를 이해하기 위해서는 서구의 심리학이나 정치경제학, 특히 정치적 이념으로는 환원될 수 없는 '이 땅의 삶과 영혼'의 문제가 깊이 자리하고 있음을 이해하는 것이 필요하다고 생각합니다. 이러한 한강의 채식주의는 직접적으로는 좌파 우파로 나뉘어 대립하는 서구 근대 이데올로기에 대한 항거를 실천하지 않을 수 없습니다. 또한 자본주의적 자유주의나 개인주의를 포함하여 서구적 이성주의가 낳은 많은 이론들과 개념들로 환원하는 문학적 사고방식과 갈등하지 않을 수 없습니다. 이러한 한강의 채식주의적 문학관은 오늘의 한국문학의 일반적 비평의식이나 '독서 경향'과는 먼 거리에 있고 종종 갈등하지 않을 수 없게 됩니다.

지금은 세계 자본주의 체제가 각각의 국가는 물론 모든 민족 및 종족의 고유성을 억압하는 중에 각 지역 및 유역의 오래된 종교나 문화 전통들은 저마다 생존 반응을 위해 진력하는 형국입니다. 이는 세계 자본주의의 통제할 수 없는 질주가 일견 고도로 발전된 기술 과학 문명사회로의 이행을 보여주고 있지만, 이 인류가 직면한 소위 '물질개벽' 시대에 풀어야 할 공통의 화두는 가부장적 권위나 일방적 규칙들에 저항하고 새로운 정신문화의 싹을 기르는 지혜와 깊은 연관성이 있습니다. 가부장적 이념이 지배하는 온갖 사회적 문화적 규칙들에 저항하는 것은 문학 자체의 진실성 또는 문학 작품 각자의 생명력을 지향하는 성실한 문인들에게는 너무 당연한 권리이자 임무일 수밖에 없습니다. 글지 한강은 이러한 문학이 문학이게끔 존재하는 스스로의 생명력을 존중합니다. 그래서 '소설이 스스로 숨을 쉬게끔' 이 땅의 민중사가 안고 있는 비극을 이 땅의 혼 전승자요 대리자인 글지로서 고뇌하고 나름의 문학적 수행修行을 해온 것으로 보여집니다.

그러므로 '채식주의자'로서 한강의 소설은, 근본적으로 기존의 자본주의적 본성을 지닌 소설 양식의 존재 방식과는 달리, 소설 스스로의 식물성을 낳고 기르는 새로운 생명론적 소설 양식을 추구하는 과정에 있음을 이해하는 것이 필요합니다. 소설이 저 스스로 '나무와 같은 존재'가 되려고 욕망하는 소설이랄까. 한강이 실천하는 '새로운 소설 형식'은 나무의 식물성을 닮도록, 궁극적으로 소설 작품 자체가 나무의 탄소동화 작용을 따르듯이 긴 들숨과 긴 날숨을 저절로 쉬게 하는 생령의 문학성 혹은 신령한 소설 형식성을 추구하는 것이라 비평할 수 있습니다. 물론 이러한 경이로운 소설의 존재를 만나기 위해서는 독자들도 일종의 문학을 통한 마음 수행을 성실히 하는 것이 전제되는 것입니다. 하지만 바로 문인과 독자와의 새로운 문학적 관계의 성립을 추구하는 가운데 여기서 '물질개벽' 시대의 화두에 화답하는 지혜가 나올 가능성이 있습니다.

작가와 독자, 창작과 비평 양측 모두가 각자가 처한 삶과 형편 속에서 저마다의 수심정기가 전제되어야 한강의 소설이 추구하는 새로운 문학적 세계가 비로소 열리게 되리라 생각합니다. 한강의 노벨문학상 수상이 마냥 기쁜 것은 자본주의의 모순과 부조리에 찌든 기성의 문학적 토양을 개간開墾하고 새로운 생명의 건강한 씨앗이 심어진 사실에 있습니다.

2
식물성의 '나무'는 한강 소설의 원형archetype

'채식주의자'는 한강 사유의 근원을 이해하는 상징적 표지標識입니다. '채식주의자'는 인간의 인간에 대한 지배와 폭력, 인간의 자연에 대한 착취와 폭력에 대한 항거의 뜻을 지닌 문학적 비유라고 말할 수 있습니다. 나무는 폭력에 무방비한 존재로 속수무책으로 고통당하면서도, 나무의 본성은 하늘을 우러르고 타자와 더불어 연대하며 그 자체로 '세상의 이로움[弘益]'입니다. 한강 소설의 원형이 '나무의 식물성'이라는 것은, 생명의 근원성, 여성성과의 근원적 연계에 있다는 말입니다.

그런 까닭에, 한강의 소설에는 온갖 가부장적 권위 및 그런 규칙들에 대한 저항, 집단주의 혹은 전체주의적 사고방식으로부터

의 해방 의지, 더 깊게는 서구 근대철학의 표상인 이성理性의 우상
화 곧 인간중심주의에 대한 격렬한 반항이 들어 있습니다.

여성성은 대지의 원주민이고 온 생명의 근원입니다. 여성성은
구체적으로 우리 겨레의 마음속에서 오래 구전되어온 삼신할미
이고 만주문명으로는 마고신, 서양에선 가이아로 불리기도 합니
다. '나무'가 온 생명의 근원성을 표상하듯이, 식물성의 삶을 추구
하는 '채식주의자'는, 모성 또는 여성성의 환유입니다.

한강 소설의 문체의식에 대해 생각해볼 필요가 있습니다. 너도
나도 '시적인 문체'니 '시적인 소설'이니 평가를 합니다만, 따지
고 보면 '시적'인 것이 무엇인지도 알기 어려우니 그저 막연하거
나 허망한 수사에 지나지 않습니다. 한강의 언어의식은 소설 속
에 '은폐된 나무의 원형archetype'과 함께 찾아야 더 진실에 가깝습
니다.

'천상과 지상을 매개하는 수직의 나무 또는 우주목宇宙木의 원
형'을 내 맘과 몸 안에서 접령(접신)하게 되면, 마찬가지로 내가
낳는 소설 작품도 접령의 기운과 접하게 됩니다. 한강은 자기 안
에 우주목 같은 나무의 영혼과 접령할 때, 나무에 새가 깃들이듯,
어두운 마음에 흰 새의 깃털과도 같은 투명한 기운의 언어를 만
났을 법합니다. 비교적 근작인 소설『작별하지 않는다』에서 제주
섬에 사는 목공예가 친구 인선이 손가락 두 개가 잘리는 큰 부상

을 당하고 병원에 후송되자 인선의 부탁에 따라 폭설이 쏟아지는 제주도에 가서 인선의 거실에서 앵무새(아미, 아마)를 만나는데, 이 앵무새라는 존재는 새들 중에 까마귀와 함께 가장 지능이 높은 새이기도 하지만, 인간의 말을 따라 할 줄 아는 새라는 사실이 암유暗喩 됩니다. 언어는 꼭 인간 이성주의의 산물인 것만은 아니라는 것이죠. 흔히 말하는 '문학 언어'는 더 말할 나위가 없습니다. '나무 원형'을 소설의 원형으로 자각한 한강의 세계관으로 보면 인간중심주의를 거부하는 것은 당연합니다. 하지만 한강 소설이 '시적 문체'니 '시적 소설'이니 하는 비평은 조심해야 할 비평적 수사입니다. 한강의 문체는 식물성의 원형으로서 자기 원형과 성실히 접하는 중에 나오는 '개인 방언'[1]의 하나입니다. 탁악오세 속에서 당당한 글지(작가)는 '수심정기'하고 그 속에서 나름의 '접령' 경지에 이르러서는 마땅히 고유한 '개인 방언'을 체득하는 법입니다.

더 생각하면, '채식주의자'의 심연의 원형 혹은 식물성 표상인 '나무'의 원형은 지역 설화의 원형과 서로 맞닿아 통하게 됩니다. 왜냐하면 구비설화는 본질적으로 '문학의 원형'이기 때문입니

---

1   개인 방언은 방언학의 주요 개념입니다. 한국문학에서 '방언 문학' 및 '개인 방언' 개념을 새로 제시하고 이를 개념화한 첫 사례는, 임우기 졸저『네오샤먼으로서의 작가』(달아실, 2017) 및『유역』에 비교적 소상히 이론적으로 설명된 상태입니다.

다. 전 세계 동서남북의 모든 종족과 민족들은 각각 저마다의 '신성한 나무' 설화[神木說話]를 모시고 기려왔음을 모든 지역 신화 Mythos 또는 설화Sage가 이미 충분히 증거합니다. 이 '나무설화'가 한강의 『채식주의자』에 그늘처럼 어른거림을 눈치채기는 그리 어렵지는 않습니다.

하지만 한강 소설의 심연에서 작용하는 '나무설화'의 원형을 엿보기가 어려운 것은, 앞서 잠깐 언급했듯이 이념주의와 더불어 전체주의적 사고방식이 독자의 맑은 눈을 어둡게 가리고 독서의식을 끊임없이 제한하는 것과 서구 합리주의와 양면 관계인 이성주의적 비평의식이 한 원인이라 할 수 있습니다.

제 추측에, 한강이 『채식주의자』를 쓰고 『소년이 온다』, 『작별하지 않는다』 등 일련의 중요한 수작들을 쓰는 과정에서 스스로도 '알게 모르게' 생명의 근원성으로서 '나무' 존재와 문학의 근원성으로서 '구비문학口碑文學' 존재의 소중함을 동시에 깨닫게 되었을 것으로 추측합니다. 주요 작품들에서 심리학적 분석과 해석을 한다면, 모성의 원형archetype과 나무의 원형이 '둘이 아닌 하나'로 연결되어 있습니다. 이는 한강이 소설 창작에 임하는 동안에는, 의식과 무의식이 동시성으로 합일하는 영묘靈妙한 정신 상태에 놓여 있음을 의미합니다. 이러한 정신 상태는 심리적으로 말하면, 자기 무의식 속의 원형을 직관하고 통찰하며 의식의 표면으로 끌어올리는 도저한 수심정기의 위력을 발휘하는 것입니다.

3

'칠판지우개'와 연관된 '기억'은
소설 내적으로 은밀한 조화造化의
기운을 품은 특별한 이야기

생시에 가까워질수록 꿈은 그렇게 덜 잔혹해진다. 잠은 더
얇아진다. 습자지처럼 얇아져 바스락거리다 마침내 깨어난다.
악몽 따위는 아무것도 아니라는 것을 일깨워주는 기억들이
조용히 당신의 머리맡에서 기다리고 있다. (161쪽)

차마 『소년이 온다』의 잔인한 학살 서사를 이 자리에 인용하기
조차 두렵습니다.[2] 굳이 이 자리에 학살의 현장 묘사를 소환할 필

---

2   5장 「밤의 눈동자」에서 1979년 유신체제를 파국으로 내몬 YH무역 여
     공들의 신민당사 농성 사건과 미싱공 김경숙 양(당시 21살)의 죽음과
     함께, 그 당시 18세의 어린 여공으로 시위를 하던 '당신'(임선주)은 이
     듬해 "광주 충장로에서 미싱공"으로 일하던 중 5월 광주민중항쟁에
     참여하게 된 인물입니다. 그러니까, 한강은 YH무역 여공들의 시위와
     김경숙 양의 죽음, 부마釜馬 시민항쟁이 유신체제의 심장인 박정희가
     부하의 총에 암살되는 소위 '10·26'을 야기하지만, 박정희의 심복인
     정치군인 전두환 세력의 '12·12 쿠데타'로 정권이 탈취되는 등 일련
     의 시국 사태들이 '80년 5월'의 광주민주화항쟁의 도화선이 된 역사
     적 사실을 정확하게 소설에 반영합니다. 또 주목할 점은 광주민주화항
     쟁의 주체는 기층민들 특히 여공 등 노동자들과 소외계층 및 미성년자
     들이 다수라는 인식을 하고 있다는 점입니다. 따라서 1장과 2장에 나
     오는 소년 동호와 동호 부모, 어린 정대와 그의 누나인 방직공장 여공

요가 없습니다. 다만 위 인용문이 토로하듯이, 『소년이 온다』는 현실이 악몽이 되는 현실, 악몽이 현실이 되는 악몽에 대한 이야기입니다. 이 소설은 광주민주화항쟁에서 잔인하게 학살당한 사람들의 생시 이야기와 항쟁에 참여한 인물들이 겪는 극심한 심리적 고통을 상당 부분 서술하고 있고, 대체로 등장인물들의 '기억'들은 사회경제적 모순과 부조리와 함께 1980년 전후 군사집단이 광주시민 학살과 쿠데타로 정권을 잡은 시대의 몸서리쳐지는 어둠들과 연결되어 있습니다.

한강은 잔혹한 학살의 현장을 냉혹하리만큼 리얼하게 서술합니다만, 그 극사실주의적 학살 묘사에도 이 소설을 '계엄군의 학살과 광주시민항쟁의 다큐멘터리'로부터 비켜서게 하는 소설 『소년이 온다』의 특이한 문학성이 내재합니다.

세칭 '80년 5월 광주'에 대한 구전과 기록에 철저한 다큐멘터리가 압도하는 이 소설에서 일종의 타이틀 롤에 해당하는 두 소년은 실제로 학살당한 실존 소년임은 이미 많은 사람들에겐 알려져 있습니다. 한강이 이 소설을 쓰기 위해 여기저기를 열심히 찾

정미라는 캐릭터들을 항쟁 시에 사지에서 학살당한 주요 인물들로 내세운 것도 1980년 '5월 광주' 항쟁이 일어나기까지 특히 1979년의 민중 항생의 전사가 깊이 고려된 것으로 해석될 수 있습니다. 1980년대 전후의 민중운동사가 소설 안에 사실적으로 반영되어 있는 것은 글지 한강의 역사의식이 실사實事를 바탕으로 노동운동과 민주적 민중의식과의 깊은 연관성을 갖고 있음을 보여줍니다.

아다니며 기록을 찾고 두 소년의 행적을 취재하고 많은 관련자들의 구술을 받았음은 소설의 맨 뒤에 붙인 「에필로그」에 대강이나마 밝혀져 있습니다.

중요한 것은 광주시민항쟁을 다룬 이 소설이 충실한 다큐멘터리면서도 고귀한 문학성을 품고 있다는 점입니다. 그 고귀한 문학성이란 여럿 찾을 수 있지만, 다른 무엇보다 이 소설을 살아 숨쉬는 생령체요, 천지조화의 기운과 통하는 '창조적(즉, 造化의) 유기체'로서 화생化生하도록 만드는 문학성을 가리킵니다.

그처럼 소설 작품 자체가 창조적 유기체성 혹은 생령체로서 존재 가능성을 뚜렷하게 보여주는 특별한 문학성이 학살당한 소년들의 생시를 치성致誠으로 추적하여 수심修心으로 접령해 구한 '소설 속의 영물靈物'. 죽은 소년들과 연관된 '기억'들 중에는 소설론적으로 특별한 기색氣色(기미, 낌새)이 엿보이는 '기억'이 있는바, 다소 예외적인 그 '기억'은 '칠판지우개'와 연관된 기억입니다.

소설 『소년이 온다』의 주인공 격은, 일단 겉보기엔 '80년 광주 민주화항쟁' 시기에 학살당한 중학생인 두 소년 동호와 정대입니다. 일찍 부모를 여읜 열다섯 살 소년 정대는 같은 중학교 동창생 친구인 동호 집 사랑채에서 누나와 함께 가난과 싸우며 근근이 살아가면서 장래에 이공계 고등학교에 진학하여 일찍부터 돈을 벌어 고생하는 누나와 행복하게 살 꿈을 가지고 있습니다. 스무 살 나이의 누나 정미는 미싱공으로 고단한 삶을 살면서 자신은 정규학교 진학을 포기한 채 야학을 다니면서도 중학생인 동생 정대가 학업에 전념토록 헌신적으로 뒷바라지합니다. 어느 날 정대는 중학교 방과 후에 동호네 반 교실에 가게 되고 때마침 선생님의 지시에 따라 동호가 칠판을 지우고 있는 걸 우연히 보게 되는데, 정대는 무슨 영문에선지 동호가 지우던 '칠판지우개'를 슬그머니 감추어 셋방에 가지고 옵니다. 그리고 서술자의 눈은 동호네 사랑채에 세든 정대 남매 방으로 이동하여 정대의 단칸방 창틀에 놓여 있는 동호의 교실에서 슬쩍 가지고 온 칠판지우개를 누나 정미가 '가만히' 매만지는 장면을 서사합니다. 그 눈물겨운 대목을 가만히 읽어봅시다.

정적 속에서 너(주인집 소년 '동호'를 가리킴, 인용자)는 정대의 얼굴을 떠올렸다. 연한 하늘색 체육복 바지가 꿈틀거리던 모습을 기억한 순간, 불덩어리가 명치를 막는 것같이 숨이 쉬어지지 않았다. 숨을 쉬려고 너는 평소의 정대를 생각했다. 아무 일 없었던 것처럼 대문을 열고 들어올 것 같은 정대를 생각했다. 여태 초등학생같이 키가 안 자란 정대. (……) 정미 누나와 친남매가 맞나 싶게 못생긴 정대. 단춧구멍 같은 눈에 콧잔등이 번번한 정대. 그런데도 귀염성이 있어서, 그 코를 찡그리며 웃는 모습만으로 누구든 웃겨버리는 정대. 소풍날 장기자랑에선 복어같이 뺨을 부풀리며 디스코를 춰서, 무서운 담임까지 폭소를 터뜨리게 한 정대. 공부보다 돈을 벌고 싶어 하는 정대. 누나 때문에 할 수 없이 인문계고 입시 공부를 하는 정대. 누나 몰래 신문 수금 일을 하는 정대. 초겨울부터 볼이 빨갛게 트고 손등에 흉한 사마귀가 돋는 정대. 너와 마당에서 배드민턴을 칠 때, 제가 무슨 국가 대표라고 스매싱만 하는 정대.

천연스럽게 칠판지우개를 책가방에 담던 정대. 이건 뭣하러 가져가? 우리 누나 줄라고. 너희 누난 이걸 뭐에다 쓰게? 글쎄, 이게 자꾸 생각난대. 중학교 다닐 때 공부보다 주번이 더 재미있었다지 뭐냐? 한번은 만우절이라고 애들이 칠판 가득 글자를 써놨더래. 총각 선생이 지우느라 고생할 줄 알았더니, 주번 누구냐고 호통을 쳐서 누나가 나가서 열심히 지웠대. 다들 수업하는데 혼자 복도에서 창문 열어놓고 이걸 막대기로 탁탁 털었대. 중학교 이 년 다닌 것 중에, 희한하게 그때가 제일 생각난다지 뭐냐. (35~36쪽)

꿈속으로 숨을 수 있다면.
아니, 기억 속으로라도.
종례가 유난히 길던 너(학살당한 친구 동호를 가리킴, 인용자)의 반 복도에서 서성이며 너를 기다리던 작년 여름으로. 네 담임이 앞문으로 나오는 걸 보고 얼른 가방을 고쳐 들던 순간으로. 다른 애들은 다 나오는데 네가 안 보여 교실로 들어갔다가, 칠판을 지우고 있는 너를 큰 소리로 부르던 순간으로.

뭐 하냐?

주번이다.

너 지난주에도 주번 했잖아.

누가 미팅 간다고 그래서 바꿔줬지.

병신.

우리가 마주 보고 실없이 웃은 순간. 콧속에 분필 가루가 들어와 재채기가 날 것 같던 순간. 네가 털어놓은 칠판지우개를 슬그머니 가방에 넣은 순간. 어리둥절해하는 네 얼굴을 향해, 자랑도 슬픔도 부끄러움도 아닌 누가 이야기를 꺼낸 순간.

그날 밤 난 홑이불을 배에 감고 누워 일찍 잠든 척하고 있었지. 언제나처럼 야근을 하고 들어온 누나가, 언제나처럼 세면장에 상을 펴고 식은 밥을 찬물에 말아 먹는 소리가 들렸어. 씻고 이를 닦은 누나가 발뒤꿈치를 들고 들어와 창문으로 다가가는 옆모습을, 난 어둠속에서 눈을 가늘게 뜨고 지켜봤어. 모기향이 잘 타고 있는지 확인하려던 누나는, 내가 창틀에 세워놓은 칠판지우개를 발견하고 웃었어. 한숨처럼 낮게 한 번, 잠시 뒤 소리 내어 한번 더.

누나는 고개를 절레절레 흔들고, 헝겊 지우개를 한번 들었다가 제자리에 놓았지. 언제나처럼 나에게서 멀리 이불을 펴고 누웠다가, 가만가만 무릎걸음으로 나에게 다가왔지. 잠든 것처럼 눈을 가늘게 뜨고 있던 나는 정말로 눈을 꼭 감았지. 누나가 내 이마를 한번, 뺨을 한번 쓰다듬곤 이부자리로 돌아갔어. 좀 전에 들렸던 웃음소리가 어둠속에서 다시 들렸어. 한숨처럼 낮게 한번, 잠시 뒤 소리 내어 한번 더.

캄캄한 이 덤불숲에서 내가 붙들어야 할 기억이 바로 그거였어. 내가 아직 몸을 가지고 있던 그 밤의 모든 것. 늦은 밤 창문으로 불어들어오던 습기 찬 바람, 그게 벗은 발등에 부드럽게 닿던 감촉. 잠든 누나로부터 희미하게 날아오는 로션과 파스 냄새. 삐르르 삐르르, 숨죽여 울던 마당의 풀벌레들. 우리 방 앞으로 끝없이 솟아오르는 커다란 접시꽃들. 네 부엌머리 방 맞은편 블록담을 타고 오르는 흐드러진 들장미들의 기척. 누나가 두번 쓰다듬어준 내 얼굴. 누나가 사랑한 내 눈 감은 얼굴. (54~55쪽)

동생 정대의 학업을 위해 자신의 학업을 포기할 수밖에 없는 이제 갓 스무 살 된 미싱공인 누나가 '가만히' 칠판지우개를 만져 보는 상황 묘사. 참된 문학 작품, 곧 '진실한 문학예술 작품'은 인물의 심리적 정동을 중요시합니다. 이 심리적 정동에 관한 문학적 명제는 바로 이러한 은미한 존재 속에서 소설의 진실(성실)을 드러낼 줄 아는 서술자의 존재와 그 작용력(造化力) 속에서 빛을

발합니다. 여기서 우리의 글지 한강의 문학적 진실성 곧 지극한
성심의 문학 혼을 접㥯하게 됩니다.

4

"侍라는 것은 내유신령 외유기화 일세지인 각지불이요."
라는 동학의 언명은 '다시 개벽' 사상의
요체이자 새로운 미학의 명제

　잠시 옛 추억 하나를 들려드리고자 합니다. 이 모임 자리가 동
학혁명의 비통한 역사와 함께 그 심오한 정신사적 인류사적 의미
를 안고 있는 전라도 땅 그중에서도 장흥의 천도교 포교당이니,
제 젊은 날 기억 하나가 문득 머릿속에 맴돕니다. 1970년대 후반
~80년대 초반의 기억이니까, 희미한 채 가물거립니다만, 충청남
도 금강 유역의 제 고향 공주 지척에 계룡산이 있고 그 안에 신도
안이라고, 지금은 계룡시로 바뀐 지세나 지령이 요묘한 터가 있
었습니다. 간략히 말하면 그 시절 신도안에 틈나는 대로 가서 보
면 소위 신흥종교 또는 민중 종교라고 일컬어지는 수많은 종교 집
단들과 세칭 '무속인'들이 몰려 있고, 그곳에선 거의 하루도 빠짐
없이 어느 한 군데 종교 집단이라도 무슨 종교행사를 하지 않은
적이 없고 또 반드시 그곳에는 무속이 곁들여져 있은 풍경을 곧잘

보아왔습니다. 신도안에는 천도교와는 이름만 조금씩 다를 뿐, 동학에서 갈래지어 나온 많은 동학 관련 신흥종교 단체들, 또는 심심찮게 '개벽'을 얘기하는 적잖은 수도자들을 만나기도 했습니다. 물론 그 당시엔 동학이니 개벽이니 하는 말들을 하면 무슨 말인가 궁금하다가 말았지만, 이 젊은 날의 기억들은 훗날 동학을 공부하면서 흐릿한 기억이나마 제 직감과 직관을 자극하여 전통무(巫)와 동학사상은 이 땅에서 서로 뗄 수 없는 내연 관계임을 확신하게 되었습니다. 간단히 정리하면, 지금은 황하문명의 중국 정권 치하에 억압된 만주문명이 활짝 꽃피던 고조선 단군 이래 '이 땅'에 맥맥히 이어지며 역동치는 고신도古神道와 풍류도의 역사 속에는 은밀하게 무교 무속의 전통이 내연해왔고, 이 무속 전통은 '인류사적으로 위대한 만신萬神'이기도 한 수운 최제우 선생의 영혼을 움직여 동학의 창도에 이르렀다고 생각한 것입니다.

각설하고 제가 이 귀한 자리에서 얘기하고자 하는 것은, 올해 노벨문학상 수상자 한강 소설을 이해하고 비평하기 위해서는 서구 리얼리즘이건 모더니즘이건 또 포스트 모더니즘이건 무슨 페미니즘이건 간에 '이 땅의 혼'을 이해하려는 마음이 필요하다는 것입니다. 제 비평관으로 보면 가령 리얼리즘, 모더니즘, 페미니즘, 포스트모더니즘 등의 서구 이론으로 해석해도 물론 좋습니다만, 이 땅의 혼의 위대한 결정체인 수운 동학에서의 핵심 곧 '수심정기'와 '시천주' 관점은 동양, 서양의 예술관을 가리지 않고 예술 작품을 창작 또는 비평하는 가장 근본적이고 중요한 척도라는 사실을 이해해야 한다는 것입니다.

제가 동학을 틈틈이 공부하면서 뒤늦게나마 '수심정기修心正氣'와 모심[侍]의 풀이인 '內有神靈 外有氣化 一世之人 各知不移'에서 문학과 예술에 대한 제 나름의 귀한 깨침을 얻었달까요. 제 이러한 깨침은 한강 소설에 충분히 적용될 수 있습니다.

특히, 소설『소년이 온다』에는 이 땅의 혼의 계승자로서 글지 한강의 영혼이 감지되는 '은밀한 지점'이 있는데 그것은 잔혹하게 학살당한 채 쌓인 시신 더미의 맨 아래에 깔린 죽은 소년 정대의 혼령은 자기 시신 위로 쌓인 시체 더미를 '탑'으로 인식하는 대목입니다. 학살의 공포와 분노와 야만과 잔혹이 뒤범벅된 비현실적 상황에 처해 있음에도, 죽은 소년 정대의 혼령은 그 무시무시한 극한 상황에서도 시신 더미를 탑으로 여기는 대목. 이 은미한 대목을 여러분들은 어떻게 생각하시는지….

제가 보기에, 이 '시체 탑'이라는 말 속에 한강의 문학 혼이 지극한 마음 경지, 곧 수운 동학에서의 궁극의 가르침인 '수심정기'가 가장 극적이고 가장 순도 높은 경지에서 표현된 것이 아닐 수 없습니다. 그리고 바로 이 도저한 한강 소설이 드러내는 수심정기의 경지가 생사의 분별을 초월하는 거룩한 모심의 '문학'을 낳습니다. 소설 그 자체가 하나의 생령체로 화생하여 우리의 삶과 더불어 살아 숨 쉬는 문학을.

　조금 더 생각해보면, 과연 『소년이 온다』에서 학살당한 소년 정대가 학살당한 시신들이 '탑'을 이룬 상황에서 잠시 생시를 기억하다가 저 '칠판지우개'와 연관된 기억을 서술하는 것은 무슨 의미를 내포하는지 알 수 있습니다. 우선 죽은 사령의 기억은 소설 전체가 의존하는 다큐멘터리적 성격과는 거리가 먼 소설 내적 허구에 속합니다. 곧 역사적 사실성이 지배하는 이 소설에서 죽은 소년에 관한 이야기들의 연결 속에서 유독 '허구성'이 강하면서도 심리적 정동情動이 크고 강렬한 소재가 바로 저 '칠판지우개'의 기억이었던 것입니다.[3] 그러니, '칠판지우개'는 소설 안의 생생함을 통해 소설 밖의 다큐멘터리 현실과 서로 통하게 하는 조화造化의 매개체라고 말할 수 있습니다. 수운 선생이 설한바, '내유신령 외유기화' 즉 모심[侍]에서 나오는 '귀신론'의 미학에서 보면, 죽은 사령이 사령의 기억력으로 서술하는 '칠판지우개'는 소설 안과 밖을 신통神通토록 자극하는 '은밀한 영물靈物', 다시

3　'칠판지우개' 이야기는 소설 『소년이 온다』가 압도적으로 의존하는 광주민중항쟁의 다큐멘터리와는 직접적인 연관성이 없는 소설 내적 허구에 속합니다. 곧 실제 학살 사건이 시종일관 숨 막히게 전개되는 이 소설에서 죽은 소년 정대의 혼령이 서술자가 되어 독백 형식으로 서술하는 '칠판지우개' 이야기는 그 자체로 애틋하고 천진난만한 정서를 자아내는 동시에, 예민한 독자에게는 심리적 정동이 크고 강렬하게 일어나는 이야기입니다.

말해, 소설 『소년이 온다』를 천지조화의 창조성에 들도록 이끄는 유기체(生靈體)로서의 문학 작품이게끔, 은밀하게 작용하는 '소설 내의 신령한 존재'로서 이해될 수 있는 것입니다. 그렇기 때문에 극심한 학살의 공포를 일으키는 시체 더미를 '시체 탑'이라 묘사한 것이지요. 이는 한강의 창작 의식과 무의식이 스스로도 '알게 모르게' 하나로 합일된 상태임을 보여주는 사례로 그의 글지로서 도저한 수심정기의 경지를 증거합니다. '칠판지우개' 이야기는 소설 내적으로는 은밀한 이야기 소재임에도 조화의 에너지[生氣]를 함축한 매우 민감한 유기체의 신경神經 단위로서 이해될 수 있습니다.

  또한, 잠시 한님(하느님의 순우리말)이 손수 수운 선생한테 나타나 하신 강령(접령)의 말씀 중 "내 마음이 네 마음이니라… 귀신이란 것도 나이니라(鬼神者 吾也)."(『동경대전』「논학문」)라는 언명을 생각할 필요가 있습니다. 왜 한님이 수운에게 '내 마음에 천심을 모심'을 '귀신'이란 존재로서 설하셨을까. 앞서 제가 계룡산 신도안이 전통 무의 메카였다는 추억담을 잠깐 드린 이유가 여기에 있습니다. 사대주의나 서구주의에 찌들 대로 찌든 채 온갖 외래적인 것들 근대적인 것들의 범람 속에서 이미 오래전부터 한국인의 마음속에 소외되고 외면당해온 '이 땅의 혼[地靈]'은 이 땅의 유서 깊은 '귀신'의 존재, 특히 한국인 마음속에 은폐된 귀신의 존재와 뗄 수 없다는 것이 제 지론입니다.

동학에 따르면, '귀신이라는 것[鬼神者]'은 '시천주'의 마음에서 비로소 조화[무위이화]를 주재하게 되는 존재입니다. '귀신'이란 조화造化를 주재主宰하지만, 그 본성상 잘 보이지 않고 들리지 않고 잘 촉감觸感되지 않는 '은미한 존재'입니다. 동학의 귀신관에서 보면, 위 인용문에서 보았듯이 『소년이 온다』의 1장~2장에 나오는 '칠판지우개의 기억'은 소설의 전체 구성 안에 일어나는 '은미한 조화의 기운'과 깊은 연관성을 가집니다. 귀신은 음양의 조화에 은밀하게 작용합니다만, 귀신의 조화에 의해 예술 작품은 은미하게 천진난만한 기운을 갖게 됩니다.

다시 소년 정대의 혼령이 기억하는 '칠판지우개' 이야기를 더 해석하면, 조화의 기운은 천진난만한 본성을 가지므로, 정대의 혼령도 열다섯 살에 불과한 '어린 소년의 천진난만함'과 함께 앞서 분석한 바처럼, 한강의 수심정기에 따른 '모심[侍]'의 내밀한 조화력이 서로 통하여 이 소설은 끔찍한 광주시민 학살 상황을 진실에 입각해서 적나라하게 보여주면서도, 소설 그 자체가 하나의 천진난만한 생명체로서 화생化生하는 듯한, 소설 자체의 고유한 영혼—'문학 자체의 혼'이 존재하는 느낌을 받게 되는 것입니다. 아마, 절세의 화가 파블로 피카소Pablo Picasso(1881~1973)가 그린 스페인 내전 시 파쇼정권에 의한 게르니카의 주민학살을 소재로 그린 걸작 「게르니카」(1937)에서 전해오는 오묘한 천진스런 기운, 곧 끔찍한 학살 만행의 현장 그림이 품고 있는 '천진난만함의 은미한 기운'도 『소년이 온다』에서 소년 정대의 존재와 그 혼령이 전하는 '칠판지우개' 이야기의 존재와 더불어, 같은 모심[侍]의 관점에서 해석될 수 있는 것이지요.

또한, 소설 안에선 계엄군에게 학살당한 소년 동호와 정대, 정대 누나, 이 세 주인공의 혼령들은 저 '칠판지우개'의 매개로 연결됩니다. 그냥 지나치기 쉬운 단순한 에피소드인 듯이 보이는 이 '칠판지우개에 관한 소년의 기억'은—보통 단순히 삽입된 이야기로 보이기 때문에 이 '칠판지우개' 이야기는 소설의 플롯에서 겉보기엔 그다지 비중이 크지 않는 소재로서 '은폐된' 채로 지나치기가 십상입니다.

하지만 한강은 노련하게 '칠판 이야기'를 두 번 반복하고 뒤에 5장에서 후에 방직공장에 다니는 정대의 누나 정미의 삶과 비극적 죽음(학살당한 것으로 추정)을 이 '칠판지우개' 이야기와 연계하여 서술합니다.

한강은 '칠판지우개'의 이야기를 통해, 잔혹한 학살의 서사가 계속되는 중에서도 소설이 스스로 숨을 쉴 수 있게 생기生氣를 은미하게 불어넣은 것이라 할 수 있죠. 한강의 문학의식으로 보면, 이 소설도 아무리 참혹한 다큐멘터리를 바탕으로 서술되더라도, 소설 그 자체도 또한 유기적 생명체라 여기므로 조화의 기운이 통하게 하는(신통) 숨길이 소설 구성 안에 요구되었던 것이라 해석될 수 있습니다. 정확히 말하면, 끔찍한 공포와 죽음이 지배하는 암담한 소설 안에, 조화造化의 기운이 은밀하게 일어나도록 소설가 한강은 소설이란 존재를 모심[侍] 한 것입니다. 이는 소설을 생령체(생명체, 창조적 유기체)로서 존중하는 마음이 아니면 얻기 힘든 경지입니다. 한강은 사람만이 아니라 문학을 모심[侍] 하기 때문인 것이죠. 아마 여기서도 한강의 무의식 속의 원형 즉 '나무 원형'의 힘이 발휘된다 해도 좋습니다.

5

"여전히 눈도 손도 혀도 없이 우리는 서로를
맞아주었어. 서로가 누군지는 여전히 알 수 없었지만,
서로가 얼마나 오래 함께였는지는 어렴풋이 짐작할
수 있었어. 처음부터 함께였던 그림자와 새로 온
그림자가 나란히 내 그림자에 겹쳐질 때, 설명할 수
없는 방식으로 그들의 기척을 구별할 수 있었어.
어떤 그림자들은 내가 알지 못하는 고통들을
오래 견딘 것 같았어. 손톱 아래마다 진한 보랏빛
상처가 있던, 옷이 젖어 있던 몸들의 혼이었을까.
그들의 그림자가 내 그림자 끝에 닿을 때마다

끔찍한 고통의 기척이 저릿하게 전해져 왔어."

『소년이 온다』에서 '은폐된 서술자concealed narrator'의 존재는 여타 뛰어난 문학 작품들과 비교해서 상대적으로 뚜렷하게 나타납니다. 아래 인용문에서도, 이야기plot를 전개하는 '표면적(합리적) 서술자' 안에 '은폐된(신령한) 서술자'의 존재가 은밀하게 작용하는 것이 어렵지 않게 감지됩니다.

가장 먼저 탑을 이뤘던 몸들이 가장 먼저 썩어, 빈 데 없이 흰 구더기가 들끓었어. 내 얼굴이 거뭇거뭇 썩어가 이목구비가 문드러지는 걸, 윤곽선이 무너져 누구도 더 이상 알아볼 수 없게 되어가는 걸 나는 묵묵히 지켜봤어.

밤이 이슥해지면 차츰 수효가 많아진 그림자들이 내 그림자에 기대어왔어. 여전히 눈도 손도 혀도 없이 우리는 서로를 맞아주었어. 서로가 누군지는 여전히 알 수 없었지만, 서로가 얼마나 오래 함께였는지는 어렴풋이 짐작할 수 있었어. 처음부터 함께였던 그림자와 새로 온 그림자가 나란히 내 그림자에 겹쳐질 때, 설명할 수 없는 방식으로 그들의 기척을 구별할 수 있었어. 어떤 그림자들은 내가 알지 못하는 고통들을 오래 견딘 것 같았어. 손톱 아래마다 진한 보랏빛 상처가 있던, 옷이 젖어 있던 몸들의 혼이었을까. 그들의 그림자가 내 그림자

끝에 닿을 때마다 끔찍한 고통의 기척이 저릿하게 전해져왔
어. (59~60쪽)

위 인용한 소설 2장에서의 서술자는 죽은 혼령입니다만, 그 서
술자의 존재론적 성격을 보면 이 땅의 전통적 영매 곧 전통 무巫
의 속성이 드러납니다. 인용문에서 굵은 서체로 강조한 대목을
보면, 사후 세계의 알 수 없는 혼령들과 접하여 그들의 고통을 함
께 나누고 있을 뿐 아니라 그 끔찍한 고통을 겪는 혼령들과의 접
령이 위령慰靈 혹은 씻김의식을 은폐하고 있으니까요. 그 접령 또
는 접신의 알레고리가 위령과 씻김의식을 포함하고 있기 때문에
시체 더미를 '탑'으로 인식하고 위령의 뜻을 이미지(위령탑)로 연
결한 것이라 해석할 수 있습니다. 인용문에서 전통 무(巫, 영매)의
존재는 은폐되어 있지만, 그렇기 때문에『소년이 온다』의 서술자
안에, 혹은 곁에는 '은폐된 서술자'로서 무巫의 존재가 '어른거린
다'고 할 수 있습니다. 혼령의 거동을 묘사할 때 '어른어른', '어른
거린다'라는 말이 소설 여러 곳에서 쓰이고 있는 것도 한강의 지
심至心에서 나오는 무巫의 신기의 표현, 접령(접신)한 무의 초감각
적 시지각視知覺의 표현인 것이지요.
　인지과학이나 심층(분석)심리학에서 보면, 특히『소년이 온다』
서술론에서 서술자의 의식과 무의식은 둘이면서 하나로[不二] 합
치하는 경우가 있음을 뜻하는 것일 수 있습니다. 의식과 무의식이

둘로 분리되어 갈등하거나 모순되지 않고서, 글지 한강의 맑고 드높은 마음의 경지에 따라 서술자의 언술을 통해 섬세하게 펼쳐지는 것입니다. 이 경지가 지심至心에 따른 지기(至氣, 수심정기)의 작용에 따른 것임을 말할 나위가 없습니다. 매사에 지극한 성심으로 임하는 창작 의식 또는 높고 맑은 창작혼이 자기만의 고유한 문학성과 일통一統을 이룬 서술자 경지라고 할까. 이 지기의 경지에서 은폐된 서술자는 비로소 자신의 존재를 은미하게 드러냅니다. 문학예술 작품의 안팎으로 통하는 조화造化의 주재자로서 말입니다. '진실한 문학 작품'에서 '합리적 서술자'와는 다른 차원에 존재하는 은폐된 서술자는 성실한 인위人爲의 극단(한계점, 역치)에서 문득 열리는 '무위이화無爲而化'[4] 경지의 표현이라 할 수 있습니다.

'지극한 마음'(至心)이 낳은 '은폐된 서술자'의 존재와 작용에서 이른바 '귀신'의 존재와 그 자취를 보게 됩니다. 지심에서 귀신이 발원하고 작용하는 것입니다. 모든 탁월한 문학과 예술 작품에서 귀신의 작용과 그 자취는 한강의 소설 『소년이 온다』에서 보듯이, 은폐성으로 은미하게 드러납니다. 귀신이 부리는 '음양(가령 生死) 조화의 기운'은 은미함에도 생생함으로 교감되듯이.

4　수운 선생은 '造化'를 '無爲而化'로서 풀이하였음. (『동경대전』「논학문」참고)

중요한 것은『소년이 온다』의 독자 여러분도 성심을 다하고 앞서 말했듯이 이데올로기적 혹은 전체주의적 사고방식을 멀찍이 떼어놓고 지적 종교적 편견이나 선입견을 떨쳐내는 각자의 마음 자세가 중요하다고 생각합니다.

6

잔학한 학살 현장을 서사하는 한강의 소설 정신은
'이 땅의 혼'의 요체인 '내유신령 외유기화', 즉
'수심정기'에 따른 '모심[侍]' 사상 속에서
비로소 깊이 이해될 수 있습니다.

세상은 화탕지옥. 사지死地로 내몰린 삶은 숨을 쉬려 안간힘을 씁니다. 지상에서 온몸 비비다가 가까스로 뿌리내린 맑은 영혼은 '나무의 혼'과 만나게 됩니다. 모든 나무들은 하늘을 우러릅니다. 나무 혼과 가까워지면 들숨과 날숨이 길어집니다. 새들이 날아와 둥지를 틀고 비상하고 하강합니다. 나무의 혼은 천신과 강신의 표상인 것이죠. 아래에서 눈보라는 수만의 새 떼로 환유되고 있습니다. 서술자는 착각이고 환상이라지만, 하늘서 하강하던 눈송이들이 천상과 지상 사이를 오가는 새 떼라고 잠시 여기는 것은 '흰' 눈은 한강의 마음 심층에 모셔진 '나무 영혼'을 상징합니다.

처음에는 새들이라고 생각했다. 흰 깃털을 가진 수만 마리
새들이 수평선에 바싹 붙어 날고 있다고.

하지만 새가 아니다. 먼바다 위의 눈구름을 강풍이 잠시 흩
어놓은 것이다. 그 사이로 떨어진 햇빛에 눈송이들이 빛나는
것이다. (『작별하지 않는다』 59쪽)

위 인용문만 보면, 한강의 무의식에 묻혀 있는 나무 원형을 읽
어내기란 쉽지 않을 듯합니다. 하지만 인용문에는 누리에 내리는
눈들의 온통 '흰' 속에서 '나무'는 기립해 있습니다. "처음에는 새
들이라고 생각했다."는 소설 1부 3장의 첫 문장은 당연히 '의식'
이 먼바다에서 눈이 내리는 풍경을 인식합니다. 한강이 제주 먼
바다에 내리는 눈송이 무리들을 하늘을 향해 비상하는 수만의 새
들로 묘사한 장관은 단지 바깥세상의 풍경화가 아닙니다.[5] 저 인
용문만 봐도, 무의식의 원형을 의식화하는 정신적 능력과 언어
적 실력, 그 문학적 수준이 넉넉히 가늠됩니다. 글지의 지심과 지
기가 이미 자신도 '알게 모르게' 눈의 하강을 새의 상승과 동일한
의미로서 일치시키기 때문입니다. 곧, '나무 원형'은 땅으로 뿌리
내림이 하늘로 오름과 동일한 의미란 것이 저 인용문에 깊이 은
폐되어 있는 것이죠. '한님'(하느님의 순우리말)의 강신降神을 맞이
하여 접신한 '나무 원형'(영혼)의 알레고리가 감추어진 것입니다.

---

5   『작별하지 않는다』 1부 3장을 참고.

하늘에서 내리는 눈보라를 가만히 맞으며 직립한 '나무'의 영혼을 소설 안에서 자기도 '알게 모르게' 한님의 강신과 접신이 소설의 원형archetype임을 서사한 것입니다.

고즈넉한 저녁 붉은 놀 아래 한님의 강신과 접신하는 '나무 원형', 예술가의 마음에 깃든 '나무 영혼'은 나뭇가지에 둥지를 트는 새처럼, 에곤 실레Egon Schiele(1890~1918)의 「네 그루 나무」(1917)와 한강의 『채식주의자』에 둥지를 틀고 있습니다. 병들고 여윈 나무가 더불어 직립해 있는 네 그루 나무 그림. 시공의 차이를 넘어, 에곤 실레와 한강 두 예술혼과 마주치는 순간, 이 화탕지옥에서 오래 견딘 사람들은 자기의 어둑한 마음속에서 '나무 영혼'들이 기립해 있음을 절로 자각하게 됩니다.

한강 소설의 심연에는 강신(降神, 巫) 원형archetype이 '나무 원형'과 하나를 이루며 숨 쉬고 있습니다. 그렇다고 '한강의 소설은 나무 혼이다'라고 쓰면 안 됩니다. '한강의 소설은 신음하는 사지에 뿌리내린 이 땅의 나무 혼이다!'

3부

"동학으로 끝냈어요."라는 한 말씀

소설 『토지』에 관한 짧은 추억

1
1994년 8월 15일 정오, 그해 한가위 무렵

경상남도 하동군 평사리에 자리한 박경리문학관 김남호 관장님이 여름 무더위가 막 시작되던 무렵 전화하셔서 올해가 대하소설『토지』완간 30주년이라는 소식을 전하며 강연을 청했습니다. 평소 늘 바쁨을 인생 훈장처럼 달고 사는 저로선 잠시 세속 잡사로 가득하던 머릿속이 깨끗이 비워지는 느낌이었습니다. 전화를 끊고 나서 저도 모르게 이내 약 삼십 년쯤 전으로 시간 여행을 하게 되었습니다. 자연스럽게 추억은 1994년 가을 한가위 전후에 있었던 '『토지』완간 출판기념회'에 다다랐습니다. 그 당시 일주일에 걸쳐 곳곳에서 진행된 기념 행사들, 국문학자 및 문학평론가 수십 명이 참여한 '『토지』세미나', 세종문화회관에서 막이 오른 '창작뮤지컬「토지」공연', 무엇보다 수백 명에 이른 전국의 문인들과『토지』의 주무대인 하동군 평사리 주민 여러분 및 원주 시민 등 이천 명가량 하객들이 초대되어 원주시 단구동에 자리한 박경리 선생 댁 너른 마당에서 성대한 잔치를 벌인 기억이 주마등처

• 이 글은 경상남도 하동군 악양면 평사리 소재 박경리문학관이 개최한 '대하소설『토지』완간 30주년 기념 초청 강연회'(2024.10.12.) 강연문입니다. (편집자 주)

럼 이어집니다. 조선왕조의 몰락과 일본 제국주의 침략과 함께 동학혁명의 실패에 이은 식민지 시대를 거치는 동안 겨레의 고난과 좌절을 딛고 광복을 맞이하기까지 인민들의 투쟁 역사와 이 땅의 오래된 영혼이 둘이 아님[不二]을 탁월하게 문학화한 겨레의 금자탑金字塔 대하소설『토지』완간을 기념하는 상서로운 잔치 마당이었습니다. 그날『토지』완간을 기념하는 흥겨운 잔치는 박경리 선생의 이십육 년간에 걸친 집필의 노고를 위로하고 치하하는 온겨레의 마음이 모인 자리인 한편으로 수많은 하객들의 마음에서 솟아나는 민족적 자긍심自矜心 그리고 한없는 마음의 풍요를 누리는 잔치 한마당이었음을 또렷이 기억합니다…『토지』의 옛일을 추억하며 잠시나마 감개무량하던 중에 박경리문학관의 청에 따라 『토지』완간 30주년 기념 강연을 겸허히 수락하게 되었습니다.

1994년 8월 15일 정오 무렵 나는 박경리 선생의 강원도 원주 단구동 댁 마당가 나무 그늘 아래서 다소 긴장한 채로 서성대고 있었습니다. 선생이 이십육 년간을 동고동락한 소설『토지』의 마지막 문장에 마침표가 찍힌다는 소식을 듣고서『토지』집필 장소인 원주시 단구동 댁을 찾은 상태였습니다. 정오 정시를 지나고 채 몇 분도 안 되니 댁 현관문이 활짝 열리며 얼굴엔 함박웃음을 머금은 채 문득 예의 소녀같이 앳되고 여린 목소리에 두 팔을 들어 올리며 '만세—' 하는 선생의 천진난만한 모습이 나타났습니다.

선생의 안내에 따라 응접실 소파에 앉고 나서 잠시 후 나는, 사전에 준비한 질문도 아닌데 무심결에 "드디어『토지』를 마치셨는데, 어떻게 끝내셨습니까?" 하고 물었습니다. (지금 어렴풋이 기억나는 듯한데, 아마 그때 동행한 시인이자『시사저널』기자인 이문재 시인이 해야 할 질문을 내 나름으로 배려하는 마음에서 기자를 대신해 먼저 질문했을 수도 있습니다) 전후 맥락도 없이 던져진 질문에 박경리 선생은 담배 한 개비를 입에 물고 맛있게 피워 연기를 내뿜더니 잠시 정면을 응시하며 골똘하다가 "동학으로 끝냈어요."라고 짧게 답하셨습니다.

그날인지 다른 날인지 기억이 가물거립니다만, 박경리 선생한테 직접 들은 의미심장한 말씀들이 여럿 있습니다. 특히 기억에 남는 말씀 중 하나는 무슨 얘기를 하는 도중에 문득 결연한 어조로 "우리 전통 샤머니즘[巫]이 겨레의 생활 문화의 근원입니다."라고 말씀하신 기억이 납니다.

또한 가끔 기억 속에 문득 떠오르는 선생의 체험적 고백도 인상적입니다. 그 어느 날인가, 내가 서울에 볼일 보러 오신 선생님을 다시 기다리는 이 아무도 없는 강원도 원주의 텅 빈 자택에 바래다드리는 차 안에서,『토지』5부의 등장인물 중 계집아이인 '남희'가 일본군 중위에게 당하여 고통받는 대목을 쓰는 동안 선생도 열흘 넘게 심히 앓아누웠다는 얘기를 무심히 하시던 기억이 납니다. 이 얘기들은 뒤에 다시 하기로 하겠습니다.

2
『토지』의 '序'부터, 스며 있는 웅숭깊은 '이 땅의 혼'

오늘 이 『토지』 완간 30주년을 기념하는 뜻깊은 강연을 위해 옛 기억을 간신히 되찾고 그 추억거리들을 마음속에다 갈피를 잡아두려는 생각을 거듭하다 보니, 결국엔 『토지』가 깊이 품고 있는 심층주제와 함께 작가 박경리 선생의 심층의식을 이해하기 위해서는 수운 선생이 창도한 동학과 반만년 전통을 지닌 샤머니즘[巫]을 기본적으로 이해해야 하고, 그 둘(東學과 전통巫) 사이의 심오한 연관성부터 찾는 것이 우선 필요하다는 생각에 이르렀습니다. 물론 동학과 단군 조선 이래 맥맥이 이어진 전통 무 사이의 연관성을 밝히는 과제는 '겨레의 혼'을 이해하는 데에 필수적이라는 것은 깊이 공부한 분들이나 저의 오랜 지론입니다. 우리 겨레가 자부하고 자랑하는 대하소설 『토지』가 이 땅의 고난스런 역사가 낳은 찬란한 사상인 수운 동학과 함께 전통 샤머니즘의 세계관을 '은밀하게' 품고 있는 사실을 밝히는 일은 조금도 의심할 여지 없이, 우리 한겨레의 정신문화의 근간과 '이 땅의 혼'의 정수精髓를 이해하는 일인 동시에 『토지』의 문학적 위대성을 밝히는 일과도 동궤同軌의 이해 차원에 있다고 생각합니다.

1969년에 문학월간지(『현대문학』)에 연재가 시작된 대하소설

『토지』의 서술자narrator는 "1897년의 한가위. 까치들이 울타리 안 감나무에 와서 아침 인사를 하기도 전에, 무색 옷에 댕기꼬리를 늘인 아이들은 송편을 입에 물고 마을길을 쏘다니며 기뻐서 날뛴다."라는 문장으로 이야기의 서막을 열고서 이내 이야기를 아래 같이 풀어놓습니다.

(……) 황금빛 물결을 이루는 들판에서는, 마음 놓은 새떼들이 모여들어 풍성한 향연을 벌인다.

"후우이이── 요놈의 새떼들아!"

극성스럽게 새를 쫓던 할망구는 와삭와삭 풀발이 선 출입옷으로 갈아입고 타작마당에서 굿을 보고 있을 것이다. 추석은 마을의 남녀노유, 사람들에게뿐만 아니라 강아지나 돼지나 소나 말이나 새들에게, 시궁창을 드나드는 쥐새끼까지 포식의 날인가 보다.

빠른 장단의 꽹과리 소리, 느린 장단의 둔중한 여음으로 울려퍼지는 징 소리는 타작마당과 거리가 먼 최참판댁 사랑에서는 흐느낌같이 슬프게 들려온다. 농부들은 지금 꽃 달린 고깔을 흔들면서 신명을 내고 괴롭고 한스러운 일상日常을 잊으며 굿놀이에 열중하고 있을 것이다. 최참판댁에서 섭섭찮게 전곡錢穀이 나갔고, 풍년에는 미치지 못했으나 실한 평작임엔 틀림이 없을 것인즉 모처럼 허리끈을 풀어놓고 쌀밥에 식구들은 배를 두드렸을 테니 하루의 근심은 잊을 만했을 것이다.

이날은 수수개비를 꺾어도 아이들은 매를 맞지 않는다.

(……)

최참판댁 사랑은 무인지경처럼 적막하다. 햇빛은 맑게 뜰을 비쳐주는데 사람들은 모두 어디로 가버렸을까. 새로 바른 방문 장지가 낯설다.

한동안 타작마당에서는 굿놀이가 멎은 것 같더니 별안간 경풍驚風들린 것처럼 쟁과리가 악을 쓴다.

(……)

가을의 대지에는 열매를 맺어놓고 쓰러진 잔해가 굴러 있다. 여기저기 얼마든지 굴러 있다. 쓸쓸하고 안쓰럽고 엄숙한 잔해 위를 검시檢屍하듯 맴돌던 찬바람은 어느 서슬엔가 사람들 마음에 부딪쳐와서 서러운 추억의 현絃을 건드려주기도 한다. 사람들은 하고많은 이별을 생각해보는 것이다. 흉년에 초근목피를 감당 못하고 죽어간 늙은 부모를, 돌림병에 약 한 첩을 써보지 못하고 죽인 자식을 거적에 말아서 묻은 동산을, 민란 때 관가에 끌려가서 원통하게 맞아죽은 남편을, 지금은 흙 속에서 잠이 들어버린 그 숱한 이웃들을, 바람은 서러운 추억의 현을 가만가만 흔들어준다.

"저승에나 가서 잘 사는가."

(……)

이러고저러고 해서 세운 송덕비며 이끼가 낀 열녀비며 또
는 장승 옆에 한두 그루씩 서 있는 백일홍나무에는 물기 잃은
바람이 지나갈 것이다. 그러고 나면 겨울의 긴 밤이 다가오는
소리를 들을 수 있다.

해가 서산에 떨어지고부터 더욱 흐느끼는 듯 꽹과리 소리
는 여전히 마을 먼 곳에서 들려오고 있었다. 밤을 지샐 모양이
다. (1부 1권.「序」중)

1897년 한가위에 평사리 너른 들녘은 보이지 않는 천지조화가
작용하는 결실의 풍요로움 속에 있음이 펼쳐집니다. 흔히 독자들
은 소설 서장에서 펼쳐지는 평사리 마을 풍광의 오묘한 아름다
움에 빠져 있기 십상이라서, 대개 서술자(이야기꾼)의 존재와 그
성격, 그 지극한 기운을 잘 감지하지 못할 수도 있습니다. 어쨌든
『토지』의「序」인 위 인용문에 이어서 마을 주민들이 너나없이 흥
겨운 '굿놀이'를 즐기는 풍경을 서술하며 대하소설『토지』의 서
막이 오릅니다. 마을 사람들은 모두 '굿놀이' 판에서 한껏 어울리
는 가운데, 슬며시 '바람'이 평사리 산과 들, 자연과 마을, 고샅과
주민들이 어울려 엮여내는 인간 삶과 죽음의 기억들을 일깨웁니
다. 이「序」부분에서 잠시 '바람'이 서술자 성격과 그 마음속을 대
신하고 있음을 엿볼 수 있습니다. 『토지』의 서술자가 불러들인

'바람'[1]은 물론 보이지 않는 존재로서 덧없음, 무상함의 상징이라 할 수 있으니, '바람'은 『토지』를 밑받침하는 주제의식 또는 세계관의 한 극을 상징하는 존재라고 할 수도 있습니다. 앞으로 이야기할 세속계 인간 욕망의 덧없음을 미리 '바람'에 빗대어 넌지시 암시하면서, 곧바로 서술자는 한가위에 평사리 너른 들녘을 끼고 벌이는 '굿놀이'를 서술하기 시작합니다. 여기서도 박경리 선생의 세계관 한 자락이 얼핏 모습을 드러내지요. 이 땅의 유서 깊은 혼魂이 담긴 전통 대동굿 '놀이'와 '제의祭儀' 의식이 소설의식과 서로 길항하며 이야기의 긴장감이 살아나고 그 생기生氣 속에서 『토지』의 장대한 이야기들이 거대한 그물이 짜이듯이 펼쳐지기 시작하는 것입니다.

서구 문화와 물질문명이 지배하는 지금의 한국 사회는 외래적이고 서구적인 가치관에 물들어 전통 굿을 고루한 것으로 여기며 폄훼하고 외면하는 세태를 보입니다만, 박경리 선생은 이 굿놀이 전통을 『토지』의 이야기 '序'에다 '길잡이'로 내세웁니다. 전통 굿놀이가 장대한 서사문학의 길잡이가 된 사실은 그 자체로 소설 『토지』가 '토지'라는 말로서 상징되는 인간들의 끊임없는 소유 욕망과 그로부터 생겨나는 개인과 사회의 타락을 파노라마같이

---

1   이 자리에선 상론을 피합니다만, '바람'은 동서양을 막론하고 문학적 또는 심리학적 상징으로 '샤먼[巫]'의 뜻을 곧잘 비유합니다. 그러니까 『토지』의 서술자는 마치 '바람'에 빙의하듯이 '바람'의 혼과 하나가 됩니다!

보여주는 가운데서도, '굿놀이'를 통해 천지신명이 인간의 타락한 욕망을 정화淨化하는 의식儀式을 함께 수행하고자 하는 깊은 뜻을 담고 있던 것입니다.

그렇듯 평사리 마을을 중심에 두고서 천지간에 울려 퍼지는 굿판의 소리들, '칠성이 북' 소리, 징이며 꽹과리 소리 그리고 무당의 걸쩍한 사설 소리들이 가득한 가운데 사람들은 저마다 정화의 계기를 맞이합니다. 바로 이 '굿놀이' 대목이 지닌 깊은 내막 속에 이미, 왜 작가가 '대지大地' 혹은 '땅' 등의 제목을 피하고 '토지'라는 제목을 택했는지 그 의문이 풀릴 수도 있습니다. 인간의 본능적인 주거 욕망과 소유 욕망의 원초적 대상인 '토지'는 인간 삶과 만물이 비롯되는 근본 바탕이면서도 인간 욕망과 세속적 타락의 발원지이기도 한 것입니다. 그러하기에 박경리 선생은 인간이 지닌 물질적 욕망의 화신인 '토지'라는 소설 제목을 택하고 나서, 이 '토지'의 정화의식으로서 굿놀이를 앞세웠다는 해석을 내릴 수 있습니다. 그러니까, 이 세속적 욕망의 근원인 '토지'가 서장의 '굿놀이'를 통해 인간과 자연의 조화 속에서 풍요를 주재하는 평사리의 지신地神과 둘이 아님[不二]을 간곡히 서원誓願했던 것입니다.

또한 이 서장의 굿놀이 대목에는 문학적으로 의미심장한 뜻이 아울러 은폐되어 있습니다. 그것은 이 굿놀이 대목이 시사하는

『토지』의 문학적 존재론, 곧 소설론 문제입니다. 이 자리에서 비평적으로 설왕설래할 형편이 아니므로, 결론만 말하면 1969년에 발표된 『토지』 맨 앞을 장식한 '굿놀이'의 깊은 뜻이 1994년 여름에 이야기의 마침표가 찍히기까지 이야기 전체 내용과 형식 속에서 '은밀한 연관성'으로 작용한다는 것입니다. 그것은 『토지』가 천지자연의 조화造化의 이치와 그 기운의 운행과 서로 밀접하게 연결된 문학성을 보여준다는 의미이기도 합니다. 즉 '무궁무진한 생명계의 그물망을 닮은 소설관'을 '은밀한 기운[幾微]'처럼 드러내고 있는 것입니다. 이는 『토지』의 「序」에 나오는 굿놀이 대목이 그 자체로서 『토지』가 안팎으로 '유기체적 소설 형식'을 품고 있는 것을 일찌감치 예고하고 있음을 보여주는 것입니다.[2]

---

2   1969년 연재를 시작한 대하소설 『토지』는 1994년 8월 15일 대미를 장식하는데, 맨 끝 대목은 이야기를 이끌어온 여러 사건의 종결이나 주인공이 연루된 사건의 破局 따위가 없이, 소설은 1945년 8월 15일 광복의 날에 맞추어 이야기를 끝냅니다. 최참판댁 서희의 평소대로의 일상사를 서술하고, 또 평사리의 일상적 풍정을 그리던 중 해방을 맞는 장면을 담담하게 서사하는 것으로 대하소설 『토지』는 끝매듭이 지어집니다. 이는 근대소설의 일반적 기율과는 다른 소설론 차원의 특별한 이야기 형식을 보여주는 것으로, 소설 『토지』의 시공간이 인위적 시공간을 따르는 중에서도 생명계가 품고 있는 '자연의 시공간성'을 포함하는 작가 박경리의 도저한 세계관, 그에 걸맞는 드높은 소설관을 여실히 보여줍니다. (참고 자료 1, 『토지』 완결편 끝 대목)

3

"동학으로 끝냈어요."라는 말씀의 유래

　여러분도 다 아시다시피, 전통 굿(巫)은 반만년도 훨씬 더 넘게 한겨레의 집단의식 또는 집단무의식의 밑바닥을 단단히 다지면서 형성된 배달겨레의 혼의 근원이요 원형입니다. 박경리 선생은 겨레가 오래 지켜온 추수 감사제인 한가위를 맞아 이 땅에 오래된 풍습이요 전통인 굿놀이로서 대하 같은 소설의 첫 문을 연 것입니다. 『토지』의 '서술자'는 천지자연의 속성인 '풍요로운 조화의 밝은 기운'이 은미하게 일어나는 한가위 대동굿이 흥겹게 펼쳐지는 가운데, 욕망을 주체하지 못하는 인간 사회에서 벌어지는 음산한 사건을 서서히 이야기하기 시작합니다. 굿판의 사설이 대게 그렇듯이, 이야기를 풀어내는 서술자는 인간 내면에 감춰진 욕망과 죽음의 그늘을 슬며시 서술하면서 곧이어 최참판댁 당주當主인 최치수와 계집종 귀녀가 등장하고 뒤이어 심상찮은 사건들이 꼬리를 물고 이어질 것을 암시합니다.

　박경리 선생이 "이 땅의 혼의 근원은 전통 샤머니즘에 있다"고 한 말씀은 『토지』에서 은밀하게, 과연 '대작가'답게 통념을 깨는 오묘한 서술 방식을 통해 드러남을 확인할 수 있습니다.

　한 예를 들면, 제1부 2권 10장 「살인자의 아들들」에서 전근대적 샤머니즘[巫俗]이 생활 문화 속에 생생하게 자리 잡은 평사리

주민들의 내면의식과 생활의식이 가감 없이 서사됩니다. 이 평사리 주민들이 무속의식에 깊이 연루되어 있음을 보여주는 대목은 비교적 길게 나옵니다만, 여기서 주목해야 할 중요한 사실은 무속의식의 옳음과 그름에 대한 어떠한 가치평가도 드러내지 않고 있는 점입니다. 이 점은 여러 해석을 낳을 수 있습니다마는, 한 가지 분명한 것은 과연 대작가의 깊은 안목과 드높은 정신의 경지가 숨어 있다는 사실입니다.

무엇보다, 이 무속의 대목에서 알아야 할 사실은 박경리 선생은 역사 뒷길로 사라질 운명에 처한 조선왕조가 스러져가는 암울한 시대 분위기를 그리는 데에 있어서, 표면적으론 평사리에서 일어난 '최치수 살인 사건'의 주모자들이 체포되어 극형의 처벌이 예고된 상황에서 사건의 끔찍한 결과로서 '함안댁이 목매어 자살한 사건'이 서사되는 중에, 과연 대작가답게 당대 평사리 주민들의 의식과 생활 속에 무속의 전통이 생생히 살아 있음을 여실히 보여주고 있다는 점입니다. 무속이 좋다거니, 나쁘다거니 하는 가치 판단을 유예하고, 민중들의 역사적 삶과 당시 사회 현실을 사실 그대로에 입각해서 드러내 보이는 것이지요.

　　귀녀와 두 사나이가 읍내 관가로 끌려간 날 밤에도 비는 계속해 내렸다. 봄을 재촉하는 실비였다. 부슬부슬 내리는 빗소리는 새벽에 접어들면서 멎고 날이 샜다고 부산을 떠는 계명

216

鷄鳴에 따라 비안개를 헤치며 마을 모습이 조금씩 드러나기 시작했다.

평산의 집의 울타리 없는 마당 가에 울타리 삼아서 내버려 두었던 죽은 살구나무도 거무칙칙한 모습을 드러내었다.

"형! 형아아— 어무니가!"

"아이고오— 어머니이—"

거복이 형제가 외치며 울부짖었다. 함안댁이 목을 매고 죽은 것이다. 그 소리를 듣고 이웃인 야무네가 맨 먼저 쫓아왔다. 야무네가 마을을 향해 외치는 소리에 남정네들이 진흙길을 달려왔다.

거무죽죽하게 썩어가는 나무에 매달린 시체가 비에 흠씬 젖어 있었다. 떠들어대는 사람들 소동에는 아랑곳없이 죽음의 냄새를 맡은 까마귀들이 지붕 위에서, 정자나무 얽힌 가지 끝에서 까우까우 울었다.

"천하에 무작한 놈! 돌로 쳐직일 놈 같으니라고."

눈에 핏발을 세운 남정네들은 옆에 평산이 있다면 찢어 죽일 기세였다.

(……)

"아까운 사람, 엄전코 손끝 야물고 염치 바르더니."

방으로 옮겨지는 시체를 따라가며 두만네는 운다.

"그러기, 매사가 야물고 짭질터마는,"

서서방의 늙은 마누라도 눈물을 찍어낸다. 옮겨지는 시체를 따라 사람들이 방 앞으로 몰릴 때 봉기는 짚세기를 벗어던지고 원숭이같이 나무를 타고 올라가서 목맨 새끼줄을 걷어 차근차근 감아 손목에 끼고 난 다음 나뭇가지를 휘어잡으며 툭툭 분지른다. 그 소리에 돌아본 몇몇 아낙들이 머쓱해하는 표정을 지었으나 잠시였다. 어느새 나무 밑으로 몰려들었다. 바우랑 붙들이, 마을의 젊은치들도 덤비듯이 쫓아왔다. 모두 엉겨붙어 나뭇가지를 꺾어 간수하기에 바쁘다. 순식간에 나무는 한 개의 기둥이 되고 말았다. 넋빠진 것처럼 장청댁이 그 광경을 바라보고 서 있었다. 서서방은 주저주저하다가 두만네와 마주보고 서서 눈물을 짜고 있는 마누라를 힐끗 쳐다본다. 그는 살며시 땅바닥에 떨어진 나뭇가지 하나를 주워 옷소매 속에 밀어넣는다. 노상 횟배를 앓는 마누라 생각을 했던 모양이다.

"이기이 만병에 다 좋다 카지마는 그중에서도 하늘병에는 떨어지게 듣는다 카더마."

몽톡하게 된 나무를 올려다보며 봉기는 의기양양해서 말했다.

"죽은 나무라서 우떨란고? 효험이 있이까?"

아낙 한 사람이 미심쩍게 말했다. 봉기는 씩 웃는다. 죽은 사람의 정기를 받아 약물藥物이 된다는 믿음에서 모두들 덤벼들어 꺾은 것인데 죽은 나무여서 과연 정기가 통하겠느냐는 아

낙의 의심이다. 병에 효험이 있기로는 목을 매단 끈이나 새끼
줄이 제일이라는 것이 예부터 전해져 내려온 말이었다. 남 먼
저 그것을 차지했으니 봉기로서는 대만족이 아닐 수 없다.

"갈밭 쥐새끼 겉은 놈!"

침을 칙 뱉으며 한조는 봉기 모르게 욕설을 퍼붓는다.

"집에 갖다 놔라. 단디히 해라이?"

곱상스레 생긴 제 딸에게 보물같이 새끼줄, 나뭇가지를 안
겨주며 봉기는 이른다. 조석으로 대하던 이웃의 죽음을 보면
서 불로초도 아니겠고, 하늘에서 뿌려지는 은전도 아닌데 욕
심을 내어 뒤질세라 서둘렀던 아낙들은 차츰 제풀에 민망해
져서 떠들기 시작했다. 함안댁이 불쌍하다는 것이요, 정히 여
자로서는 본볼 만한 사람이었다는 칭찬이다. (1부 2권. 10장「살
인자의 아들들」중)

이야기꾼(서술자)은 몰락 양반 평산의 집 마당에 있는 죽은 살
구나무 가지에 그 아내인 함안댁이 목매달고 자살한 이야기를 서
술하는 대목에서 이웃 주민들은 함안댁의 자살을 슬퍼하고 안
타까워하기보다 '목매달아 죽은 나뭇가지는 약물'이라는 믿음
에 사로잡혀 살구나무 부스러기라도 가져가려고 법석인 이웃들
의 모습을 서술합니다. 여기서 주목할 것은 작가(서술자)는 이러
한 행위를 혹세무민하는 미신이라거니 어떤 비판을 가하지 않고

'현실 상황'을 그저 사실적으로 서술하는 데에 그친다는 점입니다. 물론 이 목매 죽은 나뭇가지의 영험(영검)[3]에 관한 이야기는 전통 샤머니즘의 습속에 해당합니다만, 서술자의 시각은 근대인적 혹은 합리적 이성인의 시각이 아닙니다. 즉 이 대목은 전통 무속(전통 샤머니즘) 비판을 하기 위함이 아니라, 19세기 말 소위 근대 이전의 평사리 사람들의 생활 의식 상태를 가능한 사실 그대로 보여주려는 냉철한 사실주의적 시각을 드러냅니다. 그러한 문화사 혹은 생활사적 구체성을 중시하는 시각은『토지』의 서사가 끝나기까지 일관성을 가지고 드러납니다.

그러므로, 여기서 중요한 것은 작가 박경리 선생은 이 땅의 민중들이 깊이 젖어 사는 무속의 세계를 옹호하거나 반대로 타기하지 않고, '이 땅의 혼'의 차원에서 즉 반만년 전통을 지닌 겨레의 혼의 본질과 그 유래를 이해하는 차원에서 전통 무속을 수용한 것이라는 비평적 해석이 가능하다는 사실입니다.

평산의 아내인 함안댁이 목매 자살하는 대목에 이어서 최참판댁 당주인 '최치수를 모의 살인한 사건'에 가담한 귀녀와 평산, 칠성이가 붙잡혀 처형당하는 장면들과 함께, 서술자는 귀녀를 연

---

3   영검(靈·검:靈·神), 영험靈驗. 사람의 기원祈願에 대한 신불의 영묘靈妙한 감응. '~이 있다', '~이 내리다'라는 말은 신불의 영묘한 감응이 있다는 뜻.

모하던 강포수가 겪은 이야기를 아래와 같이 풀어놓습니다.

평산과 칠성이는 얼마 후 처형되었다. 거두어주는 사람 없는 그 시체는 황량한 들판에서 썩었고 야견野犬과 까마귀의 밥이 되었다. 귀녀는 임신한 몸이어서 해산까지 형의 집행은 연기되었다.

한편 정월 초순에 지리산을 떠나 강원도 쪽으로 갔었던 강포수는 평소의 절도를 잊고 좀 거친 사냥질을 했다. 선불을 맞힌 자기 솜씨에 대한 불안과 귀녀에게 가는 어쩔 수 없는 정 때문에 그런 고통을 잊기 위해 마구잡이로 짐승을 사냥했던 것이다. 그러던 참에 그는 암사슴을 한 마리 쓰러뜨렸는데 잡고 보니 새끼 밴 사슴이었다. 그때 비로소 강포수는 정신이 번쩍 들었다. 정신이 들면서 그는 지리산에 돌아갈 생각을 했다. 돌아오는 길에서도 그는 내내 새끼 밴 암사슴이 마음에 걸렸다. (1부 2권. 11장 「구제된 영혼」중)

강포수가 '사냥한 새끼 밴 사슴 이야기'는 인과응보의 인연으로 무궁하게 연결된 생명계의 윤회 법칙, 만유萬有가 서로 '안팎으로' 깊이 연관되어 있다는 연기緣起 관점을 비유하는 삽화입니다. 천지간 삼라만상은 보이지 않는 무수한 인연 법칙 속에서 서로서로 고리로 연결되어 무궁한 그물망을 이루고 있으니, 생명계는 보이지 않는 신의 영역을 품고서 인간 사회에 직간접으로 연관되어 있다는 것. 여기서 보이지 않는 신의 법칙은 결국 작가든 독자든 자기 자신이 지성껏 수심修心을 하지 않는 한에는 그것은 어림조차 되지 않는 것입니다. 아마도 이 진리에 가까운 마음의 이치와 경지야말로 『토지』의 주제의식들 가운데서도 매우 심오한 것이며 또한, 뒤에서 말할 수운水雲 동학과도 통하는 소설 주제일 듯합니다.

하지만 무궁한 생명계의 그물망이란 것은 따지고 보면 결국, 동학에서 말하는 무위이화[無爲而化, 造化와 동의어] 속 현실actuality과 다를 바 없는 것이고 보면, 이 무위이화가 어디든 편재하며 항상 일어나는 조화造化의 현실 세계란 사람의 눈에는 잘 '보이지 않고' 세속적 감각에 잘 잡히지 않는 탓에 그냥 지나쳐버리기가 보통입니다. 간혹 사람들은 심신 수련의 정도에 따라, 즉 수심정기修心正氣의 여하에 따라, 현실 세계에서 '보이지 않는' 천지조화의 기운이나 그 자취를 '은미隱微하게나마' 감지하고 저마다 나름대로 해석해내기도 합니다. 이는 작가가 저만의 정성을 다해 공부하고 노력한 끝에, 무궁한 그물망 속에서 일어나는 인연의 이치를 '알게 모르게' 감지하고 깨닫고 있음을 뜻합니다. 추측하건대 동학의 관점에서 말하자면, 박경리 선생의 '수심정기'의 경지는 위에 평사리 사람들의 삶이 헤어나오지 못하는, 불합리하기 짝이 없는 무속 전통을 그에 대한 호오好惡나 옳고 그름의 판별 없이 사실 그대로 가감없이 서술하는 대목, 아울러 위의 인용문에서 보듯이 강포수의 불길한 악몽이 앞날의 예시豫示가 됨을 서술하는 대목 등에서 그 높은 경지를 엿보게 됩니다. 이 높은 정신적 경지가 직접적으로 드러나는 지점은, 『토지』의 서술자(narrator, 이야기꾼)의 성격에서 찾아질 수 있습니다. 『토지』의 서술자는 지성至誠으로 마음을 갈고닦은 비범한 존재, 신이한 존재(靈神의, 영검의 존재)임이 엿보입니다.

속 깊은 독자는 최참판댁 당주 최치수를 모의謀議 살해한 평산과 칠성이, 그리고 귀녀를 처형하는 극적 서사가 벌어지는 대목에서 전통 무속과 불가의 인연설 등에 두루 통하는 혜안을 가지고 있는 서술자를 만나게 됩니다. 이러한 '영험한 서술자'의 존재는 무속과 불교의 세계관 그 자체에서가 아니라 '이 땅의 오래된 혼'을 이해하고 존중하고 '이 땅의 혼'의 화신이란 점을 우선 이해해야 합니다.

그렇다면 '이 땅의 혼'이란 무엇을 말하는 것일까요.

단군 조선 이래 '한겨레의 혼'이란 무엇인가. 우리 고유의 신도神道[4]라 함은 중국의 도교와의 소통에서도 백두산을 중심으로 한 고조선 문명과 밀접한 연관성이 있습니다. 지금은 중국 정부의 정치적 행정적 지배에 있습니다만, '동북삼성東北三省'이라고 일

---

4   단군을 기원으로 하는 무교 전통. 神仙道와 같은 뜻으로 사용.

컫는 요녕성遼寧省, 흑룡강성黑龍江省, 길림성吉林省 같은 '만주滿洲 유역'은 고래로 '샤먼문명'으로서 그 본질에서는 배달겨레의 첫 나라인 고조선 문명과 같은 유래의 혼맥魂脈을 가진다고 할 수 있 습니다. 이 동북삼성에는 오늘날에도 이백만에 가까운 조선족이 살고 있는데, 고대 이 유역을 통치 지배한 고조선의 '단군(샤먼, 무) 문명'은 중국의 황하문명과는 다른 본질과 유래를 가지고 있 습니다.

고려말 일연一然 스님이 지은 『三國遺事』맨 앞에 실린 '단군신 화'는 우리 겨레에겐 존재론적으로 '근원적인 존재의 의미'를 담 고 있습니다. 이 책에 실린 신선 이야기, 가령 「헌화가獻花歌」에서 수로부인에게 절벽 위에 핀 꽃을 꺾어다 바치는 노인 이야기는 바로 '신선'이 문학적 형상화를 얻은 사례를 보여주는데, 이 헌화 가 속의 노인을 한겨레의 마음속에 자리한 고유한 '신선'의 형상 으로 해석하는 『토지』의 이야기를 접하면, 박경리 선생은 중국의 도가와는 달리 '단군 조선' 이래 형성된 이 땅의 고유한 신선도神 仙道가 지금까지도 면면히 이어지고 있는 이 땅의 혼을 이루는 중 요한 요소임을 보여줍니다.

무당이 주재하는 굿은 배달겨레가 하늘 아래 첫 나라를 연[開天] 이래 지금까지도 어떤 탄압에도 꺾이지 않고서 민중들의 일상생 활 및 기층문화 속에서 꿋꿋하게 맥을 잇고 있습니다. 마을굿 혹은 '굿놀이'는 '이 땅의 혼'이 천지인天地人 삼재의 생생한 조화造化를 상징적으로 보여주는 기층민중의 오래된 축제입니다. 그러므로, 『토지』의 시작부터 1897년 한가위에 하동 평사리에서 천지인이 하나를 이루는 요란하고도 풍성한 굿놀이판이 벌어지는 것도, '이 땅의 혼'의 화신인 서술자가 소설 『토지』의 앞길이 '천지조화의 덕'에 합하도록 비원悲願하는 뜻이 포함되어 있습니다. 유서 깊은 '이 땅의 혼'이 주재하는 굿놀이인 것이죠.

『토지』2부에 와서는, 조선과 중국 간의 역사적, 문화적 차이와 분별이 강조됩니다. 특히, 수운 최제우와 동학농민혁명, 중국 홍수전이 예수교를 끌어다 일으킨 태평천국 난과의 비교를 통해서도 '장소(땅)의 혼'이 한국과 중국이 서로 각각 다름을 논합니다.

혜관은 침을 삼키고 나서

"윤도집께서 자꾸만 깝치는 바람에 생각이 무산하였소. 어어 그러면 우선 잡동사니다 한 것부터 얘길 해야겠소. 수운제께서는 본시 사족士族인 만큼 유학에 통했을 것은 물론, 사십 가깝도록 방랑을 하다가 도를 받았다 했는데 그 동안 불경에 관심이 없었을 리 없지요. 서학을 아는 분이 불교에 등한했을까요? 소승이 무슨 말을 하려 했는고? 네, 그렇소. 중요한 것은 잡동사니라는 것과 민생을 위하여 농민들을 몰고서 압제자에게 칼을 들었고 외세를 몰아내려 했던 그 점이 태평천국과 흡사하다 그 얘기요. 어째서 흡사한가, 그것을 동학으로선 극구 부인하겠지마는 수운제께서는 분명히 태평천국의 홍수전 영향을 받았을 것이오. 홍수전을 일개 난적으로 치부하는 조선의 형편이고 보면 그쪽 영향을 받았을 것이란 소승의 말을 언어도단이라 하겠지요. 연이나 근본이 다르다는 것을 미리 말해두겠소. 좀더 합당한 말이 있을 법하긴 합니다마는 도집어른도 아시다시피 소승 배운 풍월이 없는고로 뜻이 잘 전하여질지 답답하오만, 한마디로 동학이 숭상하는 것은 하늘이요, 하늘에서 도를 받아 천도天道라 그러니 분명 영신靈神을 본本으로 삼은 게지요. 그러나 홍수전은 스스로 자신을 천왕天王으로 일컬었지마는 그의 포부는 인도人道였을 것이오. 처음부터 그들은 칼을 휘두르고 나왔으니까요. 중국에서는 칼을 휘두르지 않는 유교나 도교도 눈앞에서 볼 수 없는 하늘나라 얘기는 하지 않았소. 알맹이야 서로 다르겠지마는 어떻게 사느냐는 얘기지요. 불교, 손쉽게 백련교를 예로 들어도 그렇소. 참 아까 윤도집께서는 아전인수라 하셨지요? 아전인수가 아닌 것이, 소승은 백련교를 불교와는 먼 것으로 생각하고 있는 터라, 백련교 역시 극락 가는 일보다 사람들 입에 풀칠하는 일이 더 시급했다 그거 아니겠소? 중국이란 곳은 말짱 그 판이오. 내세보다 현세요. 하늘보다 땅이 중요하다, 어째 소승이 백

226

련교 얘기를 하는고 하니, 오늘날 청조를 무너뜨린 힘은 대체
무엇이냐." (2부 3권. 17장 「혜관의 견문」 중)

혜관스님과 동학당 이론가인 윤도집 간의 대화 대목을 읽다 보
면, 중국 근대사 속에서 일어난 주요 사건들, 가령 백련교 사태,
태평천국의 난, 청조를 무너뜨린 신해혁명辛亥革命 등에서 '중국
정신'의 요체가 드러납니다. 혜관스님의 어투로 옮기면, "목탁 뚜
드리는 것보다 무예에 힘을 썼고" "속아서 내려온 역사(중국 역
사)로 하여 단련된 때문이기 때문이"라는 것입니다. "어째서 그
들, 중국의 농민들은 번번이 정권을 때리 엎을 수 있었느냐"라는
답변은 중국은 유교, 불교, 도교 등도 '현세'가 '내세'보다 중요해
서 왕조가 교체될 때 왕왕 농민봉기를 거친다는 말입니다. 혜관
은 동학을 "한마디로 동학이 숭상하는 것은 하늘이요, 하늘에서
도를 받아 천도天道라 그러니 분명 영신靈神을 본本으로 삼은 게지
요."라고 정리한 후에, 중국인의 '현세적 종교' 의식과는 달리 '조
선인의 종교의식'에 대해 이렇게 서술합니다.

"(……) 우리 조선에 있어서 민란이 빈번하였건만 농민군이
정권을 엎은 일이 없었소. 수십만 동학군도 시초에는 왕가王家
를 인정한 나머지의, 백성들 권리 주장을 앞세우고 대항했던
거요. 그러나 동학군은 패망했고 지리멸렬, 친일파로 많이 넘

어갔지요. 왜 그렇게 되었을까 그게 중요한 게요. 중국에서는
힘있는 자를 위한 종교였었다고 도집어른이 말씀하신 유교라
는 것조차 사람 사는 법의 얘기며 영신 섬기는 얘기는 아니거
든. 한데 조선에선 칼을 들고 싸운 동학조차 영신 섬기는 것이
본이오. 자아 이렇게 되면 뭔가 확실해지는 게 있질 않소? 중
국이란 곳엔 기껏 있어야 귀신 정도,"

"그러면은 영신과 귀신이 어떻게 다르외까?"

"그, 그야, 그 그것은,"

억지든 무엇이든 시원하게 나가던 혜관의 변설이 막혀버린
다. 허를 찔리어 당황한 것이다. (2부 3권. 17장 「혜관의 견문」 중)

혜관스님이 동학당 이론가에게 하는 말 중에 '동학은 분명 영
신靈神을 본으로 삼는다'고 한 말은 『토지』가 품은 중요한 종교적,
사상적 맥락을 간접적으로 드러냅니다. 또한, 이 '영신'이라는 말
속엔 유불도儒佛道의 여러 사상의 맥락들이 잘 닦인 마음(修心) 속
에서 하나로 회통會通되는 '영검한 존재'의 내력來歷을 품고 있습니
다. 내가 생각하기에, 이 '영신'은 이 땅의 상고대에 제사장인 '단
군'에서 그 말의 뿌리가 있고 신라 때 풍류도('包含三敎 接化群生')에
서 그 의미심장한 내력을 감지할 수 있다고 생각합니다. '영신'의
'신'은 순우리말로 '검'이니, '영신'은 '영검(영험한 마음)'을 표현
하는 말이라 해도 무방합니다. 다시 말해 위에서 영신은 무巫의 존

228

재와 그 본질과 그 유래 속에서 그 진실이 이해될 수 있습니다.

한겨레의 심층의식에 끊이질 않고 맥맥히 이어져온 신령한(영적) 존재이자 '영험(영검)한 존재'로서 무巫, 전통 무속에서 영신은 죽은자의 영혼이나 신적 존재를 인간과 연결하고 소통하게 해주는 '영검'[5]한 존재를 가리킵니다. 그래서 무속에서는 영신이라는 말을 곧잘 사용합니다.

하지만 위 대화에서 박경리 선생은 동학농민봉기가 실패한 직후인 시대 상황을 고려하여 무속의 의미가 깊이 아로새겨진 '영신靈神'을 사용한 점을 아울러 이해해야 합니다. 다시 말해,『토지』가 보여주는 '역사적 현실주의'를 이해하는 가운데, 저 '영신'이란 말과 동학사상이 서로 연관되는 진실이 이해될 수 있습니다. 그래서 조선왕조가 급격히 붕괴되던 '조선말 시대 상황으로 돌아가야' 합니다.『토지』의 시대 배경인 조선 말기는 왕조가 멸망하는 중에도 전근대적 의식이 여전히 지배하면서도 제국주의 세력에 의한 개방의 충격과 외래 문물의 영향이 급속히 확대되고 그 와중에 민중들의 믿음 체계도 역시 급격히 붕괴되던 시대이기도 했습니다. 즉, 거두절미하고, 혜관스님의 대화 중에 나오는 '영신'이란 말 속엔 당시 민중이 따르던 전통적인 믿음 체계(무속)가

---

5   '검'은 '神'의 고유한 우리말. 단군을 모시는 大倧敎에서 神은 '한배검'이라 부릅니다. 앞의 주 2를 함께 참고.

'은폐'되어 있으면서도 그 당시 새로운 민중적 믿음 체계인 수운 동학을 설명하고 이해하기 위해 달리 마땅한 개념이 없기에 저 '영신'이란 말을 쓴 것입니다. 혜관스님이 저 '영신'이란 말을 사용한 것 자체가 의미심장하다는 것을 아울러 이해해야 합니다.

4
『토지』, 이념이나 사상보다 '삶의 현실성'을 중시

혜관스님과 동학당 재건의 지도자이자 이론가인 윤도집 간의 대화문에서 보듯이, 동학군이 조선왕조를 인정하면서도 결국 '영신을 섬겼다'는 점에서 조선말의 민중 신앙은 단순한 정치적, 사회적 투쟁을 넘어 '영적인 차원'에서 해석될 수 있습니다. 동학 농민군의 봉기는 단지 권력이나 경제적 이익을 위한 투쟁에 머무는 게 아니라, 영적인 세계와 연결된 민중들의 의식과 신념을 기반으로 한 저항인 점을 간과할 수 없습니다. 단지 저 대화문에선 영신과 귀신이 혼동되어 드러나고 있을 뿐입니다. 이러한 사실은 그 자체로 혜관 스님의 의식과 스님의 말을 전달하는 서술자가 영신과 귀신을 서로 혼동하는 모습을 보여주려는 것이 아니라, 오히려 『토지』가 '삶의 구체성을 기본으로 한 역사적 현실성'을 보여주려는 작가의 의도를 반증하는 사례로 이해되어야 합니다.

바로 이 점에서 『토지』가 지닌 문학적 진실성과 그 탁월함이 찾아질 수 있습니다.

　앞서 인용했듯이, 최참판댁 당주인 최치수의 살해 모의에 가담한 뒤에 처형당하는 몰락 양반 평산의 처인 함안댁이 집 뜰 구석에 서 있는 살구나무 가지에 목매달고 죽자 자살 사건보다 그 사람이 목매 죽은 살구나무의 영험(영검) 곧 신통력을 믿고서 나무를 몽땅 떼어 가는 진풍경에서 민중들의 마음에 깊이 뿌리내린 무속 신앙을 엿볼 수 있다는 점을 새로이 주목해야 합니다. 오늘의 관점에서 이러한 장면은 당연히 무속이 지닌 혹세무민의 예라고 비판하고 그냥 지나칠 공산이 큽니다. 하지만 다시 생각해 보면 그러한 무속을 비판하는 것은 당연하지만, 그 대목은 이 땅의 기층문화가 무(영신)의 신앙에 기초해 있고 겨레의 장구한 생활 문화 속에 무의 전통이 깊고 거대한 뿌리를 내리고 있는 엄연한 사실을 직시한다면, 이 땅의 탁월한 작가가 함부로 무속을 재단하거나 내치지 않고, 오히려 민중들의 마음을 움직이는 무속의 깊은 속내와 이 땅에서의 그 심대한 의미를 통찰하는 것이 순서이고 '보다 깊은 문학적 관점'일 것입니다. 위 대화문은 박경리 선생의 드높은 작가정신을 보여주는 예증입니다. 그러기에, 조선 말 이 땅의 '민중적 지식인'들의 의식과 문화의 수준과 역사적 상황이 구체적이고 생생하게 서사되어 있는 대화문은 작가가 자신이 학습한 특정 이념이나 사상을 앞세워 '지금 여기'의 시각에서 일방적이고 주관적으로 역사를 재단하여 서술하는 소설관 또는 창작 태도와는 전혀 다른 경지를 보여주는 것입니다.

이미 말했듯이, 『토지』의 서술자는 냉철하게 역사적 현실성[6] (造化의 기운이 가득한 情況性, 實況性)을 충실히 서술하는데, 소설론의 차원에서 깊이 생각하면, 이는 『토지』의 소설관이 보여주는 '(역사적) 현실주의의 승리'로서 높이 평가될 수 있습니다.

박경리 선생은, 생명계의 진실이 그렇듯이 사건 혹은 사실事實 속의 진실은 일정 정도는 '은폐된' 상태로 드러난다는 관점을 가지고 있는 듯합니다. 『토지』는 이야기 속에 재현되는 '역사적 현실'을 사실적으로 서사하되 작가의 '조화造化 속의 세계관'에 따라 그 '현실'은 진실이 드러나지 않고 '진실이 은폐된 현실'로서 서술되어야 한다는 것. 즉 소설 『토지』에서 서술되는 '역사적 현실'은 생명계의 무궁한 조화에 합하는 소설론─가령, 문학적 서

---

6   『토지』가 보여주는 '현실성(생생한 實況, 情況性의 뜻을 가진 현실성)', '현실주의'는 서구 근대소설novel에서 말하는 '사실성reality', '리얼리즘 realism'과는 일정한 거리가 있고 정신적 본질이나 유래가 다릅니다. 곧 서술자의 차원에서 보면, '造化의 기운'에 합하는 '(영험한) 서술자'가 현실을 敍事함에 있어서 '현실성 안의 조화의 기운(生氣)'를 드러내는 의미에서 '(역사적) 현실성', '현실주의' 개념을 사용합니다. 이는 물리적 차원 혹은 이념적 차원에 머무는 리얼리티, 리얼리즘 개념과는 서로 다른 의미 차원에 있습니다.

사에서 '진실의 은폐성'을 중시하는 관점을 견지합니다. 『토지』에서 불가의 혜관스님, 동학도, 유생 출신들이 서로 만나 대화하고 논쟁하며 뒤섞이는 모습을 서술하는 장면들이 여러 곳에 나옵니다. 그러니까, 혜관스님은 불자이면서 불자도 아닌, 동학도이면서도 동학도도 아닌 것과 진배없습니다.

깊이 보면 혜관스님은 불제자이긴 하지만, 여기서는 불가를 대표하는 인물로 나오는 것이 아니라 상당히 반어적ironical인 인물로서, 즉 사실을 객관적으로 냉정하게 바라보는 관찰자적 인물로서 언행을 하고 있습니다. 그는 은근히 동학을 옹호하고 동학당 재건에 헌신하는 삶과 언행 그 자체에 유불선 회통의 뜻을 은폐하고 있는 것입니다. 동학의 관점에서 보면, 혜관스님의 삶이야말로 동학의 은폐된 진실이라 할 만합니다. 하지만 작가 박경리는 혜관스님조차도 아직은 동학을 완전히 이해하지는, 그리고 완전히 잘 설명하지는 못하는 단계에 머물도록 하고 있는데(혜관이 동학을 일단 '잡동산이'로 본 것, 그리고 동학을 잘 설명하려다가 때때로 말문이 막히는 것 등), 이것이 당대 지식인들의 현실태, 정황성이었기 때문입니다. 혜관스님의 반어적 시점 위에 다시 '은폐된 서술자'의 반어성이 자리하고 있는 것입니다.

아무튼, 지리산 연곡사 주지인 우관 스님의 친제親弟가 동학장수 김개주이듯이 불가와 동학은 이미 둘이 아닙니다. 동학과 깊이 연관된 주요 등장인물들은 어느 특정 사상이나 종교에 얽매이지 않는 '마음의 회통'을 이룬 채, 저마다 '무궁한 조화의 현실' 속에서 '알게 모르게' 동학을 실천하고 있는 셈입니다. 고대 이래 풍류도가 융성하던 '이 땅의 혼'이 생생히 살아 있는 우리의 토착 사상인 동학을 진정 따르는 사람은 동학 재건 운동에 헌신하는 혜관스님이나 관음 탱화를 그리고 불사佛事에 전념하는 동학도인 길상이처럼 '마음 오지랖'이 넓고 깊습니다. 그 마음이 '시천주' 마음이라고『토지』는 은밀하게 암시하는 듯합니다.

『토지』에서 '시천주 마음의 오지랖'은 한없이 넓고 깊어서 유불도는 물론 기독교조차, 나아가 천지간 온 생명, 무생물조차도 서로 다르고 이질적일지라도 그 모두는 저마다 시천주의 존재로서 기꺼이 포함되고 포용되는 것입니다. 이러한 깊고 넓은 마음의 경지는 사상이나 이론 같은 관념의 차원에서만이 아니라 나날의 실생활에서 그 진실은 '보이지 않는 은폐성'으로 드러난다는 것을 혜관의 존재, 길상이의 존재가 보여줍니다.

'시천주侍天主의 마음'은 혜관스님의 존재 안에 이미 은폐되어 있는 것이죠. 길상이도 서희도, 임명희도… 많은 주요 인물들의 존재 안에 이미 동학의 시천주는 은폐되어 있습니다. 이 '존재의 은폐성('시천주'의 영적 존재)'을 함께 이해하고 나서, 위 인용문을 보면『토지』의 주요 인물들의 정신세계와 그들이 추구하는 종교나 사상은 메마른 관념이나 이론이 아니라, 험한 시대를 견디는 각자의 부조리한 인생을 서사한 생생한 현실성 속에서, 구체적 삶의 진실은 '조화'의 기운 속에서 서서히 드러나게 된다는 것. 이는 박경리 선생이 궁극적으로 이론이나 사상보다 지금 여기의 삶을 우선시하고 중요시하는 작가정신의 표현입니다. 아울러, '조화의 기운이 생생한 현실 속의 삶'을 중시하기 때문에,『토지』인물들은 저마다 자기만의 성격과 나름의 고유한 말투로서 자기 존재를 드러내게 되는 것입니다.

이와 같이, 사상이나 이론보다 삶 자체를 우선시하고 중요시하는 작가정신을 먼저 이해해야 소설『토지』가 추구하는 역사적, 문학적 진실이 비로소 참모습을 드러냅니다. 혜관스님이 '영신과 귀신'의 차이를 명확히 구분하려고 시도하지만, 그 차이를 명확히 알지 못해 말문이 막혀 당황해하는 장면은 그 자체로 당시 조선 말기의 정신적·영적 세계관의 혼란과 복잡성, 모호성을 드러냅니다. 이는 조선 사회가 몰락하는 시기에 전근대와 근대가 교착과 혼돈의 와중에 있던 시대를 반영합니다. 이처럼 조선 말기의 정신적인 혼돈 상황에서 나온 동학의 존재를 사상이나 논리로서 서술하지 않고 혜관스님의 구체적 삶과 언술 속에서 수운 동학의 가르침인 '시천주의 마음'을 '은폐'해놓은 것입니다. 동학당 재건에 헌신하는 혜관스님의 삶이 지극히 신실하기에,『토지』의 삶을 중시하는 근본 관점에서 보면, 혜관이 영신을 동학의

'귀신'[7]으로 혼동하는 대목은 오히려 역사적 진실과 문학적 진실에 부합하는 것입니다.

5
무속의 '영신'과 동학의 '귀신'은 서로 不異

수운(崔濟愚) 동학을 웬만큼 공부한 독자들은 이 혜관이 말하는 '귀신' 개념에서 약간의 혼란을 느낄 수도 있습니다. 동학 경전인 『동경대전』에는 수운 선생이 수심정기修心正氣하고 수도하는 중 하느님과 접령(接靈 또는 接神)하여, "내 마음이 곧 네 마음이니라. 사람이 어찌 알리오 천지는 알아도 귀신은 모르니. 귀신이란 것도 나이니라."[8]라는 하느님의 가르침[降話之敎']을 받는 내용이 적혀 있습니다. 이때 동학에서 수심정기 끝에 접하는 귀신[接神]

7　동학에서는 무속에서 주로 쓰이는 '靈神'이란 말 대신에 '神靈' 혹은 '鬼神'을 씁니다. 예를 들면, 수운 선생이 손수 풀이한 '侍'의 뜻인 '內有神靈外有氣化…', 한울님(하느님)이 修道 중인 수운 선생한테 내린 가르침[降話之敎] 중에 "…鬼神者吾也."가 있습니다. (『동경대전』 참고)

8　『동경대전』 「논학문」 중에는 수운 선생이 수심정기 중에 하느님과의 접신('接靈之氣'로서의 接神) 대목이 나옵니다. 하느님이 수운에게 건네는 말씀 중에는 동학이 창도되는 데 있어서 이 땅의 유구한 전통과 정신사가 담긴 심오한 다음 구절이 들어 있습니다. "…吾心卽汝心也 人何知之知天地而不知鬼神 鬼神者吾也".

은 앞에서 잠시 설명했듯이 유불선의 사상적 맥락들이 하나로 회통한 경지의 귀신입니다만, 위 인용 대화문에서 '영신'이 '동학의 귀신' 존재와 가깝고, 혜관이 말하는 '중국의 귀신'과 '동학의 귀신'은 다른 것입니다. 이 또한 소설『토지』가 서사하는 조선 말기 당대의 사상적 혼란과 복잡성을 구체적으로 반영하는 '역사적 현실주의'의 표현이라 해석하는 것이 타당하다고 생각합니다. 다시 말해서,『토지』의 서술자는 혜관의 시대적 한계성을 다시 반어적으로 관찰하면서 그의 언행을 일단 그냥 그대로 두며 지켜보고 있는 것입니다.

『토지』에서 '영신'의 개념이 등장하는 맥락은 바로 이러한 기층민중들의 믿음 체계인 무속 신앙이 동학의 역사적 현실 속에 깊이 얽히는 순간들을 보여줍니다. 동학군의 마음속에 '영신을 섬겼다'는 표현은 당시 기층민중의 신앙 수준을 고스란히 보여주는 동시에, 동학군의 투쟁이 단지 물질적 해방을 위한 것이 아니라 정신적 해방과 영적인 깨달음에 뿌리를 두고 있었다는 의미로 해석될 수 있습니다. 결국,『토지』에서의 '영신'은 허망한 관념이 아니라, 민중의 삶과 마음의 구원, 그리고 시대적 모순을 타파하는 투쟁 속에서 중요한 역할을 하는 상징적인 개념입니다. 잠시 혜관의 말을 좀 더 들어보죠.

"(……) 중언부언하는 것 같소만 그네들의 종교는 신비라기보다 실질이오. 일찍이 우리 신라 중들이 당나라 불교계를 주름잡았던 일은 오늘 이 시점에서도 납득될 수 있는 일 아니겠소? 그들에게는 신비하거나 황당무계한 것에도 육신의 활동이 따르는 법이오. 중들이 무예를 익히는 것 소위 도술이지요. 살생계를 범하고 드는 게지요. 우리 조선 중, 의상이나 원효에게서 피비린내를 생각할 수 있겠소? 종교의 본질로 봐서는 우리 쪽이 깊다면 깊은 거지요. 우리 조선에 있어선 유교만 해도 그렇지요. 학문으로서만 높이 올라갔고 실생활에는 도통 쓸모가 없었어요. 그야 실학을 도외시하고 예학만을 숭상하였으니 일반 백성들에겐 조상의 묘 지키는 것과 선영봉사하는 것 이외 가르친 것이 없구요. 충절까지도 선비들이 독점하였으니, 동학은 또 어떠한가 하면은 천지 자연의 이법을 뜻하는 중국의 천도와는 다른 하나님의 도, 천도란 말씀이오. 이런 얘기는 머리 깎은 중의 할말이 아닌 것은 말할 나위 없지만, 음… 그러나 앞으로 동학이 어디로 나갈 것인가 어떻게 뿌리를 박을 것인가 그게 중요하기 때문에 소승 감히 고언苦言을 드리는 바이오."

(……)

윤도집은 묵묵부답이었다. 이제는 어지간히 밑천도 떨어졌는가 혜관은 손바닥으로 얼굴을 문지른다. 문지르면서 곁눈질하여 윤도집의 표정을 살핀다. 이윽고

"얘기의 골자는 결국 환이와 내 사이의 의견 대립, 그것이로구면."

"그것은 도집어른 뜻대로 생각하시오."

"환이에게 신념이 있소?"

"소승에게 물어보실 말씀은 아니오이다."

이때만은 혜관의 얼굴은 완강하였다.

"그러면 왕시 김개주 접주의 전철을 밟아서는 아니 되겠다는 생각은 해보시었소?"

"아니 되겠다는 생각 같은 건 할 필요가 없었소이다. 밟을래야 밟을 수 없게 되어 있는 게요. 수만 군병이 있소이까?"

"군병이 있고 없고, 과격한 행동은 종말을 재촉한다는 내 생각에는 변함이 없소. 적은 수효는 아껴야 하오. 새끼를 쳐야지요. 시간을 벌어야 하오."

"적은 수효라도 안 쓰면 녹이 슬지요. 또 김개주 접주의 경우만 하더라도 과격한 행동 때문에 종말을 초래한 것은 아니었소. 동학군 자체가 대세에 의해 무너졌지 김접주의 과격한 행동 때문에 무너진 것은 아니잖습니까?"

"……." (2부 3권. 17장 「혜관의 견문」 중)

동학 지도자 윤도집이 주장하는 '(동학의) 교세 확장'은 혜관이 생각하기에, 동학이 "법당 안의 염불 같은 것이 되기 쉽고" 따라서 "(동학운동의)불씨를 여기저기 묻어놓을 필요가 있다, 때때로 터지기도 하고 불붙기도 하고, 백성들 가슴에 충격을 주는 일"이 필요하다는 판단입니다. 혁명가 동학의 장수 김개주의 씨이자 사생아로서 동학 잔당 재건에 진력하는 구천이를 극진히 돌보면서 이 땅에 무너진 동학당의 재건을 위해 헌신하는 혜관은 윤도집에게 이렇게 일갈합니다.

"어디까지나 동학은 위장이어야 하오. 신도들 대가리 수에 희망을 걸지 마시오."

이 혜관의 말에 담긴 의미는 중대합니다. 사람 머리 수만 늘리는 조직 재건이 아니라 백성들 가슴에 불을 당기는 '은밀한 불씨'를 살리는 일이 실로 중요하다는 말입니다. 수십만 동학군이 학살당하고 패퇴한 동학을 살려야 하는 절박한 상황과 그 의미심장한 해법을 제시한 말이라는 점에서, 다시 말해 동학당에 대한 탄압을 피하기 위한 '위장僞裝'의 지혜를 담은 말입니다만, 이 말 속에 더 근본적 차원이 담긴 '은폐된 뜻'은 '위장'은 생명을 살리는 교훈이라는 것입니다. 혜관스님은 생명이 추구하는 '생생한 조화造化'의 이치를 마치 잠언箴言처럼 "동학은 위장이어야 하오."라고 말한 것입니다.

이 잠언투 말은 작가 박경리 선생의 오랜 인생 경험, 그로 인한 사유의 심도와 지혜를 보여주는 말이란 것은 전후 문맥을 통해 충분히 알 수 있습니다만, 이 말은 동학혁명의 실패 후 단지 동학당이 정치적 생존을 위한 지혜로만 해석될 것이 아니라, 더 확장해서『토지』의 소설론에도 적용될 수 있다고 생각됩니다.『토지』전체 서사 전개에서 동학의 '주변화(탈중심화)'를 포함한 '위장성 僞裝性', '은폐성'이 적용되는 창작 원리와도 상통한다는 것입니다. 저 말 속에는 이미『토지』에서의 동학의 존재론과 동학의 서사론(문학론)이 하나로 통하고 있음이 암시되어 있다 해도 과언이 아닙니다.

동학이 나아갈 바, 위장성과 은폐성의 연관성 속에서 혜관스님과 함께 동학당 재건 운동에 헌신하던 길상이가 우관 스님의 유언에 따라 관음탱화를 조성하는 이야기가 짧게 스치듯이 나오는 대목들은 주목을 요합니다. 일제 강압의 식민지 시기에 펼쳐지는 여러 갈래의 항일독립운동 노선들 중에서, 길상이는 많은 고생과 방황과 실패 끝에 민중 스스로가 독립된 나라를 만들어가는 자생적인 힘을 기르는 '현실적이고 이상적인 독립운동' 노선을 취하게 되는데, 그 노선의 실천으로 뜻밖에 길상이는 지리산 연곡사의 우관선사의 유언에 따라 관음탱화를 조성하는 불사에 진력하는 대목이 나옵니다. 길상이는 동학 재건 운동과 독립운동의 대의가 하나로 합치되는 중요한 인물인데, 이러한 길상이라는 '이상적 존재'가 불가의 관음탱화 조성에 전념하는 것은 무슨 의미입니까. 이는, 아마도 길상이의 탱화 불사도 앞서 말한 바처럼 예의 '동학하는 마음—곧 수심정기(시천주)의 마음—의 위장성 또는 은폐성으로서 해석될 수 있습니다.

『토지』 5부 3권에는, 긍정적인 인물인 임명희가 길상이의 관음탱화를 친견하는 대목이 나옵니다.

눈에 익숙하지 않을 뿐 아니라 불화에 대한 상식이 없었고 종교적 목적을 위한 하나의 도판쯤으로 인식했던 명희 눈에 처음 관음상이 비쳤을 때 그 현란함과 섬세한 데 호기심을 느끼긴 했다. 보관이며 영락, 투명한 옷자락의 유연한 선과 그것에 싸인 아름다운 자태는 정교했고 색조는 유려했다. 그리고 환국의 부친이자 서희의 남편 김길상에게 이와 같이 숨은 재능이 있었다는 것이 놀랍기도 했다.

(……) 다시 관음상으로 시선을 옮겼다. 순간 명희는 참으로 기이한 충격을 받는다. 그렇게 현란하게 보이던 관음상이 폐부 깊은 곳, 외로움으로 명희 이마빼기를 치는 것이었다. 어째서일까? 명희는 자기 마음 탓이려니 생각하려 했다. 그러나 그것은 뭐라 형용하기 어려운 감동이었다. 숙연한 슬픔, 소소한 가을 바람과도 같이 영성을 흔들며 알지 못할 깊고도 깊은 아픔 같은 것이었다. 그것은 원초적이며 본질적인 것으로 삼라

만상에 대한 슬픔인 것 같았다. (5부 3권. 1장 「만산滿山은 홍엽紅葉이로되」중)

슬픔이 자기 안에 덕을 머금고 밖으로 은미하게 내는 빛이라 할까. 은밀하게 타자의 마음에 기화하는 관음탱화의 존재는 앞서 말한바 같이 '영검靈神'의 존재와 다를 바 없습니다. 길상이가 그린 관음보살도는 그 자체로도 '영신靈神의 기화氣化'의 다른 표현입니다. 위 인용문의 관음탱화 경우, '영신의 기화'란 "원초적이며 본질적인 것으로 삼라만상에로" 영향[氣化]을 주는 것입니다. 이는 수운 동학의 '시천주'의 뜻, '수심정기'를 통한 '안의 신령이 밖으로의 기화'[內有神靈 外有氣化]를 현시하는 지극한 예술적 경지와 다를 바 없습니다.

그리고 주목할 것이 있습니다. 역시 길상이가 관음탱화를 조성하는 행위는 직접적으로 서사되지 않고 선한(긍정적) 인물인 임명희 등 주위 인물들의 대화에서 스치듯이 언급된다는 점입니다. 이 또한 은폐와 위장의 서사 방식을 보여줍니다만, 그 내막을 살펴보면, 핵심 인물인 길상이의 존재조차 『토지』 이야기가 종료되는 '완결편'의 끝에 이르기까지도 그다지 부각되지 않고 '일제의 예비검속'에 걸려 감옥에 있는 것으로만 언급될 뿐 길상의 근황에 대한 구체적 묘사나 서술이 드뭅니다. 즉 길상이마저도 주변화하고, 은폐하는 서사 원칙에 따르는 것입니다.『토지』가 대단원의 막을 내리기까지 길상이는 동학 재건과 항일독립운동에서 중요한 행적을 남기지만, 길상이의 존재를 드러내는 '직접적인 서사'를 경계하고 자제하는 소설론적 기본 관점, 즉 서술자가 등장인물들을 상호 균등하게 조화造化 속에서 서술하는 관점, 소설의 시공간 속의 내적 조화 원리로서 생명계의 조화 이치를 따르는 창작 관점이 지켜지고 있는 것이지요.

6
동학군 장수 김개주의 존재론적, 소설론적 의미

앞에서 "동학은 위장이어야 하오."라는 혜관스님의 잠언 또는 명제와도 같은 말은『토지』에서 동학장수 김개주의 존재론과 그 인물을 서술하는 소설론에도 고스란히 적용될 수 있습니다.

동학농민전쟁 당시 실존 장군인 김개남이『토지』의 김개주의 모델이라는 것은 널리 알려져 있습니다. 1969년에『토지』가 연재되기 시작한 시점을 추산해보면, 동학이 당시 식자층에서 뜨거운 화제나 사상적 화두로 떠오른 것 같진 않습니다. 그땐 4·19 의거가 5·16 군사 쿠데타로 빛이 바래면서 '근대화', '산업화' 시대로 접어들 무렵이었고 서구 문물이 물밀듯이 밀려들던 시절이었습니다. 군사정권이 관제개혁운동인 새마을운동을 통해 이 땅의 혼, 전통문화를 임의로 재단해 마구 파괴하던 시기에『토지』집필이 집중된 셈입니다. 겨레의 혼이 서구 문화와 저질 미국문화의 범람 속에서 혼맥이 끊어질 위기에 처한 때에『토지』는 일제강점기를 거치면서 만신창이가 된 겨레 혼의 맥이 마저 숨이 끊길 지경에 이르러 이 땅의 혼, 특히 한국 근대사의 비극이자 인류사적 희망 인 동학의 혼을 '은밀하게' 불러들입니다. 그 초혼의식招魂儀式 중 에 가장 극적인 혼의 존재가 바로 등장인물 '김개주'입니다.

김개주의 모델로 알려진 1894년 동학 민중봉기 당시 김개남 장군의 구체적 행적이 기록으로 남아 있진 않은 듯합니다. 다만 장군의 출생과 청년 때 이야기가 남아 있는 정도입니다.『토지』 에 나오는 동학장수 김개주도 그 존재 자체는 '위장성'을 지니고 이야기의 흐름 속에서 짧은 후일담으로서 '은폐성'을 품고 서사 됩니다. 역사적 실존 인물인 동학 장군 김개남은 일제가 조선 및 대륙 침략을 위해 고도로 훈련된 정예군과 부패한 조선 조정의 관군들이 공포의 대상이었기 때문에 김개남 장군은 피체되자 서 울로 압송하여 재판에 회부함도 없이 피체된 전라도 땅에서 즉결 로 참수할 만큼 조선 조정과 일제 침략군들에겐 무서운 존재였습 니다. 재판 없이 효수당했기 때문에 재판 기록[供招]이 남아 있는 전봉준 장군과는 달리 역사적으로 조명하는 데 근본적 한계를 가질 수밖에 없습니다. 동학농민전쟁 연구에 조예 깊은 학자 중에는, 동학전쟁이 실패로 끝나자 조선 민중들 속에 들불처럼 널리 번진 "새야 새야 파랑새야…"라는 동학혁명의 좌절을 심히 안타까워하는 가사 속 '녹두꽃'의 상징도 전봉준 장군이 아니라 김개남 장군을 빗댄 것이라는 해석이 오래전부터 전해집니다.

김개남 장군의 동학혁명전쟁에서의 위상이나 그 행적이 오리무중에 있고 행장이 온전히 알려지지 않는 점이 오히려 작가의 소설적 상상력을 자극하였음을 언젠가 박경리 선생은 토로한 적이 있습니다. 이 작가의 증언 속에는 김개남 장군의 유물이나 행적이 전해지는 바가 별로 없기 때문에, 곧 장군의 삶이 어두컴컴한 역사의 뒤안길에 은폐되어 있기 때문에, 도리어 사람들은 더 큰 궁금증을 갖게 되고 이처럼 어둠에 은폐된 김개남 장군의 존재는 박경리 선생의 노련한 직관력과 예지력을 불러일으키게 됩니다. 하지만 박경리 선생은 김개남을 통속적인 수준의 영웅화 또는 주인공화하지 않습니다. 후일담과 풍문으로 지나치듯이 서사하고 있을 따름이지요.

『토지』1부에서 후일담 형식으로, 동학장수 김개주가 젊은 날 지리산 연곡사에서 요절한 남편(최참판댁 당주인 최치수의 父)의 혼령을 위한 백일기도를 올리러 온 최참판댁 안주인 윤씨부인을 겁탈하였고, 이로 인해 사생아 김환(구천이)가 태어났음이 '은밀한 소문 형식'으로 스치듯 짧게 드러납니다. 그러니까, 작가의 관점에서 중요한 것은 청년 김개주의 겁탈이나 '무자비하다고 소문이 난 동학장수의 전쟁담과 그의 비극적 최후'가 아니라, 역사의 그늘 속에서 패퇴한 동학 잔당들이 겨우 생명을 유지하며 은밀하게 동학당의 재건을 도모하는 모습들, 그 흔적들을 살리는 일이었습니다. 동학 잔당들이 재건을 꾀하는 모습들은 앞서 보았듯이 패퇴한 동학당의 지도자와 주요 인물들과의 논쟁과 변설들의 형식으로, 또는 주인공 서희와 남편 길상이의 동학 재건 운동과 관련된 행적, 주요 인물 중 하나인 임명희의 동학 잔당의 거사를 위한 자금 지원 등등 여러 가지 양상으로 나타나지만, 기실 전체로 보면 동학은 『토지』 속에서 은폐되어 그 명맥이 가까스로 이어지는 듯한 느낌을 받기 쉽습니다. 하지만 바로 이 은폐성의 형식으로 동학 이야기가 지속된다는 사실이 중요합니다.

　이 『토지』의 서술자가 장강 같은 이야기 속에서 '은폐성'을 기본으로 동학을 펼쳐가는 중에 동학장수 김개주를 스치듯이 서술하는데 그 내용 속에 우회적으로나마 『토지』의 동학농민혁명의 실패와 지도자 김개주에 대한 동정과 우애가 자못 심심甚深합니다. 한 예문을 들면요.

　　(영산댁이 공노인에게 하는 말) "이것은 나중에 들은 소문이요
　　만, 글씨 참말 겉지도 않소만,"

"무슨 소문인데요?"

"아 글씨 구천이를 쌍계사의 노장스님 조카라 안 허겄소?"

"노장스님이라면?"

"우관스님이라고 했으라우. 여러 해 전에 돌아가셨지마는 생시에 최참판댁하고 인연이 깊은 중이란 말씨. 어떻기 생각 허면 동학난리 때 최참판댁을 다치잖게 헌 것도 그런 연고 때문인가 허는 생각도 드요만, 워째 그러날 것 겉으면 노장스님의 동생이 바로 그 동학당 장수 김개주 아니겄소?"

"김개주라구!"

"손님도 아시누만. 야아, 바로 그 김개주 장수가, 헌달 것 겉으면 구천이가 김개주 장수의 아들이 되는 폭이어라우. 노장스님 조카랄 것 겉으면."

"허어,"

"만일에 그렇다면 기찬 얘기 아니겄소? 그때, 내 젊은 시절 그 김장수가 이곳에 쳐들어왔지라우, 이제 최참판네 박살이 나는구나 했소. 헌디 그것은 참말 썰물 겉은 것이었더란께로? 새벽에 소리없이 동학군은 빠져나가 부리지 않았겄더라구? 풀잎 하나 다친 것이 없어야. 헌디 읍내로 나간 동학군은 그러들 안혔소. 송림 모래밭에선 양반 아전, 모모한 사람들 목이 추풍낙엽으로 떨어졌답매. 산천초목이 벌벌 떨었인께," (2부 3권.18장「영웅의 아들」중)

248

동학장수 김개주가 '무자비한 존재'라는 풍문과는 달리, 위 인용문은 김개주 장군이 양반계급과 탐관오리들을 징치할 뿐이지 "풀잎 하나 다친 것이 없어야."라는 인민들의 말 속에는 서술자가 동학장수 김개주와 동학농민봉기를 그 자체로 옹호하고 있음을 에둘러 보여줍니다. 김개주라는 인물의 존재와 그에 대한 서사가 이러하듯이,『토지』에 나오는 긍정적 인물들 중 상당수는 '보이지 않게' 또는 간접적으로 동학과 인연을 맺고 있습니다.

　　한 예를 들면 임명희라는 여성 인물이 있습니다. 서울에 사는 역관 임덕구의 외동딸이자 임명빈의 누이동생인 임명희는 천하절색으로 숙명학교를 나와 도쿄에 유학한 신교육을 받은 여성임에도 전통적 여성의식에 얽매여 살면서 심한 내적 갈등을 겪는 인물입니다. 자기 모순된 의식으로 인해 친일귀족 조용하의 후취로 들어갔다가 이혼을 결심하고 가출하여 통영 근처 벽촌에서 교편을 잡고 육 년여를 보낸 뒤 서울에 와서 모란유치원을 운영하기도 한 임명희는 자신이 한때 사랑한 이상현의 딸인 양현이를 딸로 키우고 싶어 할 정도로 인간에 대한 연민이 깊은 여성입니다.『토지』에서 자기모순을 견디며 작가의 살아 있는 내면 한 면을 적나라하게 보여주면서도 긍정적 성격을 지닌 인물인 임명희는 동학 잔당의 독립운동 거사를 위해 자기가 모은 거금 오천 원을 산중 사람들에게 내놓습니다.

1990년 초부터 1994년 상반기에 이르는 동안 집필된 것으로 보이는『토지』의 '완결편'에서 임명희와 동학과의 연관성은 돋보입니다. 여기서도 은폐성(위장성)의 원리가 적용되고 있습니다만, 신여성이면서도 전통적 여성의 심성을 잃지 않은, 다소 부조리한 듯한 여성 인물 임명희의 존재를 동학 재건 운동과 깊은 인연을 맺게 하는 박경리 선생의 깊은 속내를 짐작할 필요가 있습니다. 동학의 앞날을 '이 땅의 혼'을 품은 '신여성'에게서 기대하고 그 희망을 내다보는 것입니다. 이는 서양의 페미니즘이나 젠더 운동으로서 여성운동과는 차원이 근본적으로 다릅니다. '자기 안에 영신을 모시는 존재[내유신령]'로서 온 생명에 깊은 애련을 느끼고 선한 영향을 주는 존재[외유기화]로서 임명희는 신여성이면서 자기 마음에 '알게 모르게' 영검한 존재를 품고 있는[시천주] 존재인 것이죠. 그러므로 임명희가 동학당인가, 아닌가 하는 문제는 전혀 중요하지 않습니다. 그녀가 길상이를 돕고 흠모하고 동학 잔당의 거사를 위해 모은 돈을 기꺼이 내놓는 대목은 겉보기에 그리 큰일이 아니더라도(은폐성, 위장성), 박경리 선생의 동학 해석과 그 관점에서 보면, 동학사상과 연관된 의미심장한 실천행의 모범이라고도 말할 수 있습니다. 박경리 선생이 생전에 가까운 지인들에게 잔소리처럼 자주 한 말씀이 '왼손이 한 일을 오른손이 모르게 해라'라는 격언이라고들 합니다만, 아마 소설『토지』의 특별한 표현 방식이 '삶의 진실이 지닌 그 자체 본성인 은폐성

(위장성)'은 이 흥미로운 격언과도 통하는 바가 있는 듯합니다.

　또한 이 땅의 불행한 근현대사 속에서 '근대적 혁명사상 운동'
으로서 동학운동이 겪어야 했던 지독한 탄압과 무수한 학살 등 험
난한 동학의 역사 속에서 가까스로 부활의 불씨를 살려야 하는 사
명의식의 엄중함을 생각하면 박경리 선생의 동학 재건 운동에 관
한 서사는 매우 신중하고 깊은 사유를 통과하지 않을 수 없었을
것입니다. 엄혹한 역사적 진실을 직시하고 미래를 여는 작가라면
당연히 동학의 거사와 부활의 노력은 동학의 가르침에 따라 조화
[無爲而化]의 원리를 터득하는 마음부터 챙기고 돌보길 주저하지
않을 것이고, 그 신령한 마음에서 우러나오는 '조화의 소설 형식'
으로서 '은폐와 위장의 형식'을 찾게 되는 것은 어쩌면 지극히 자
연스런 결과입니다. '소중한 생명을 다루듯이' 소설 형식도 생명
의 형식을 따르는 것입니다. 그래서 작가는 저마다의 삶과 사유
속에서 자기만의 서사 방식을 찾는 것이 중요합니다.
　여기서 우리는 대하소설『토지』의 심오한 소설론적 진실, 즉 소
설의 안팎이 추구하는 진실과 생명계의 근원을 이루는 조화造化의
진실과 서로 일치함을 추구하는 선생 특유의 생명론적 소설관을
만나게 됩니다.[9]

9　　주요 인물인 임명희의 성격과 동학과 연관된 행동에 대해서는,『토지』
　　　2부 2권, 3부 1권, 5부 1권 및 완결편 등 참고.

임명희가 산에 있는 오빠 임명빈을 찾아가 해도사에게 산속에 피해 있는 사람들을 위해 쓰라며 오천 원의 거금을 내어놓자, 그 돈을 어떻게 쓸지 산중에서 회의가 열립니다. 겨울을 나기 위한 식량 준비를 하고 때를 기다리자는 소지감에게, 산사람의 무장을 주장하는 이범호가 딴지를 걸고 나섭니다. 소지감과 마르크시스트 이범호 사이에 팽팽한 대화가 오갑니다.

"뭐 별실속도 없는 것이지만… 출신 성분을 과감하게 팽개치고 계급 투쟁에 나선 범준이나 자네의 그 깨끗한 정열을 높이 사지 않는 바는 아니네만 너무 서두르고 설쳐도 일 그르치네. 늘 전신하는 사람들의 폐단이지만. 왜 자네는 동학을 혹세무민의 사교로 보는가. 그 시각은 자네들이 매도하는 봉건적 군주 시대, 그네들의 시각과 일치하네."

"동학을 저는 그렇게까지는 보지 않습니다. 자세히는 모르지만."

말로는 그랬으나 범호는 마음속으로 소지감을 반동분자로서 결코 용납하지 않고 있었다.

"여기 있는 사람들은 반드시 모두 동학의 교도라 할 수는 없지만 계급 타파에 대해서는 이론보다 심장으로 받아들이고 있어. 이 땅 식으로, 말하자면 토종, 순종이라 할 수 있는데 자네는 그것을 생각해본 적이 있는가?"

"결국은 민족주의 얘기로군요. 그것은 반통합적이며 세계 혁명으로 가는 길에는 걸림돌이 될 뿐입니다."

"제국주의와 민족주의를 혼돈하지 말게."

"……"

"민족을 부정하면서까지 그쪽 이념을 신봉하는 이유가 무엇인가?"

"인류라는 차원에서지요."

"그 말은 인정한다. 하면은 인류라는 차원에서의 동학은 정치 이념이 될 수 없다 그 말인 게로군."

그런 말을 하는 당신의 의도는 뭔가요? 묻듯 지감을 빤히 쳐다보던 범호는 내뱉듯 말했다.

"그건 객관적인 얘기지 민족주의를 부정하는 것과는 관계 없습니다."

"객관적이라… 아까 자네는 동학에 대해서 자세히 모른다 하지 않았는가? 한쪽은 알고 한쪽은 모르는데 객관의 기준이 설 수 있는 걸까?"

"거창하게 나오시는데 말류末流 종교에 불과한 동학을 맑스의 유물사관에 견주다니, 웃습니다. 과대망상, 황당무계한 것도 정도껏이라야."

이범호는 분개한다.

(……)

"이말 저말 할 것 없고, 지금이야말로 적기適期입니다. 무너져 가고 있는 일본, 느슨해진 후방, 이때야말로 우리가 나설 때 아닐까요? 후방을 교란하는 유격대를 조직해야 합니다."

(……)

"자네는 일본에 대항하고자 산사람들 무장을 주장한 게 아니네. 내 말이 틀렸는가?"

(……)

"솔직히 말해서 그렇습니다."

"해방이 되는 날에 대비해서?"

"사회주의 정권이 들어서야 하니까요. 반동에 대항하는 무력은 필수적입니다." (완결편.7장「빛 속으로!」중)

위의 대화에서 드러나는 사실은 대부분 동학도들인 산 사람들 중에서도 이범호와 같은 사회주의자가 섞여 있다는 사실입니다. 더욱 중요한 것은 작가 박경리가 해방 직전 산중 사람들 가운데에 이범호와 같은 극렬 사회주의자 하나를 슬쩍 보여주고 넘어간다는 점입니다.

여기서도 우리는 '은폐된 서술자'가 슬쩍 자신의 서술 속에 밀어 넣어놓은 '미래의 한반도의 불행의 씨'를―『토지』라는 작품을 다 읽고 난 후에야―알아차리게 됩니다. 또는, 아직까지도 산중에 왜 이범호 같은 인물이 있어야 하는지 이해하지 못하는 독자도 있을 것입니다. 그 정도로 이 '은폐된 서술자'는 다 말하지 않고 해방과 더불어—김길상이 감옥을 나올 것이라는 서희와 양현의 기대와 더불어—이 거대한 대하 드라마를 끝내고 있습니다. 이드라마의 뒤에는 민족과 국토의 분단이 연이어 오고, 좌우의 대립, 6·25 전쟁이 터질 것입니다. 작가 박경리 선생은 그 뒤를 다음세대의 작가에게 맡기며 자신은 조용히 물러나고 있는 것이지요. 『토지』를 더 깊이 '완전히' 이해하기 위해서는, 선생의 웅숭깊은 서술 속에 숨은 서술자의 '묵언'을 이해하기 위해서는, 독자들도 많은 공부와 더 깊어진 사유가 필요한 이유일 것입니다.

7
박경리, '영검한 존재'로서의 작가

애독자 여러분들은 저마다 긴 세월 간에 갈고닦은 독서 능력으로, 성실한 비평의식을 동원해서 『토지』에서 '서술자의 존재 문제'를 조금 더 깊이 살필 필요가 있습니다. 왜냐하면, 『토지』의 '서술자'는 우리가 익히 알고 있는 서양 근대소설에서의 서술자 narrator와는 거리가 있는, '전통적 이야기꾼'의 존재가 함께하고 있기 때문입니다. 우선, 『토지』의 서술자는 여타 소설 작품에서 흔히 만나는 일반화되고 정형화된 서술자와는 그 존재론적 성격이 사뭇 다르다는 느낌을 받게 됩니다.

　서구 근대소설novel은 서구 근대 합리주의와 자본주의의 산물입니다. 그런 만큼 근대소설의 작가는 근본적으로 '합리적 이성의 존재'입니다만, 박경리 선생의 『토지』는 '이성적 존재'로서의 작가 개념을 넘어섭니다. 그것도 '이 땅의 혼'의 체득을 통한 넘어섬이라 할 수 있습니다. '이성적 존재로서의 작가'라기보다 '영검한 존재로서의 작가'라고 할까. 이성의 한계 너머, 또는 합리성이나 공리성을 넘어, 지성이면 감천이라는 옛말도 있듯이 천신과 접령하는 '지극한 마음'이, 영검한 존재가 작용하는 마음이라 할 수 있겠지요. 모신 작가의 마음이 모신 영검靈神의 작용에 따라 기화氣化하는 문학정신, 그 산물이 바로 『토지』인 것입니다. 여기서 우리는 새로운 소설의 서술자 존재에 눈뜨게 됩니다. 아마도 이야말로 박경리 선생이 이십육 년간의 집필 세월 끝에 제게 건넨 "동학으로 끝냈어요."라는 한 말씀이 품고 있는 문학적 진실의 핵심이라고도 말할 수 있습니다.

　그렇다면 과연 '영검한 서술자'의 존재는 어떻게 증명할 수 있을까. 중요한 것은 박경리 선생 자신도 확연히 잡히지 않는 어떤 영성靈性적 존재가 『토지』를 이야기하는 서술자 내면에 고유하고 특별한 존재로서 '은폐'되어 있다는 점입니다. 서술자의 고유성과 영성이 두드러지는 예를 하나 들어보죠. 독자들은 『토지』 1부

서두에서 펼쳐진 한가위의 평사리 마을 굿놀이를 기억할 것입니다. '굿놀이'의 활기를 생생하게 서사하는 서술자는 굿판을 주재하는 무당의 존재 자체는 아니더라도, '영매(무)의 그림자'가 투사된 존재라고 할 수 있습니다. 그렇지 않다면 저렇듯이 굿놀이의 기운이 천지자연과 더불어 평사리 마을의 속내와 사람들의 신령스러운 마음을 표현하기는 거의 불가능했을 것입니다. 그리고 이야기 곳곳에서 영매의 그림자가 어른댐을 느낄 수 있습니다.

이 '영검한 서술자'의 존재는 『토지』에서 주요 인물들이 논하는 무속의 영신과 연결된 동학에서의 '시천주의 존재'와 상통합니다. '천도天道에 합하는 서술자 존재'인 까닭에 매우 냉철하면서도 매우 감성적이고 초월적이기도 합니다. 그러므로,『토지』의 서술자가 '천지인 조화造化' 원리를 따르고 중시하는 인간적 존재라는 점을『토지』의 전체 서술문 및 인물 간의 대화문에 '은밀하게' 드러나는 내용과 의미들 속에서 해석해내는 일이 필요합니다.

결론부터 말하자면,『토지』의 서술자는 마치 무대 밖에서 등장인물들과 객관적 거리를 두고 인물들의 연기를 지시하는 연출가 같은 존재가 아니라, 등장인물들의 성격과 행위에 대해 전지자적(또는 神的) 위치에 있으면서도 동시에 소설 무대에서 전지적 지위를 잃은 채 등장인물들의 희노애락을 함께 나누는 인간적 감정에 휘말리기도 하는 존재라는 것. 이 '인신적 존재'를 이해하는 것이 중요하다고 생각합니다. 적어도 『토지』를 읽다 보면, 어떤 사건 혹은 사태가 만들어내는 정황(情況, situation)에서 생생한 기운을 느끼게 되는 것은 바로 서술자가 그 정황에 직접 참여한 상태에서 인물들의 의식과 감정에 밀접하게 통한 상태이기 때문이라는 점을 먼저 생각할 필요가 있습니다. 이 말은 당연한 듯이 들리지만, '서술자로 분扮한 작가가 자기 소설의 인물과 사건을 객관적으로 서사하는 데 그치지 않고 직접 주요 인물들의 성격 및 감정과 '일체화'가 되어 있는 것입니다. 이를 서구 근대소설 형식처럼 인칭별 혹은 전지자적 서술자와는 차원이 다른 서술자, '영검한 존재'로서의 서술자로서 불릴 수도 있습니다. 무당이 사령死靈이라는 허구적 존재에 빙의하듯이, 『토지』의 서술자는 경우에 따라서는 주요 등장인물과 영험하게도 '한 몸 한마음으로 연결'되어 있는 듯합니다.

한 예를 들어보지요. 아래는 5부 3권에 나오는 서술문입니다. 이 대목은 어린 조선 소녀가 일본군 중위에게 강간을 당하고 고통받는 대목인데, 앞에서 말했듯이 박경리 선생이 이 대목을 쓰면서 덩달아 심히 앓고 몸져눕게 된 가혹한 사연을 담은 서술 중 일부입니다.

"병정 놈한테 당한 거예요. 그 몹쓸 놈이 아이를."

"병정 놈! 왜놈 병정이오?"

을례는 고개를 끄덕였다. 무장은 다 해제되고 여자는 누더기같이 초라하게 자기 무릎만 내려다본다.

차라리 연학은 눈을 감아버린다. 눈앞의 여자를 죽이고 싶은 충동이 일었다. 도끼를 치켜들고 달려가서 개동이놈을 찍어 죽이고 싶었다. 나는 무엇인가, 나는 무엇을 했나. 정확하게 한땀 한땀 꾸부리고 뻗으면서 가지 끝을 기어가는 한 마리 자벌레, 소리 없이 잠자듯 시간은 흘러가는데 조선인들은 모두 어디로 갔는가. 도가니 속에서 축 늘어진 지렁이가 다 되고 말았단 말인가. 밟아도 꿈틀거릴 줄 모르는 지렁이, 연학의 눈앞에는 범호의 얼굴이 커다랗게 다가왔다. 그 매서운 눈초리가 연학을 응시하는 것이었다.

"우리 집에 가끔 오던 놈이었어요. 그것도 명색이 장교라 하는데 그런 짐승일 줄이야… 함께 사는 사람하고 면식도 있고 해서."

(……)

"그날, 그놈이 와서, 차 타고 구경가자 했던가 봐요. 그래 그 철없는 것이 따라갔던 모양이에요. 우리는 몰랐지요. 나중에 알았을 때 그 사람 얼굴빛이 달라지더군요. 안절부절못하고, 저녁때 아이를 집 앞에 내동댕이치는 것을 보고 그 사람이 달려나가서 차를 막아섰지요."

여자는 이제 그 사람이라고 표현했다.

"시비가 붙었어요. 원래 야쿠자 출신인 그 사람이 아이구치 (단도)까지 휘두르는 소동이 벌어졌는데 무슨 소용이 있겠어요? 일 당한 뒤 무, 무슨 소용이."

을례는 말을 잇지 못하고 손수건을 다시 꺼내었다.

"지쿠쇼! 고로시테야루, 고로스! 기사마가 닌겐카!(짐승놈! 죽여주겠다. 죽일 거야! 네놈이 인간인가!)"

아이구치를 휘두르고 덤비며 입이 찢어져라 소리소리 지르던 사내 얼굴이 악몽처럼 을례 뇌리에 스쳐 지나갔다. (……) 사가[佐駕]라 부르던 사내, 머리숱이 많고 눈이 작던 육군 중위, 그 사내가 비웃던 얼굴이 눈앞에 나타났다.

"데테콘카! 데로!(나오지 못하겠나! 나와!)"

사내는 자동차 문을 열어젖히고 사가를 끌어내리려고 용을 썼다. 사용인들이 우우 몰려나와 말렸다.

"호자쿠나! 오마에노 무스메데모 나이쿠세니 나니오 즈베코베 유운카(짖어대지 마라! 네놈의 딸도 아닌 주제에 이러쿵저러쿵 지껄일 것 없다!)"

"하라와타마데 구삿테루, 지쿠쇼! 구삿타 하라와타 에구루카라 데테고이!(뱃속까지 썩었어, 이 짐승놈아! 썩은 창자 도려낼 테니 나와라!)"

"센진노 아맛코 히토리, 죳토 다노시미니 시탓테 소레가 난카! 이노치오 가케다 다이닛폰노 군진, 몬쿠 유우 야쓰라와

오란! (조선 계집애 하나 잠시 즐겼기로 그게 뭐 어떠냐! 목숨을 건 대

일본제국의 군인, 누가 뭐라 할 놈들 없다!)"

　　결국 을례가 그 사람이라 부르는 야나기[柳]는 군인 폭행을

했다 해서 구류를 살고 나왔던 것이다. (5부 3권. 2장 「독아毒牙」 중)

　격앙된 대화가 일본말로 길게 이어진 인용 대목은 『토지』의 전

체 서사를 통틀어서 보기 드뭅니다. 대화를 전달하는 서술자가

앙분昻奮 상태에 있음을 생생하게 보여주는 장면입니다. 독자들

도 위 서술문 전후를 읽으면서 서술자의 앙분하는 기운에 전염되

지 않을 수 없습니다.

　하지만 소설의 창작과 비평의 관점에서 보면, 이 서술문에 대

해 냉정을 찾고 서술자가 드러내는 앙분의 깊은 의미를 생각해볼

필요가 있습니다. 소설 『토지』가 지닌 문학성을 깊이 이해하기

위해서는 객관적인 거리를 두고 박경리 선생의 분신이기도 한 서

술자의 존재 속에 '은폐된 존재론적 성격'을 관찰하고 해석할 수

있어야 합니다.

　위 예문만 보더라도 서술자는 근대소설에서 정형화된 서술자

개념과는 다른, 다소 예외적이고 낯선 서술자, 곧 서술자가 '전지

적(全知的, 신적) 성격'을 취하면서도 동시에 인간 본연의 감성에

충실한 '인간적 성격'을 함께 강렬하게 드러내는 대목이라고 말

할 수 있습니다. 말하자면, 우리나라 전통 판소리의 소리꾼과 퍽

닮아 있는, 즉 전근대적 이야기꾼의 잔영이 드리운 서술자라고 할까요? 소리꾼은 그때그때마다의 인물에다, 그게 춘향이든, 이도령이든, 심청이든, 흥보든 간에, 자기 심혼을 그 인물에 완전히 이입해서 그 인물의 영혼으로 소리를 해야 하니까 말입니다. 바로 이 점이 『토지』의 심층적 이해를 위해서 기본적으로 중요합니다. 특히 전통 판소리에도 '전지전능하면서도 지극히 인간적인' 이야기꾼의 성격이 역력합니다만, 대하소설 『토지』의 서술자에도 '보이지 않는 전지적 존재'이면서도 '지극히 인간적인 존재'인 '신이한(영검한) 서술자'가 은폐되어 있다고 할 수 있습니다.[10]

조선 계집아이를 강간한 일본군에 대한 증오심과 분노는 위 인용문 전후 문맥에 가득합니다. 서술자와 같이 독자도 앙분된 심정으로 읽은 후, 책을 덮으면 차차 분노심이 가시고 언젠가 평정을 되찾겠지만 중요한 사실은 바로 왜 서술자가 전지적 성격을 띠면서도 앙분된 감정 상태를 떨치지 못하는가 하는 문제입니다. 박경리 선생은 언젠가 바로 위 인용문 전후 문장들을 쓰면서 심

---

10 이처럼 작가가 자신도 '알게 모르게' 드러내는 자기 분신인 '신이한 (人神的) 서술자'는 대개가 서술자의 내면에서 또는 서술자가 서술하는 여러 이야기 속에서 '은미하게' 드러나는 게 보통입니다. 이런 까닭에 '은폐된 서술자concealed narrator'라고 부릅니다. 우리 소설 문학사를 돌아보면, 벽초 홍명희의 『임꺽정』에도 서술자 안에 신이한 존재로서 '은폐된 서술자' 존재의 예를 만날 수 있습니다. 『유역』, 『개벽』 참고.

히 앓아누웠다고 담담히 고백하였습니다. 마치 허구적 존재인 혼령들을 초혼하고 빙의하며 신병을 앓듯이 작가 박경리 선생은 자신이 만든 허구 속의 계집아이가 겪는 고통을 신병 앓듯이 앓은 것입니다. 이는 소설론 차원에서 중요한 의미를 갖습니다. 단순히 허구를 꾸미는 능력을 가진 이가 작가가 아니라, 마음 수련과 공부를 통해 자기도 알게 모르게 영검한 서술자의 경지를 얻는 '지극한 정성(至誠)'이 작가의 본질이요 본분임을 위 인용문은 알려주기 때문인 것이지요.

8
『토지』의 산실은 '神堂', 『토지』는 '영검의 집'

『토지』에서 불자인 혜관스님이 '영신靈神'이란 말로써 동학의 이해를 시도하고 있지만, 이 시도 또한 박경리 선생의 소설 창작의 기본인 은폐와 위장이 들어 있음은 위에서 설명한 바와 같습니다. 『토지』에 나오는 '영신'은 그냥 대화 속에서 지나치는 말이 아니라 그 의미는 자못 심대합니다. 동학의 정곡을 찌르는 말이 영신(영검)이기 때문입니다. 내가 아는 한, 동학에서 말하는 '귀신'이란 '영신'과 전혀 다른 말이 아니라 서로 통하는 바가 있는 말입니다.

수운 선생은 선친의 학문이 퇴계학의 맥을 잇고 있었으니 유학에서의 심학心學의 전통은 기본이요 중국 신유학이나 조선 후기의 기氣 철학에 밝고 능통하였을 것이 분명하고, 아울러 당신 스스로 고향인 옛 신라의 수도 경주 땅 구미산 아래 용담의 '지령地靈'[11]을 타고났다 하였으니, 단군 조선 이래 '이 땅의 혼'의 맥이 활짝 꽃핀 풍류도(전통 神道)와의 깊은 인연을 부인할 수는 없습니다. 수운 선생이 설한 "인의예지는 옛 성인의 가르침이요 수심정기는 내가 다시 정한 것"[12]이라는 유명한 언명 속에는, 방금 말한 바와 같이 풍류도의 내력과 그 유불선 회통의 혼맥이 '지령으로서 은폐'되어 있는 것이지요. 특히 고운 최치원孤雲 崔致遠의 직계 후손인 수운 동학은 풍류도의 근원으로서 신도(巫)와의 인연을 자각하지 않을 순 없었을 것입니다. 아무튼, '접신'(巫) 전통이든 '接化群生'(풍류도)이든 수심정기修心正氣가 우선이요 기본이므로, 수심정기를 통해서 영험함을 체득하는 것, 즉 수심 끝에 다다른 '영검靈神한 존재', 동학에서 말하는 '마음의 귀신 (곧, 侍天主)'과도 통하는 바가 없지 않습니다. 그러하니, 전통 신도가 자주 쓰는 '영신'이란 말과 동학의 '귀신'은 그 본질과 유래에서 통하는 것입니다.

---

11 '땅의 혼'이란 의미. 수운 선생이 지은 한글가사 『용담유사』「용담가」등에 나옵니다.

12 "仁義禮智는 先聖之所敎요, 修心正氣는 唯我之更定也"(『동경대전』)

박경리 선생은 아마도 성실한 공부와 수심修心 속에서 이와 같은 우리 겨레의 유서 깊은 정신사를 깨치고 '이 땅의 혼'의 존재와 그 맥을 깊이 터득하기에 이르렀을 것입니다. 경이로운 것은 선생은 이 심오한 '이 땅의 혼'의 본질과 유래를 문학 작품으로 창작함에 있어서 실로 독보적인 문학성을 발휘하고 있는 사실입니다. 진리와 진실은 대개 '은폐'되어 잘 보이지 않듯이, 『토지』에서 동학의 진리와 진실도 '은미하게' 표현되어 있을 뿐이고 주로 등장인물들의 심리와 행적 속에서 은폐되어 있습니다. '영신'이라는 말도 동학의 사상적 맥락이 은폐된 말입니다. 이점을 곰곰이 생각해보면, 인간의 사회와 역사를 올바로 가꾸어가는 일은 영신을 모신 마음, 곧 '영검한 존재'들의 선한 역할과 활동에 따라 이뤄지는 것이고, 정녕 그렇다면, 생명계의 진리 혹은 삶의 진실을 표현하는 소설 창작 원리는 진리와 진실의 은폐성 혹은 위장성[13]을 추구하는 것이라는 깨달음에 도달하게 됩니다. 아마도 이 놀라운 깨달음이야말로 『토지』의 문학적 위대성의 증표이자 심층적 주제의식에 속하는 것이라 할 수 있습니다.

이 강연의 주제와 결부해서 강조하는 결론은, 『토지』는 수운 동학이 가르치는 시천주의 핵심어 '侍'(모심)의 뜻, 즉 "內有神靈 外有氣化 一世之人 各知不移"의 맨 앞에 나오는 '내유신령'의 '신령' 곧

---

13 문학 창작에서 '위장'은 '비유', 특히 알레고리allegory 형식으로서 표현되기 쉽습니다.

동학의 '귀신'을 '영신'으로 대신했다(즉, '영신' 속에 은폐했다)는 추정이 충분히 가능하다는 것입니다. 동학의 시자侍字에서, '내유신령'과, 하느님이 수운에게 강령(降靈, 接神)하여 내린 말씀, "내 마음이 곧 네 마음이니라… 귀신이란 것도 나이니라."에서의 바로 그 '귀신'의 존재를 박경리 선생은『토지』속의 혜관스님의 말을 빌려 '영신(영검한 존재)'으로 '은폐', '위장'하였던 것이지요.

이제 강연문을 마무리하려 하니 박경리 선생이 비평가들이 『토지』를 '민족주의', '반일 의식'을 앞세워 평가하는 데에 영 못마땅해하시던 기억이 떠오릅니다. 저도 동감입니다.『토지』는 동학농민혁명이 좌절되고 조선왕조가 멸망하고 일제의 침략에 의해 식민지화된 시기 한국인들의 저항과 고통을 서사하고 이 땅의 비극적 역사를 사실대로 받아들이면서 민족의 정체성과 자주성을 찾으려는 노력을 18~19C 근대 민족주의로 한정 짓는 것 자체가 한참 모자란 비평의식입니다.

우선,『토지』는 인간 개개인의 내면과 사회적 인간적 관계, 삶과 죽음에 대한 깊은 성찰을 다루고 있는 데다, '민족'을 다루더라도 민족적 정체성의 내용이 중요한 요소일 수 있지만, 민족주의가 주제는 아닙니다. 민족주의로 보는 것은『토지』가 웅숭깊게 품고 있는 인류적 보편적 내용을 읽고 해석해내지 못하기 때문입니다. 이는 서구가 낳은 여러 근대적 이념형에 혹해서 서구 근대

이넘 편향적 비평의식을 떨치지 못했거나 한국문학 비평계에 뿌리 깊은 몰아적 사대주의 풍토를 스스로 드러내는 비평의식의 한계이기도 합니다. 서구 제국주의와 짝패인 근대 민족주의로 평가하는 것도 한참 낮은 수준의 비평의식이지만, '반일 민족주의'니 '저항적 민족주의'니 따위로 비평해도 형편은 같습니다. 『토지』는 단순한 한민족의 정체성을 넘어 인간과 세계에 대한 보편적 질문을 던지는 세계적 명작임을 밝힐 줄 아는 비평 정신이 필요합니다.

오늘 강연에서는 일단 문제제기만 했습니다만, '영신(靈神, 영검)'과 같은 철학적이고 초월적 개념은 『토지』 심층에서 시종일관 '은미하게' 작용하면서 인간 존재와 인류가 안고 있는 수많은 저마다의 문화형에 보편적 질문을 던집니다. 『토지』에 숨겨진 '영신'이라는 상징적 개념은 인물로서의 개념을 넘어선, 보다 철학적이고 초월적인 성격을 띤, 인간과 세계 그리고 문학과 예술에 대한 근본적이고 보편적 질문을 던지도록 하는 것입니다.

선생을 모시던 삼십 년쯤 전 기억 하나 더 짧게 얘기하고 이 자리에서 물러나도록 하겠습니다. 어느 날인가, 서울에 볼일 보러 오신 선생님을 원주 댁에 바래다드리는 차 안에서 『토지』 5부를 쓰던 때, 등장인물 중에 계집아이 정남희가 일본군의 꾐에 따라 나섰다가 겁탈당하고 몹쓸 병에 걸린 채 심히 앓는 장면을 쓰면서, 작가인 선생 자신도 덩달아 심히 앓았다는 체험담을 듣고 잠시 무거운 침묵의 분위기가 이어진 적이 있다고 말씀드렸습니다.

　선생의 외동 따님과 주위 지인들의 증언, 아울러 직접 들은 선생의 담담한 회고 얘기 중에는, 가령 『토지』에 나오는, 무당 월선네의 딸인 공월선의 가녀리고 선한 마음이 당하는 아픈 사연들을 쓸 때, 봉순이(기화)가 사랑하던 길상이가 서희와 간도로 떠나자 진주에서 소리꾼이 되고 기생이 되어 마침내 평양에서 아편쟁이가 되고 평사리에 돌아와 우울한 나날을 보내다 투신자살하는 장면을 쓸 때, 또 비통하게 죽어가는 기생 봉순이와 먹물 이상현과 사이서 태어나 아름답고 맑은 양현이 자신의 생장도 모르고 최씨가의 양녀로 자라다가 뒤늦게 자기 출생의 비밀을 알게 되고 백정의 외손자로 악사가 되어 떠도는 영광(의병운동이 몰락하자 도피 중 진주에서 백정의 사위가 된 송관수의 아들)과의 이루어질 수 없는 아픈 사랑 이야기로 방황하는 이야기를 쓸 때, 이들의 허구적 삶을 소설 속에서 살아가게 하는 작가 박경리 선생도 이들 '상상 속의 등장인물'이 겪는 슬픔과 아픔과 그 죽음들을 함께 자기가 겪듯이 깊이 아파해서, 박경리 선생은 실제 생활에서도 그 등장인물들을 자신의 체험처럼 앓다 보니 『토지』의 집필은 물론, 잠시 연재도 중단되는 경우도 있었다고 합니다.

　이러한 증언을 곰곰이 생각하면, 나같이 '이 땅의 혼'을 소중히 여기는 비평가는 다소 논리적 비약을 하며 엉뚱한 상상에 마음을 빼앗기기도 합니다. 선생은 서울서 일 보러 와도 가급적『토지』의 산실이 있는 원주 단구동 자택에 돌아가려 애쓰는 모습을 종종 보이셨습니다. 아무도 없는 빈집, 오직 뒷산에서 옹기종기 모여 사는 야생 고양이들만이 왕래하는 아무도 없는 텅 빈 자택으로 돌아가려 안달하고 시간을 재촉하던 선생의 모습이 때론 이상하게 여겨지기도 했습니다. 하지만 이제 다시 회상해보니, '이 땅의 혼'의 작가 박경리 선생이『토지』를 집필한 장소인 원주시 단구동 댁은 숱한 신령들을 모시고 신령들과 접령하는 큰 무당이 사는 신당과 크게 다름이 없었다는 생각이 문득 드는 것입니다. 우리 눈에는 원주 단구동 널찍한 마당과 텃밭이 있는 댁이 아무도 없는 '빈집'으로 보이지만, 그 마당에서 자라는 초목들과 그와 더불어 사는 온갖 생물, 동물들뿐 아니라, 선생이 홀로 거주하는 '빈집'은 작가 박경리 선생에겐 당신이 낳은『토지』속 숱한 등장인물들과 생물들의 영혼, 그리고 작가의 마음속 '영검靈神'이 살고 있는 '신당'과도 같은 곳이었다는 생각을 지울 수 없습니다.

○ 참고 자료 1:『토지』완결편, 끝 대목

'다시 개벽'의 소설론[서술방식]에서 소설의 내용과 형식은 저마다 현실적 계기·존재actual occasion·entity 성격을 가짐으로서 결국엔 소설 자체가 고유한 존재성을 품고 바깥 현실과 '은미하게' 소통하는, 유기체적 활기를 띠고 있음을 의미합니다.『토지』의 안팎에서 유기체적 활기가 통한다는 말은 시공간의 무량한 연결 진화를 예비한 소설의 대미大尾에서도 확인됩니다.

곧 대하소설『토지』는 자기 안팎에서 현실의 기운과 통하는 생태적 관계를 은폐하고 있습니다. 이는 서술자 안에 '은폐된 서술자'의 역할이기도 합니다.

소련군이 일본에 공격을 개시했다는 보도가 실린 신문은 환국이 산으로 간 바로 직후, 면소 급사가 가져왔다.

"어머니! 소련이 참전했나 봐요."

양현은 급히 신문을 들고 방으로 들어갔다. 서희는 신문을 받아 읽었다.

"큰일 났구나. 예상한 대로."

"……."

"조선이 불바다가 되면 어떻게 하나."

모녀의 눈이 마주쳤다. 그들은 형무소에 있는 길상을 생각했던 것이다. 양현은 영광을 생각하기도 했다.

(……)

쾌청한 날씨였다. 한더위는 지나간 듯 아침저녁으로 제법 선선했다. 양현은 작은 바구니를 하나 들고 집을 나섰다. 소련이 참전했다는 보도가 있은 후 서희는 구미를 잃었는가 밥을 잘 먹지 못했다. 그런 서희의 식욕을 돋우어보기 위해 강가에 가서 은어라도 좀 살 수 있을까 생각하며 집을 나선 것이다.

(……)

강 건너 산으로 시선을 보낸다. 산은 청청하고 싱그러웠다. 어디서 무슨 일이 일어나고 있는지 강물은 아랑곳없이 흐르고 있었다. 멈추지 않고 흐르고 있었다. 얼마나 시간이 지나갔을까. 뚝길에서 사람들의 떠드는 소리가 들려왔다. 돌아보니 중 한 사람이 앞서가며

"일본이 항복했소!"

하고 외쳤다. 뒤쫓아가는 사람들이

"정말이오!"

"어디서 들었소!"

"이자 우리는 독립하는 거요!"

각기 소리를 질렀다. 양현을 모래를 차고 일어섰다. 그리고 달렸다. 숨차게 달렸다.

"스님 그게 정말입니까!"

먹물장삼의 너풀거리는 소매를 거머잡으며 양현은 꿈길같이 물었다.

"라지오에서 천황이 방송을 했소이다."

양현은 발길을 돌렸다. 집을 향해 달린다. 참, 참으로 긴 시간이었으며 길은 멀고도 멀었다.

"어머니! 어머니! 어디 계세요!"

(……)

"어머니! 이, 이 일본이 항복을 했다 합니다!"

"뭐라 했느냐?"

"일본이, 일본이 말예요, 항복을, 천황이 방송을 했다 합니다."

서희는 해당화 가지를 휘어잡았다. 그리고 땅바닥에 주저앉았다.

"정말이냐…."

속삭이듯 물었다. 그 순간 서희는 자신을 휘감은 쇠사슬이 요란한 소리를 내며 땅에 떨어지는 것을 느낀다. 다음 순간 모녀는 부둥켜안았다. 이때 나루터에서는 읍내 갔다가 나룻배에서 내린 장연학이 뚝길에서 만세를 부르고 춤을 추며 걷고 있었다. 모자와 두루마기는 어디다 벗어 던졌는지 동저고리 바람으로

"만세! 우리나라 만세! 아아 독립 만세! 사람들아! 만세다!"

외치고 외치며, 춤을 추고, 두 팔을 번쩍번쩍 쳐들며, 눈물

을 흘리다가는 소리 내어 웃고, 푸른 하늘에는 실구름이 흐르고 있었다. (완결편.7장「빛 속으로!」중)

○ 참고 자료 2: 동학장수 김개남과 전봉준, 동학과『토지』

대다수 한국인에게 잘 알려진 바처럼, 1894년 동학농민혁명의 지도자는 전봉준 장군입니다. 다만, 전봉준 장군이 동학혁명을 일으킨 장본인이요 '녹두장군'이라 불리는 바로 그 장군이라는 것은 사실과 조금 다를 수도 있는가 봅니다. 전해지는 믿을 만한 기록에 따르면, 전봉준 장군의 출생지는 전라북도 고창 당촌 마을인데 생활이 워낙 곤궁하여 인근에 태인현(현 정읍시) 산외면 동곡리 지금실로 이사를 오게 되고 이 고을에서 두 살 위인 김개남(아명은 琪先, 청년기엔 箕範, 족보명은 金永疇, 동학 입도후에 改名은 金開南, 주변서 부르는 별칭 '開南丈')과 의형제를 맺습니다. 김개남 장군은 도강 김씨로 대대로 혁혁한 조상이 많은 명문가였고, 빈곤을 면치 못하는 의동생인 전봉준의 생계를 돕는 등 당시 여러 정황으로 보건대 中人계층에 속했던 듯합니다.

당시 탐관오리 고부 군수 조병갑의 가렴주구가 자심하던 터라, 마침 혹독한 저수지 세금을 거두는 등 갖은 횡포를 부리던 중에 억울한 처지에 몰린 작인들이 궁리 끝에 시골 훈장인 전봉준의 부친(全彰赫)에게 하소연하여, 마침 상소문을 올리게 되었는데 이것이 잘못되어 결국 상소문을 작성한 전봉준의 부친은 조병갑에게 무고죄로 걸려들어 옥고를 겪는 사건이 발생합니다. 이때 전봉준은 태인현 산외면 동곡리 지금실에서 유복하게 살고 친구들도 많은 의형 김개남을 찾아가, "전주 감영에 친구들도 많으니, 아버지를 살려주시오." 하니, 이에 김개남은 통문을 써주고 관이 모르게 고부 농민들에게 돌려서 알리고 말목장터에 모여 거사를 일으키게 되었다는 것입니다. 이 거사가 1894년 동학농민혁명의 직접적인 도화선인 셈입니다. 그리고 동학농민전쟁이 패하고 매형 집에서 은신 중에 친구(임병찬)의 밀고로 피체된 김개남 장군이 한양으로 압송 중에 수많은 백성들이 따르며 "개남아 개남아 김개남아/ 수만 군사 어디 두고/ 짚둥아리 웬 말이냐" 하는 즉흥 가사를 지어 불렀다는 기록이 있습니다.

여러 정황을 살펴보면, 조정과 동학군 사이에 맺은 전주화약全州和約 이후 동학군이 수세에 몰려 패퇴하여 끝내 전봉준 장군이 일본의 가짜 밀서에 속아 강공으로 진격한 끝에 절멸에 이르게 된 금강변 공주 우금티 전투도 김개남 장군은 진격의 시기가 적절하지 않음을 개진했다고 전해집니다. 수많은 백성들이 김개남 장군의 피체와 압송을 안타까워하며 따르니, 일제와 관군은 두려운 나머지 한양으로 압송하기를 포기하고 전주 감영에서 효수를 집행합니다. 그러니까 김개남 장군은 재판 없이 참수당하였으니 재판 기록이 남아 있지 않은 것입니다 이에 비해, 동학군이 대패당한 끝에 피체된 전봉준 장군은 한양으로 압송된 후 일제 놈들한테 공초를 받은 재판 기록이 남아 있게 됩니다. 한양에 압송된 후에 재판 기록들이 남게 된 전봉준 장군이 동학농민혁명의 상징적 지도자로 한국인의 뇌리와 역사의식 속에 조명되고, 이에 반해 김개남 장군은 아직 조명을 온전히 못 받아왔다는 특히 재야의 설명은 꽤 설득력이 있습니다. 관군이 김개남 장군을 압송하지 않고 전주감영에서 즉결 참수한 사실이나 일본 제국주의가 동학운동의 부활을 두려워한 나머지, 한겨레의 근대사에서 차지하는 어마어마한 역사적 의의를 지닌 동학농민혁명의 위상을 축소 왜곡하기 위해 전봉준의 공초 내용과 판결문을 조작하고 김개남 장군이 상징하는 민중들의 염원과 희망을 은폐하려는 일제의 간악한 계략이 없을 리가 없습니다. (김기전, 『다시 쓰는 동학농민혁명사』, 도서출판광명, 2006) 그만큼 김개남 장군의 존재가 동학농민혁명사의 그늘 속에 감추어져 있는 사실에는, 조선 조정의 부패 타락과 함께 민중들이 '개남장開南丈'을 향해 품고 따르던 새 나라를 향한 기대와 희망의 아이콘(상징)을 보았기 때문일 것입니다.

여기서 간과하지 말아야 할 것은 봉건왕조에서 근대 시민사회로의 이행을 보여주는 이 땅의 근대 역사에서 소위 개화파에 의해 '위로부터' 감행된 '갑신정변'의 실패와는 비교할 수 없는, 한국의 '근대'가 품고 있는 지고지당의 의의와 가치가 동학농민혁명 속에 깃들어 있는 사실을 이해해야 한다는 것입니다. 갑신정변의 실패나 동학농민혁명의 좌절의 결정적 원인들에는 서구 제국주의 침략과 식민 지배를 모방한 반인류적 일본 제국주의의 치밀한 계략이 숨어 있습니다. 조선을 침략하여 영원히 식민지 지배하려는 망상에 젖은 간악한 일본 제국주의의 입장에서는 동학당의 장수들 중, 특히 당시 동학군이나 마을 주민들에게 신망이 두터운 인물로 알려진 김개남 장군의 비상한 존재감과 눈부신 활약상을 철저히 축소하고 은폐해야 했던 것입니다.

아마도 『토지』의 경이로운 성과는 바로 이 우리 민족의 근대사에서 불행과 참극을 불러온 일본 제국주의의 악마적 모략을 간파하고 동학농민혁명의 비극적 史實을 토대로 이를 극복하려는 문학적 상상력 문제를 깊이 통찰한 사실에서도 찾아질 수 있을 것입니다.

[跋文]

한국문학사에 새로이 등장한 '이 땅의 자주적' 비평

안삼환(작가·서울대 독문과 명예교수)

1. '이 땅의 자주적' 문학정신

문학비평가 임우기 선생의 이 책은 우선 저자가 한강의 노벨문학상 수상을 반기는 데서부터 시작된다. 그에 의하면, "'이 땅의 혼'이 서린 한강의 문학 작품에 노벨문학상이 수여된 것"은 "서구주의에 맹목이던 이 땅의 현대문학이 서구문학과의 종속관계에서 벗어나 마침내 주체적 대등 관계로 전환될 수 있는 계기로서 한국문학사적 사건"이라는 것이다.

이어서 임우기 선생은 "이 땅의 문인 지식인 일반이 빠져 있는 고질적인 사대의식과 식민지적 근대 문학 교육 수준을 못 벗어나는 외향적 제도권 교육"의 악영향을 지적하면서, '이 땅의 혼'을 중시하는 자신의 개벽적 비평이론을 전개하고 있다.

여기서 나는 문득, 내가 최근에 책으로 알게 된 이정배라는 감리교 신학자를 떠올리게 된다. 그는 지난해 11월에 나온 『역사유비로서의 개벽신학 空·公·共』(신앙과지성사, 2024)이라는 자신의 저서에서, 이 땅의 사람들이 개신교를 받아들일 때 우리 문화의 바탕 없이, 즉 수용자로서의 자주적 관점은 없이 무조건적으로 '받아쓰기'를 한 결과, 오늘날의 한국 개신교가 이 땅의 참 종교가 되지 못했다는 논지를 펴고 있었다. "종교(기독교)는 '空'을 몰랐고 경제(자본주의)는 '公'을 독점했으며 정치(민주주의)는 '共'을 파괴했다."(앞의 책, 53쪽)라는 그의 주장은 한국 개신교가 미국식 복음주의를 자주적 여과 없이 그냥 '받아쓰기'한 결과, '이웃 사랑', '용서', '비움과 자발적 가난', '환대' 등 예수님의 참 가르침을 경시 내지는 간과하고, 서구 자본주의의 '공유지公有地' 약탈에 가담하여, '공유부公有富'를 '사유화'하는 데에 급급했으며, 그 결과 기독교적 대의 민주주의는 공동체의 내적 '귀일'과 외적 '대동大同'을 오히려 파괴했다는 것이다. "인간을 살피며 민족과 세상을 구하고, 자연을 섬기며 치유하라고, 무엇보다도 약자를 위해 존재할 것을 '노이무공勞而無功'의 하느님이 인간에게 청하고 있다. 이는 명령이 아니라 요청이다. 이처럼 개벽 신학은 누구나 하늘이고 하늘이 다시 사람임을 선포한다."(앞의 책, 469쪽) 여기서 이정배 교수는 수운 최제우의 '노이무공한' 하느님을 말하면서, 우리 한국인도 기독교를 우리 한국인의 입장에서—즉 수용자의 입장에서—자주적으로 받아들여야 함을 역설하고 있다.

내가 왜 이정배라는 목회자를 문득 연상했을까 하고 생각해보 자니, 만약 누군가가 이 땅의 문화사文化史를 통시적通時的으로 공 관共觀하기 쉬운 도표로 그린다면, 문학비평가 임우기 선생은 아 마도 신학자 이정배 선생과 동렬의 좌표에 정위定位되지 않을까 하고 생각했기 때문인 것 같다. 기독교가 이 땅에 들어올 때와 흡 사하게 문학이 이 땅에 들어올 때도 우리는—망국 직전의, 또는 일제 강점하의 통한의 상황하에서—이 땅에서 문학하는 사람으 로서의 자주적 입장에서 서구문학 이론을 비판적으로 받아들이 지 못하고 우선 '받아쓰기'에 급급했다는 것이 올바른 문학사적 상황 인식이 아닐까 싶다.

아무튼, "'이 땅의 혼'을 소중히 여기는 비평가" 임우기 선생은 르네 웰렉이나 루카치나 벤야민 등을 '받아쓰기'하는 것보다는 우리 문학이 '이 땅의 혼', 특히, '고대로부터 내려오는 우리의 전 통 무巫'와 '동학'에 관심을 지닐 것을 촉구하고 있다.

2. 대하소설 『토지』와 작가 박경리의 서술 태도

나는 독자들이 임우기 선생의 새로운 자주적 비평이론을 차분 히 이해하고 그의 입장을 납득해가기 위해서는 이 책을 뒤에서부 터, 즉 제3부 박경리의 『토지』에 관한 글, 제2부 한강의 『소년이 온다』에 관한 글, 그리고 제1부 한강의 『작별하지 않는다』에 관 한 글의 순서로 읽는 것이 좋겠다는 생각이다. 내 짐작으로는 임 선생이 글을 쓴 순서도 아마 이렇게 역순인 듯하다. 혹은, 이 책의 독자들에게 내가 임우기 선생의 논지를 소개하고 전달할 수 있는 지름길이 아마도 이 순서라고 생각한 것 같기도 하다.

아무튼 나는 이제부터 이 책의 제3부, 『토지』에 관한 글부터 살펴보기로 하겠다. 박경리 선생은 『토지』를 다 쓴 시점인 1994년 여름에 임우기 선생을 만난 자리에서 이 소설을 "동학으로 끝냈"다는 말을 했다고 한다. 박경리 선생의 이 말은 대하소설 『토지』에 대한 일반적 이해, 예컨대 조선조 말엽으로부터 일제강점기까지—즉 1897년 추석부터 1945년 해방의 날까지의—우리 겨레의 삶과 수난의 대서사 등으로 간주되어 오던 통념을 뒤흔드는 다소 충격적인 정보여서, 우리는 임우기 선생의 다음 언술을 흥미롭게 따라가지 않을 수 없다.

임우기 선생은 우선 『토지』의 서장序章이 평사리 마을의 대동굿으로 시작되고 있는 것을 '이 땅의 혼'을 중시하는 박경리 선생의 사려 깊은 서술로서 높이 평가한다. 그에 의하면, 『토지』가 "천지자연의 조화造化의 이치와 그 기운의 운행과 서로 밀접하게 연결된 문학성을 보여"주고 있으며, 이 소설은 "'무궁무진한 생명계의 그물망을 닮은 소설관'을 '은밀한 기운[幾微]'처럼 드러내고 있는 것"이라 말한다. 특히, 서장의 굿놀이 대목은 그 자체로서 『토지』가 안팎으로 '유기체적 소설형식'을 품고 있음을 일찌감치 보여주고 있다는 것이다. 즉, "『토지』의 서술자는 지성至誠으로 마음을 갈고닦은 비범한 존재, 신이한 존재(靈神의 존재, 영검의 존재)임이 엿보"인다고 한다. '이 땅의 혼'이란 백두산을 중심으로 한 고조선 문명과 관련해서 우리 겨레의 심혼에 연면히 전해 내려오는 고유의 신도神道, 즉 고대 무巫이다. 임 선생은 『토지』의 서두를 대동굿으로 장식하고 있는 것이라든지, 김평산의 처 함안댁이 살구나무에 목을 매고 죽자 병에 효험이 있다며 사람이 목을 맨 새끼줄과 살구나무 가지를 남 먼저 챙기려는 마을 사람들의 행태를—가치 평가 없이—1897년 당시의 풍속도로서 담담하게 서술하고 있는 박경리 선생의 서술 태도에 주목하면서, 겨레의 전통 무巫를 '이 땅의 혼'으로 인정하는 중요한 대목으로 높이 평가한다. 또한 주변 인물 영산댁으로 하여금 김환이 동학패 김개주(동학 접주 김개남을 지칭하는 듯한 인물)의 아들이리라고 공노인께 발설하도록 하는 것도 작가가 나서서 함부로 정보를 확정하지 않는 박경리 선생의 독특하고도 심원한 뜻이라는 것이다. 또한, 김환의 동학군 재건 운동을 적극적으로 돕는 혜관스님이 동학당 이론가 윤도집에게 "동학은 분명 영신靈神을 본으로 삼는다"고 말하는데, 이 말은, 임 선생에 따르면 "『토지』가 품은 중요한 종교적, 사상적 맥락을 간접적으로 드러"낸다는 것이다. "이 '영신'이라는 말 속엔 유불도儒佛道의 여러 사상의 맥락들이 잘 닦인 마음(修心) 속에서 하나로 회통會通되는 '영검한 존재'의 내력來歷을 품고 있"는데, "이 '영신'은 이 땅의 상고대에 제사장인 '단군'에서 그 말의 뿌리가 있고 신라 때 풍류도('包含三敎 接化群生')에서 그 의미심장한 내력을 감지할 수 있다." "'영신'의 '신'은 순우리말로 '검'이니, '영신'은 '영검(영험한 마음)'을 표현하는 말이라 해도 무방"하며 "한겨레의 심층의식에 끊이질 않고 맥맥히 이어져 온 신령한(영적) 존재이자 '영험(영검)한 존재'로서 무巫, 전통 무속에서 영신은 죽은 자의 영혼이나 신적 존재를 인간과 연결하고 소통하게 해주는 '영검'한 존재를 가리"킨다는 것이다.

"『토지』는 이야기 속에 재현되는 '역사적 현실'을 사실적으로 서사하되 작가의 '조화造化 속의 세계관'에 따라 그 '현실'은 진실이 드러나지 않고 '진실이 은폐된 현실'로서 서술되어야 한다." 이를테면, 『토지』에서 혜관스님은 동학 이론가 윤도집에게 중국에서 '태평천국'을 외치며 난을 일으킨 홍수전, 중국인의 몸에 밴현실주의, 원효와 의상의 비폭력적이고 신비적인 신심 등등 온갖 박식함을 과시하지만, 동학의 '영신'에 이르러, 그것이 '귀신'과 어떻게 다르냐는 윤도집의 질문에 말문이 막혀 대답하지 못한다. 여기서 혜관스님은, 임우기 선생에 의하면 '은폐된 서술자'에 의해 갑자기 모르는 것도 있는 일개 스님으로 머물게 되는데, 이것이 당대 지식인들의 현실태, 정황성이었기 때문이라는 것이다. 말하자면, "혜관스님의 반어적 시점 위에 다시 '은폐된 서술자'의 반어성이 자리하고 있는 것"이다. 즉, 『토지』의 서술자는 혜관의 시대적 한계성을 다시 반어적으로 관찰하면서 그의 언행을 일단 그냥 그대로 지켜보고 있다는 것이다.

소설『토지』의 말미에 긍정적 인물로 나오는 신여성 임명희가 자신이 모은 오천 원의 거금을 일제의 박해를 피해 지리산에 들어가 있는 산사람들을 위해 쓰라고 내어놓자, 그 돈을 어떻게 써야 좋을지 산중에서 회의가 열린다. 겨울을 나기 위한 식량 준비를 하고 때를 기다리자는 소지감에게, 이범호가 산사람의 무장을 주장하고 나선다.

"거창하게 나오시는데 말류末流 종교에 불과한 동학을 맑스의 유물사관에 견주다니, 웃습니다. 과대망상, 황당무계한 것도 정도껏이라야."

(……)

이범호는 분개한다.

"이말 저말 할 것 없고, 지금이야말로 적기適期입니다. 무너져 가고 있는 일본, 느슨해진 후방, 이때야말로 우리가 나설 때 아닐까요? 후방을 교란하는 유격대를 조직해야 합니다."

(……)

"자네는 일본에 대항하고자 산사람들 무장을 주장한 게 아니네. 내 말이 틀렸는가?"

(……)

"솔직히 말해서 그렇습니다."

"해방이 되는 날에 대비해서?"

"사회주의 정권이 들어서야 하니까요. 반동에 대항하는 무
력은 필수적입니다." (완결편. 7장 「빛 속으로!」 중)

위의 대화에서 드러나듯이, 박경리 선생은 대부분이 동학도
들인 산사람들 가운데에 극렬 마르크스주의자 하나를 슬쩍 넣어
둔 것이다. 이에 대한 임우기 선생의 코멘트를 보자면, "여기서도
우리는 '은폐된 서술자'가 슬쩍 자신의 서술 속에 밀어 넣어놓은
'미래의 한반도의 불행의 씨'를—『토지』라는 작품을 다 읽고 난
후에야—알아차리게 됩니다. (……) 그 정도로 이 '은폐된 서술
자'는 다 말하지 않고 해방과 더불어—김길상이 감옥을 나올 것
이라는 서희와 양현의 기대와 더불어—이 거대한 대하 드라마를
끝내고 있습니다. 이 드라마의 뒤에는 민족과 국토의 분단이 연
이어 오고, 좌우의 대립, 6·25 전쟁이 터질 것입니다. 작가 박경
리 선생은 그 뒤를 다음 세대의 작가에게 맡기며 자신은 조용히
물러나고 있는 것이지요."

이 '은폐된 서술자'는 중요한 주인공 김길상을 감옥에 놔둔 채
소설에서 그에 대한 언급을 되도록 유보하고, 다만 서희와 양현
이 해방과 더불어 그의 출옥을 간절히 기다리는 모습으로, 그리
고 세월이 흐름에 따라 새로운 주인공의 반열에까지 부상한 장연
학이 해방의 날에 '해방춤'을 추는 장면으로 이 대하소설을 끝맺

고 있을 정도로, 과묵하다.

그러나 서양 문학 이론으로 보자면, '반어적 서술자ironischer Er-zähler'와도 비슷한 이 과묵한 '은폐된 서술자'는 또한 동시에 어떤 작중 인물과는—임우기 선생의 표현을 빌리자면, 탁월한 '수심정기'를 통해—감정을 공유하기도 한다. 이로써 이 서술자는 서구 근대소설 형식처럼 인칭별 혹은 전지자적 서술자와는 확연히 구별되는데, "무당이 사령死靈이라는 허구적 존재에 빙의하듯이, 『토지』의 서술자는 경우에 따라서는 주요 등장인물과 영험하게도 '한 몸 한마음으로 연결'되어 있"다는 것이다. 임우기 선생에게는 이 점이 가장 중요한 듯하다. 이를테면 김길상의 관음탱화를 바라보던 임명희는 '기이한 충격'을 받는다. "그것은 뭐라 형용하기 어려운 감동이었다. 숙연한 슬픔, 소소한 가을 바람과도 같이 영성을 흔들며 알지 못할 깊고도 깊은 아픔 같은 것이었다."

'은폐된 서술자'가 작중 인물에 '빙의하는' 이런 양상은 반복되어 관찰된다. 아래는 『토지』 5부 3권에 나오는 서술문인데, 어린 조선 소녀가 일본인 중위한테 강간을 당했다는 말을 듣고 장연학이 고통스러워하는 대목이다.

"병정 놈한테 당한 거예요. 그 몹쓸 놈이 아이를."
"병정 놈! 왜놈 병정이오?"
을례는 고개를 끄덕였다. 무장은 다 해제되고 여자는 누더

286

기같이 초라하게 자기 무릎만 내려다본다.

차라리 연학은 눈을 감아버린다. 눈앞의 여자를 죽이고 싶은 충동이 일었다. 도끼를 치켜들고 달려가서 개동이놈을 찍어 죽이고 싶었다. 나는 무엇인가, 나는 무엇을 했나. 정확하게 한땀 한땀 꾸부리고 뻗으면서 가지 끝을 기어가는 한 마리 자벌레, 소리 없이 잠자듯 시간은 흘러가는데 조선인들은 모두 어디로 갔는가. (5부 3권. 2장 「독아毒牙」 중)

여기서 장연학이란 인물이 느끼는 감정은 장연학 혼자만의 느낌이라고만 할 수 없고, 여기에는 필경 '은폐된 서술자'의 고통스러운 감정이 함께 실려 있다고 봐야 한다는 것이 임우기 선생의 논지다. "박경리 선생은 언젠가 바로 위 인용문 전후 문장들을 쓰면서 심히 앓아누웠다고 담담히 고백하였습니다. 마치 허구적 존재인 혼령들을 초혼하고 빙의하며 신병을 앓듯이 작가 박경리 선생은 자신이 만든 허구 속의 계집아이가 겪는 고통을 신병 앓듯이 앓은 것입니다. 이는 소설론 차원에서 중요한 의미를 갖습니다. 단순히 허구를 꾸미는 능력을 가진 이가 작가가 아니라, 마음 수련과 공부를 통해 자기도 알게 모르게 영검한 서술자의 경지를 얻는 '지극한 정성(至誠)'이 작가의 본질이요 본분임을 위 인용문은 알려주기 때문인 것이지요."

여기서 보다시피, 임우기 선생이 말하는 '은폐된 서술자'는—

서구문학 이론에 나오는 '반어적 서술자'와 부분적으로 조금 비슷한 점도 없지 않으나, 그에 그치지 않고—때로는 '무적巫的 빙의' 능력까지도 지닌 '지성至誠'의 존재이다. 바로 이 점, 즉 한국적 무巫의 '영적 빙의'와 동학의 '지기금지至氣今至'의 정신을 품은 이 점이 임우기의 '은폐된 서술자'라는 개념을 '이 땅의 자주적' 비평개념으로 만들고 있다.

3. 한강의 소설 『소년이 온다』

'은폐된 서술자'의 이러한 '이 땅의 무적巫的, 동학적 특성'이 박경리의 소설 『토지』에서보다 한결 더 강화되어 나타나는 것이 한강의 소설들이다.

내가 보기에 임우기 선생은 작가 한강한테서 드디어 자신의 소설론, 특히 '은폐된 서술자'라는 개념을 극명하게 적용할 수 있는 작품들을 만난 것 같다.

우선 한강의 소설 『채식주의자』부터가 그렇다. 임우기 선생은 한강의 소설이 "'시적 문체'니 '시적 소설'이니 하는 비평"에 거리를 두면서, 한강의 문체가 "식물성의 원형으로서 자기 원형과 성실히 접하는 중에 나오는 '개인 방언'의 하나"이며, "탁악오세 속에서 (……) '수심정기'하고 그 속에서 나름의 '접령' 경지"에서 체득한 그녀 고유의 '개인 방언'이라고 규정한다. 즉 『채식주의자』는 한강 소설의 원형인데 나무의 이로움, 나무의 생명성과 여성성에 귀의함으로써, 결국 가부장적 권위와 집단주의, 이성의 우상화에 격렬히 저항하고 서구적 인간중심주의에 대한 반성을 기록한 작품이라는 것이다.

『채식주의자』가 온갖 폭력에 저항하는 여성성의 환유라면, 『소년이 온다』는 한 걸음 더 나아가 1980년 5월 광주에서 자행된 반인륜적 국가 폭력에 대한, 『채식주의자』에서보다 사회적으로 더욱 성숙한 작가 한강의 발언이겠는데, 광주민주항쟁을 다룬 이 소설이 충실한 역사적 다큐멘터리이면서도, '고귀한 문학성'을 품고 있는 이유는 임우기 선생에 따르면 '칠판지우개 에피소드' 때문이라고 한다. "이 소설을 살아 숨쉬는 생령체요, 천지조화의 기운과 통하는 '창조적(즉, 造化의) 유기체'로서 화생化生하도록 만드는 문학성"은 학살당한 소년들, 동호와 정대의 기억 속에 남아 있는 '칠판지우개'를 통해 고양되는데, 이것이야말로 작가 한강이 "학살당한 소년들의 생시를 치성致誠으로 추적하여 수심修心으로 접령해 구한 '소설 속의 영물靈物'"이다. 열다섯 살의 정대와 스무 살의 누나 정미는 동호의 집 사랑방에 세 들어 살았는데, 정대를 공부시키기 위해 학교를 그만두고 미싱공으로서 공장에 다니고 있는 누나에게 칠판지우개는 특별한 의미를 지닌다. 어느 날 정대가 학교의 칠판지우개를 집으로 가져와 누나를 기쁘게 해준 적이 있다는 소년들의 기억이 『소년이 온다』라는 작품을 '살아 숨 쉬는 생령체'로 만들고 있다는 것이다.

여기서 한강의 '은폐된 서술자'는 아예 정대의 혼과 접령하여 정대가 자기 몸 위에 쌓인 시체들을 '탑'이라고 말하게 한다. "한강의 수심정기에 따른 '모심[侍]'의 내밀한 조화력이 서로 통하여 이 소설은 끔찍한 광주시민 학살 상황을 진실에 입각해서 적나라하게 보여주면서도, 소설 그 자체가 하나의 천진난만한 생명체로서 화생化生하는 듯한, 소설 자체의 고유한 영혼—'문학 자체의 혼'—이 존재하는 느낌을 받게 되는 것입니다."라고 임우기 선생은 쓰고 있다.

4. 『작별하지 않는다』

임우기 선생은 한강이 노벨문학상을 받게끔 만든 사실상의 수상작은 『작별하지 않는다』일 것이라고 추정한다. 다시 말해서, 임우기 선생이 보기에 『작별하지 않는다』는 『소년이 온다』보다 자신이 원하는 방향으로 한층 더 고양된 작품이다. 달리 표현하자면, 내가 보기에 비평가 임우기 선생은 자신의 '은폐된 서술자'라는 개념을 가장 이상적으로 적용할 수 있는 최선의 작품을 만난 것이다. 그 이유는 간단하다. 이 소설에는 안과 밖의 구별이 지양되어 있고, 현실과 환상의 거리가 거의 제거되어 있기 때문이다.

이 소설의 사실상의 주인공은 인선의 어머니 강정심인 듯하다. 강정심의 부모님과 어린 여동생이 이웃사람들과 함께 제주 4·3 양민학살의 희생이 되었으며, 그녀의 오빠가 제주에서 대구형무소로 끌려갔다가 6·25 직후에 경산의 코발트 폐광 안에서 학살당한 것으로 추정된다. 말하자면, 강정심은 희생자의 유족으로서 자신의 일생을 제주 희생자들의 억울하게 사라진 발자취를 찾는 데에 바친 유족회 회원인데, 그녀도 이 세상을 떠난 시점에 그녀의 딸 인선이 그 위령 사업을 계승한 셈이고, 인선의 친구 경하는 인선과의 공동의 프로젝트 '작별하지 않는다'를 까마득히 잊고 있다가, 손가락을 다쳐 서울 병원에 긴급 입원한 인선의 부탁으로 앵무새를 살리고자 제주 인선의 집에 내려와서야 비로소 자신이 잊어버린 그들 둘의 공동의 프로젝트를 회상해낸다.

임우기 선생은 작가 한강이 언제 어떻게 전통 무巫의 '접령'과 동학의 '지기금지'와 '무위이화'를 체험했는지 알지 못한다고 솔직히 고백하면서도, 한강이 광주와 제주에 체류하면서 제주의 강신무와 동학의 '시천주'를 어떤 식으로든 공부했거나 체득했으리라고 추정하기도 하는데, 『작별하지 않는다』의 '은폐된 서술자'가 비교적 이성적으로 글을 쓰고자 하는 작중 서술자 경하에게 '접령'하여 이 소설을 "'산 혼[生魂]'의 기운을 지닌 '창조적 유기체로서의 소설 작품'"으로 만들고 있다고 설파하고 있다. 임우기 선생은 작품의 서두에 경하라는 작중 서술자가 아닌 작가 한강 자신이 직접 자신의 꿈 얘기를 하고 있는 대목에서 '은폐된 서술자'와 작중 서술자 경하의 '접령' 내지는 '빙의' 관계를 유추해내고 있다. 즉, 작가 한강이 아직 전작 『소년이 온다』의 트라우마에서 미처 헤어나지 못한 상태에서, 바다에 면한 어떤 경사진 뭍에 빽빽이 세워져 있는, 마치 제주 4·3에서 학살된 남녀노소 희생자들을 연상시키는 크고 작은 키의 수많은 검은색 통나무 묘비들을 보면서, 시체들의 뼈가 밀물에 떠내려갈지도 모른다는 불안감에 시달리는 꿈을 꾸는데, 나중에 작품 속에서 이런 묘비를 세우는 일이 인선과 경하의 공동 프로젝트 '작별하지 않는다'가 되고, 작품의 마지막에는 실제로 인선의 혼이 함께 눈을 맞아가며 경하를 이 경사진 뭍으로 데리고 가 그동안 자신이 혼자 진척시켜 놓은 그들의 프로젝트의 미완성 결과물을 함께 돌아보는 장면까지 나오는 것이다. 이때, "작가 한강이란 지극한 마음의 존재가 '은폐된 서술자'로서 소설 안에서 암암리에 작용하는 것"을 누구나 알아차릴 수 있다는 것이 임우기 선생의 견해이다.

이미 죽은 새 아마가 날개를 퍼덕이는 그림자를 보여주고, 서울의 병상에서 죽음의 고통을 겪고 있을 인선이 그녀의 제주 집에 내려와서, 위경련과 편두통에다, 눈더미에 빠져 기진했던 후과로 마찬가지로 거의 사경을 헤매고 있는 친구 경하의 눈앞에 나타나, 둘이서 눈이 오는 와중에 촛불을 밝힌 채 검은 통나무들이 서 있는 해변의 묘지로 가보는 이 소설의 마지막 장면은 의미심장하다.

인선의 숨소리가 들리지 않았다. 눈더미 너머에서 어떤 기척도 느껴지지 않았다.

아직 사라지지 마.

불이 당겨지면 네 손을 잡겠다고 나는 생각했다. 눈을 허물고 기어가 네 얼굴에 쌓인 눈을 닦을 거다. 내 손가락을 이로 갈라 피를 주겠다.

하지만 네 손이 잡히지 않는다면, 넌 지금 너의 병상에서 눈을 뜬 거야. (『작별하지 않는다』 324~325쪽)

바로 이 순간, 인선은 서울의 병상에서, 경하는 제주 인선의 집 인근에서 둘 다 '죽음의 고통'으로부터 되살아난다―"심장처럼. 고동치는 꽃봉오리처럼. 세상에서 가장 작은 새가 날개를 퍼덕인 것처럼."

5. 맺는말

내 생각에, 임우기 선생의 '유역문예론'의 한 개념인 '은폐된 서술자'는 서구적 '서술이론'의 한 개념으로 대체될 수 없는, 우리의 전통 무巫와 천부경, 화랑도와 풍류도, 원효의 일심一心 사상과 수운 및 해월의 동학을 아우르는 '이 땅의 혼'을 품은 지심(至心 또는 誠心)의 작가 자신, 또는 '작품 안팎을 두루 통하는 서술자'인 듯하다. 이런 '은폐된 서술자'는 절차탁마 속에서 나타나는 '근원적(造化의) 기운과 능히 통하는 서술자'라고도 이해된다.

이런 개념이 하필 지금 이 시대에 뒤늦게 등장한 이유는 우리 나라가 조선 순조조 이래, 즉 1800년 이래 서구 문명의 수용을 거부하다가 결국 국체와 고유문화를 탈취당했기 때문에, 문학도 서구 문학이론에 자주적으로 대응하지 못하고 어쩔 수 없이 종속되어 오늘에까지 이른 탓이라 하겠다. 만약, 그런 비극을 겪지 않고 우리가 서구문학을 자주적으로 수용할 수 있었더라면, 임우기 선생의 이 이론 비슷한 것이 이미 100년 전에, 늦어도 50년 전쯤에는 나왔을지도 모른다.

위에서 나는 임우기 비평가가 한강의 소설『작별하지 않는다』에서 자신의 이론을 가장 이상적으로 적용할 수 있는 최선의 작품을 만난 것 같다고 했지만, 지금 생각하니, 작가 한강이야말로 자신의 작품『작별하지 않는다』를 가장 잘 분석·해석할 수 있는 비평가를 때마침 잘 만났다고 해야 옳을 것 같기도 하다. 만약 임우기 선생 아닌 다른 어느 비평가가 그녀의 이 작품을 '시적 산문'이라고 한다든가, 무슨 '환상적' 리얼리즘으로 해석한다면, 온 심혼을 바쳐, 정말 지심至心을 다하여 폭력의 희생자들과 함께 괴로워하며 슬피 울다가, 아니, 이 작품 위에 엎어져 거의 죽었다가 간신히 되살아난 작가 한강은 자신의 이 작품이 제대로 이해되지 못한 극심한 아쉬움에 시달릴 뻔하지 않았을까 싶다. 그래서, 결국 나는 비평가 임우기 선생과 작가 한강이 때마침―한국문학사의 절묘한 시점에—필연적으로 만난 것이라고 생각하게 되었고, 특히 이 책에서의 『작별하지 않는다』에 대한 임우기 선생의 분석과 해석에서 기쁜 감동을 받았다. 왜냐하면, 여기서 비로소 나는 '이 땅의 혼'이 깃든 작품과 그 작품을 분석하는 '이 땅의 자주적' 비평을 함께 만났기 때문이다.

임우기 선생의 지금까지의 문학비평가로서의 모색에 경의를 표하며, 한국문학계가 부디 이 새 이론에 대해 올바른 평가, 우정 있는 반향, 또는 적절한 보정補正을 내어놓기를 바란다.

[찾아보기]

은폐된 서술자

1판 1쇄 인쇄   2025년 3월 17일
1판 1쇄 발행   2025년 3월 17일

지은이   임우기
펴낸이   임양묵
펴낸곳   솔출판사

경영관리 및 편집제작 이사   박윤호

편집   윤정빈 임윤영
경영관리   박현주

주소   서울시 마포구 와우산로29가길 80(서교동)
전화   02-332-1526
팩스   02-332-1529
블로그   blog.naver.com/sol_book
이메일   solbook@solbook.co.kr
출판등록   1990년 9월 15일 제10-420호

© 임우기, 2025

ISBN   979-11-6020-209-0 (03810)